「あけましておめでとうございます」
年明けの今日、俺は約束通りに宮野達
チームメンバーと共に初詣に来ていた。

「さあ、次はどこへ行きましょう」
伊上浩介
いがみこうすけ
最低ランクの冒険者であるものぐさなおっさん。一度戦って生き残ったために『世界最強』に気に入られてしまった、実は伝説の存在。
ニーナ
にーな
白と黒の炎を操る『世界最強』と恐れられる少女。イレギュラーが発生した大規模事件で敵対したことをきっかけに、伊上の負けない強さを気に入って日本まで押しかけてきた。

浅田佳奈
あさだかな
伊上のことがちょっぴり気になる。
宮野瑞樹
みやのみずき
新たな勇者に任命されて焦り気味。
安倍晴華
あべはるか
面倒くさがりな所がある少女。
北原柚子
きたはらゆず
内気で仲間想いの少女。

「……なら、その言葉に相応しい力を
見せていただきたいものですね」
「友達になりましょう。
私、あなたとちゃんと
話をしてみたいと思ってたのよ」

# 最低ランクの冒険者、勇者少女を育てる 2

～俺って数合わせのおっさんじゃなかったか？～

農民ヤズー

HJ文庫
1025

口絵・本文イラスト　桑島黎音

LOWEST RANKED
ADVENTURER
RAISING A
BRAVE GIRL

# プロローグ　続・教導官生活

「――認めましょう。あなたは、これまでの有象無象とは違う。わたしの前に立つだけの力があると」

所々炎で焦げた服を纏いながら、『世界最強』の少女は瑞樹のことを見つめていた。

自身よりも格上の相手を前に、瑞樹はどうすれば良いのか必死になって頭を巡らせるが、これといった案は出てこない。

こんな状況、本来ならば逃げないといけない。勝ち目がない敵と出遭ったら、危険だと思う敵に出遭ったら逃げろと、これまで散々教えられてきたんだから。

だが、瑞樹はその選択をしない。逃げないことは彼女らの師である伊上浩介との約束を破ることになるのだと理解している。

それでも瑞樹は逃げない。ここで逃げることの方がダメなんだと、思ってしまったから。

「ですが……まだです」

向かい合っていた両者だったが、先に動いたのは『世界最強』の方だった。

「ツ――――！」

『世界最強』は炎を扱う覚醒者だが、その炎の色は赤ではなく白い色をしている。

その白い炎が無数の球となり宙に浮かび、対峙している瑞樹へと襲いかかった。

その速度は弾丸よりも速く、戦車の装甲ですら容易に貫通する威力を誇る。

だが――

擦るだけでもまずいそれを瑞樹は避け、少しずつ少しずつ前へと進んでいく。

「うくっ、ぐううううっ！」

そのまま何事もなく進めるわけがなかった。

瑞樹が少女のもとに辿り着く前に、降り注ぐ白い炎の一つが瑞樹の足に直撃してしまう。

「もう、お仕舞いのようですね」

瑞樹が動きを止めたのを見た少女は、勝負を決めるために大技の準備へと入っていった。

このまま何もしないで受ければ、間違いなく瑞樹は死ぬだろう。

負けてたまるか。死んでたまるか！

瑞樹は自身の心をそう奮い立たせ、立ち上がろうとして足に力を込める。

――が、立てない。

当たり前だ。その足は先ほど受けた白い炎によって、一部が炭化してしまっているのだから。

　だが、瑞樹はそんな自身の足を見ても諦めることはなく、まだ戦えるんだ、と正面へと顔を向け――

「死なないことを願ってます」

　顔を向けた先では白き炎が世界を照らしていた。

……まだ。まだだ。あれはまだ完成していない。まだ大丈夫だ。まだ戦える。私の心はまだ、折れていない。

　そう自己暗示でもかけるかのように必死で自分に言い聞かせるが……無理だ。今の瑞樹は、頭ではなく、心がすでに勝てないと思ってしまっていたのだから。

「――願うくらいなら止めろよバカ」

　見る者から抵抗する気力を奪うほどに凶悪な魔法は、だが放たれることはなかった。

　その戦いを見ていた者達全ての視線を奪った『白』は、突如としてフッと空気に溶けるように消えてしまったのだ。

「伊上さん……?」

　そんな瑞樹の呟きに応えるかのように、『世界最強』とまともに渡り合うことができる三級冒険者であり、瑞樹達の師とも呼べる男――伊上浩介が二人の前に現れた。

◆◇◆◇

「――なあ、なんで俺こんなところにいるんだろうな？」

ゲートから出てきた俺は、一もなく二もなくそう呟いた。

「何言ってんの？　そんなのも忘れたわけ？」

そんな誰に言うでもない俺の呟きが聞こえたのだろう。俺の前を歩いていた髪を染めた少女、浅田佳奈がこっちを振り返って馬鹿にしたようにそう言った。

「そうじゃねえよ。俺、本当ならもう辞めてるはずなんだよなって話だよ」

「その話はもう方がついたでしょ？　終わった話を蒸し返すだなんて男らしくないんじゃないの？」

浅田はそう言っているが、周りにいる冒険者チームの他のメンバーである宮野瑞樹、安倍晴華、北原柚子は苦笑いしている。

……いや、安倍はどうだろうな？　あんまり表情動かしてないからわかんねえや。

「……はあ。辞めたい」

本来ならば俺はこのチームでの活動を……それどころか、冒険者そのものをもう辞めているはずだった。

だが、チームメンバーの必死の言葉に、仕方なく俺は辞める期限を当初の予定よりも引き延ばし、今年度が終わるまで——つまりこいつらが一年生を終えるまで続けることにしたのだ。

……女子高生が数人がかりで泣きつくのは反則だろうがクソったれ！

その時は学校で改めて俺達の今後について話をしていたのだが、あの時の周りの視線を思い出してみろよ！　スマホ片手にこっちを見てたやつだっていたんだぞ⁉

……と、まあそんな事情があって、俺はまだこのチームに残ることになったのだった。

で、今日もいつもの通りゲート潜ってダンジョン内でモンスターの駆除と素材の回収をしてきたわけだ。

「ねえ、この後はどうする？」

俺がこれまでのことを思い出していると、浅田がチームメンバー達に問いかけた。

「？　解散じゃないの？」

「そーだけどさぁ、花の女子高生がなんの遊びもなくこんな感じでいいわけ？　って話よ。試験も終わったし、もうちょっと遊んでもいいんじゃない？」

「……そうねぇ。夏休みはランキング戦のためにほとんど訓練に費やしたし、この間まではテスト勉強だったものね」

「うん。そう考えると、私達って結構忙しかったよね」

「ん。少しくらいは休むべき」

俺以外のチームメンバー達は、ランキング戦が終わった後は学生らしくテストがあったようでその勉強のために時間が必要だった。だが、冒険を疎かにすることもできず自由時間を削っていた。

そして先日、ようやくランキング戦へ向けての訓練からも、試験の対策からも解放されたのだった。

「ってわけで、何か甘いものでも食べに行かない？　えっと……ああ、ここ。なんか良さげな感じの場所なんだけど、どう？」

「いいわよ。私は特に用事があるってわけでもないし」

「私も、大丈夫だよ」

「構わない」

冒険者として命のやり取りをしているとは言っても、そこはそれ。彼女達も女の子で学生だと言うべきだろう。宮野達はスマホの画面を見せてきた浅田の提案に乗り気な様子を見せている。

「じゃあ俺は帰るな。お前らも遅くなりすぎないように——なんだよ」

どうやらこのあとはこいつらでどっか寄り道するみたいだし、俺が一緒にいる必要もないだろうということで今日はこのまま解散するつもりで歩き出したのだが、なぜか俺の腕が浅田に掴まれた。

「そんな嫌そうな顔しないでよ。傷つくじゃん」

ああ、俺そんな顔してるのか。まあ実際放せよとは思ってるけど。というか……

「嫌そうだってわかってんならその手を放せよ」

「じゃあ一緒に来てくれる?」

「……何がどうなって『じゃあ』に繋がったのかわからんが……断る」

だがそうきっぱりと断ったにもかかわらず、俺を掴んでいる浅田の手は放されない。

くそっ、無理にでも振り解くか?

「女の子とお茶できる機会を捨てる気? お金払ってでも一緒にいたいって人もいるのに」

「……今の俺は逆に金をもらいたい気分だよ」

俺は自分の腕を掴んでいる浅田の手を剥がそうと、掴まれている腕とは逆の手で浅田の腕を掴むが……こいつっ!

三級の魔法使い系の俺と、一級である上にその能力の大半を筋力に振っている戦士系の浅田とでは力を比べるまでもなく違う。

赤子と大人、なんて対比があるがまさにそれだ。もちろん俺が赤子でこいつが大人だが。

つまり、掴まれてる腕を力で剥がすことはできないってことだ。

「それはちょっとひどくない？」

俺の言葉と態度を見て、浅田は不機嫌そうに口を歪めて言っているが、そんなお前はもう少しよく考えてほしい。

「じゃあよく考えてみろ。この状況で俺がお前らと行ったら、女子高生四人におっさん一人の組み合わせだぞ。いかがわしい事を疑われて通報されるだろうが」

「考えすぎでしょ。そうそう通報なんてされないって」

「いーや、今のご時世ちょっとしたことで通報されんだ。だから俺は帰る——おい、勇者様。なんでお前まで掴んでんですかねぇ？」

俺と浅田が言い争っていると、常識人枠というか普段なら浅田を引き止めてそうなはずの宮野が何故か浅田が掴んでいる方とは逆の俺の腕を掴んできた。

「まあまあ、伊上さんも行きましょう」

「ざけんなっ！　おい、安倍。背中を押すな！　北原もそういうキャラじゃないだろ⁉」

更に残っていた安倍と北原の二人も俺の背中を押したので、俺は進むしかなくなった。

まあ、背中を押していたのはほとんど安倍で、北原はおずおずとって感じだったが。

それをチームメンバー達と仲良くなったと捉えるか、裏切られたと捉えるかは微妙だな。

「文句言ってた割に食べてんじゃない」

「来たんだったら食うだろ、そりゃあ」

結局抵抗も虚しく、俺はあまり男は来なさそうな甘いものばかりがメニューにある喫茶店に入ることになった。喫茶店というか、甘味処？

「伊上さん、甘いもの好きなんですか？」

「……悪いか」

こんなところに来る気はなかったが、仕方なしとはいえ来たのに何もしないってのは癪なので、俺も何かってことでパフェを注文することにしたのだが、その結果が呆れた……と言うよりも若干微笑ましげな宮野達の視線と言葉だった。

「悪くはないけど……意外かなー、って」

「男の人って、甘いものはあんまり食べないイメージだもんね」

「甘いの好きならこれもおすすめ。あーん」

まあイメージ的にはわかるけどな。でも、女だって辛(から)いものや苦いものが好きな奴(やつ)がいるように、男だって甘いものが食べたい時はあるっていうか、結構好きな奴もいるんだぞ。

それと安倍、そんなふうにケーキを差し出されても食わないからな。

『――イングランドにて救世者軍(セイヴァーズ)による被害(ひがい)が……』

安倍の差し出してきたフォークを押し返していると、不意に、店の壁(かべ)にかけてあったテレビのニュースが目に入り、眉(まゆ)を顰(ひそ)めてしまった。

「？　伊上さん、どうかしましたか？」

「ん？　ああ、なんでもない」

そう言ってすぐに視線を逸(そ)らして誤魔化(ごまか)したのだが、それで誤魔化し切ることはできず、宮野達は全員がテレビのニュースへと視線を向けた。

「救世者軍？」

「最近結構名前を聞くわね」

「あー、そうかも。……でもさ、結局のところ、『救世』なんて大袈裟(おおげさ)な名前掲(かか)げてなに目的にやってんの？」

「確か……ゲートが開くのは世界の意思で、それに逆らうのは罪だ。人類は一度浄化されるべきだ、って言ってるんじゃなかったかな？」

救世者軍ってのは、今北原が言ったように反体制組織というか、自滅願望というかで溢れてる奴らだ。

いろんなところでゲートの破壊を邪魔したり、冒険者の施設を襲撃したりと色々なことをやっている。

俺としては、死ぬのは止めないが死にたいなら勝手に死んでくれとしか思わない。周りを巻き込んで迷惑だなって感じだ。

「そんな暗い話よりさ、年末どうするか話そ」

「年末ね。もうそんな時期かぁ。遅いような早いような……不思議な感じよね」

ランキング戦が終わり、学生達は試験も終わった今日は、暦で言うところの十二月に入ったところだ。あとひと月すれば今年も終わる。

「みんなは年末どうすんの？」

「年末ってクリスマスと年越し、どっち？」

浅田の問いに安倍が首を傾げている。

年末といえば年越しだが、まあイベントとしてはクリスマスも年末の行事に入るか。

「どっちもに決まってんじゃん。予定がなかったらこのメンバーで集まろう……って言おうと思ったんだけど……もしかして、この中に恋人いる人、いたりする？」

少し好奇心と……怯え、だろうか？　浅田はそんな態度を滲ませながらチームメンバーを見回した。

好奇心は年頃の少女としてはまっとうなものだが、怯えの方は、自分以外に恋人がいたらどうしようって感じのアレだろうか。

にしても、恋人、か……。

「私はいないわ。欲しくないわけじゃないんだけどね」

「私も、いない、よ？」

「同じく」

……だが浅田の問いに宮野達三人は否定の言葉を返した。

こいつらは見た目が悪いわけでもないんだし、性格も悪くないし冒険者としての能力もある。恋人になりたいってやつはそれなりにいると思うんだけどな。

「そもそもさぁ、どうやって出会えばいいの、って話なわけよ。学校だから出会いがないってことはないんだけど、ここしばらく忙しかったでしょ？」

「そうね。まああの学校だと仕方ないかな、って感じもするわよね」

「そうそう。ライバル心っていうか、敵対意識が強すぎんのよね。周りは全部敵！　ってほどでもないけど、仲良くなりづらい雰囲気があるじゃない」

あー、そういうのもあるのか。

確かにランキング戦なんてやって順位を決めて、上位の奴らには報酬が出るとなれば単純に仲良しこよし、なんていかないか。

それに、学校生活での活躍と成績が自身の未来に関わり、その未来が命にまで関わるんだから、当然といえば当然だ。

だから普通の高校と同じように、とはいかないんだろう。

「うん。それは、すごくわかる。私、佳奈ちゃん達が声をかけてくれなかったら、多分一人だったし……」

「あー、あん時のあんたぼっちだったもんね」

「う、うん……」

「でもさ、今はあたし達が仲間なんだからそれでいいじゃん。過去なんて気にしないで前を見てこー、ってね」

「うん。そうだね」

……相変わらず、浅田は見た目や時々の言動に反して、結構面倒見がいいよな。

少なくとも、見た目だけ飾って他者を切り捨てる奴よりはよほど好感が持てるやつだ。

「でさ、そんな状態なわけだし、出会いがあっても出会えないっていうか……恋人を探す場所としてはあそこはダメな場所だと思うわけよ」

「あら、でも佳奈は最近気になってる人がいるんじゃないの？」

「ち、違うし。そんなんじゃないし。気にはなってるってそういうあれじゃないから！」

「気にはなってるのね」

「違うから！」

宮野は悪戯っぽく笑いながら浅田を揶揄っているが、浅田のその態度は肯定しているようなもんじゃないかと思う。

そんな会話を俺は目の前にあるパフェを口に運びながら聞いていた。

というか……

「……なあ、なんで俺はこんな話聞かされてんだろうな？」

恋愛話にはあまり興味がないのか、俺は対面で大人しくケーキを食べていた安倍に話しかけたのだが、安倍は一瞬考え込むような仕草をした後に軽く首を傾げてから口を開いた。

「……教導官の務め？」

「これが教導官の仕事であってたまるかよ」

安倍の返答にため息を吐き、俺はすぐ隣から聞こえる話を聞き流しながらパフェを口に運ぶ作業へと戻った。……甘いなぁ。

「ともかく！　結局みんな予定がないってことでいいんでしょ⁉」

どうやら浅田は自身が不利だと判断したのか、強引にでも話を逸らすことにしたようだ。

……今日の夕飯何すっかなー。今甘いもんを食ってるし、少しさっぱりしたもんにでもするか？

「ねえ、あー……あんたはどうなの？」

今日の夕飯は何にしようか、なんて考えていると浅田が何か言いたそうにこっちを見ていたのに気がついたが、口から出てきた言葉はなんともはっきりしないものだった。

「……悪い。なんだって？」

パフェを食べる手を止めて意識を浅田へと向ける。

「……だ、だから、年末になんか予定でもあんのって話！　どうなの？」

なんかちょっとキレ気味に問いかけられたが、なんだってそんな態度になってんだよ。

「年末か……二十五は無理だが、まあ正月くらいならいいぞ」

「ほんとっ⁉」

「ああ。特に何かするってわけでもないしな。どうせ家でだらけてるだけだ」

特に初詣とかするつもりなんてなかったが、家にいたところで特にやることもないし、こうして誘われたんだったらそれくらい付き合うのは構わない。

俺みたいなおっさんと女子高生がお出かけ、ってのはちょっと微妙な感じもするけどな。

「や、約束だかんね！」

浅田はそう言いながら大袈裟なくらいにも思える様子でこっちに指を突きつけてきた。

「あー、はいはい。約束約束」

その指先を見て、まあ特に意味はないんだがなんとなくその指先に自分の指先を合わせながら承諾を口にする。トモダチ……ってな。

だが、浅田は俺が指先をくっつけた直後、バッと手を引っ込めた。……流石にそれはちょっと傷つくぞ。いやまあ、いきなりそんなことをした俺も悪いんだけどさ。

その後宮野達の話は別の話題へと移っていき、またも俺をはぶいて姦しく話し始めた。

俺はそんな宮野達の話の輪に入れていないが、まあ女子高生四人とおっさん一人ならこんなもんだろう。

だが、俺が宮野達の話を聞き流しながら黙々とスプーンを口に運んでいると、そんな俺に北原が少し緊張した様子で声をかけてきた。

「……そ、そういえば、先ほど二十五日はダメだって言ってましたけど、クリスマスはご家族なんかと一緒にいるんですか？」

こいつからこんな話を振るなんて珍しいと思ったが、まあそういう事もあるだろう。

「ん？　いや、別に家族とは一緒にいないな。両親はいるが離れて暮らしてるし、姉もこの辺じゃない。所帯を持ってるわけでもないしな。まるっきり用事がないわけでもないんだが、基本的にはぼっちだぼっち」

去年まではヤスやヒロ達と集まったりもしたが、もうチームは解散したんだしそんな事もないだろう。あいつらだって自分の相手がいるわけだしな。

「そうなんですか……」

「ああ。恋人も……今はもう、いないしな。まあこの歳で相手がいないってのは恥ずかしいっちゃ恥ずかしいが、今の時代そんなん気にするほど珍しいってわけでもねえしな。ま、国としてはそれじゃあ困るんだろうけど……」

一応国は冒険者の数を増やしたいらしく冒険者の結婚を支援をしている。

当然と言えば当然の話だ。冒険者の数はまだまだ足りていないんだから。

覚醒者の子供は覚醒者であることが多く、未覚醒のものを覚醒させる方法がわかっていない現在では覚醒者が子供を産むのが手っ取り早い戦力の補充方法だ。

なので、冒険者の結婚の支援というのは理解できる。

だが、冒険者の中でも乗り気な者と、あまり乗り気ではない者に分かれる。

その理由は簡単で、命が関わってるからだ。

結婚に乗り気な冒険者は、いつ死んでもいいように、それまでの間幸せでいたいから。

逆に乗り気ではない奴は、いつ死ぬかわからず、相手を残して辛い思いをさせるかもしれないと考えているから。

冒険者がダンジョン内で死んだ場合、その家族には国から支援が行われるが、いくら国が冒険者の家族に対して手厚く支援をしたところで、残された家族達の抱く『死んだ相手への想い』までどうにかできるわけでもない。

それがわかっているからこそ、冒険者は結婚に否定的な感情を持つものがいる。

自分が残された側になったことがあるやつは尚更だ。失う辛さを知っているからこそ、それを誰かに押し付けたくないんだ。

だから結婚しないし、そもそも特定の相手を作らない。

そういうやつは結構な数いる。例えば……俺とかな。

「私たちはどう？」

「「「……」」」

そんなことを考えていると、会話も思考もその場の空気も、全てをぶった切るように安倍がそれまでと変わらない表情と声音で、いつものように淡々と問いかけてきた。

……なんだって？

「……はあっ⁉」

安倍の問いによって沈黙が訪れた俺たちだが、浅田がガタリと音を立てながら慌てたように立ち上がったせいで……いや、おかげで俺は真っ白になった頭にハッと思考を取り戻すことができた。

だが、浅田の声を聞いた他の客たちがその声を聞いたためにこっちを見てきた。店ん中でこんな大声で叫んだら当然だろうな。騒がせたのは俺達なので、頭を下げて謝っておく。

一応俺が頭を下げたことで他の客たちは俺たちから視線を外したが……まだ見てるな。

「どう？　……どうってのは、あー……結婚相手、いや恋人にどうか、って意味か？」

「そう」

そうして改めて安倍と向かい合って問いかけるが、返ってきたのはたった二つの文字としっかりとした頷きだけだった。

いやまあ、意思表示だけは間違いようもないくらいはっきりとわかりやすいけど、もっとしっかりと話して欲しかった。

「……そういう冗談（じょうだん）はやめてくれよ、まったく」

そんな俺の考えが通じたのか、安倍は少し考えた様子を見せた後にこてん、と軽く首を傾げてから再び口を開いた。

「ここに若い親しい女が四人。冗談と切り捨てるには、状況が整ってる」

「俺はそうは思わんな。歳の差を考えろって。恋人が欲しいなら、俺みたいなやつより他の男の知り合いを当たれよ」

「年齢（ねんれい）は若返りの薬がある。それに……男性の知り合いはいない」

「そりゃあ、あー……そりゃあ、まあ……」

そういやあ、たった今目の前でそんな話してたか？　聞き流してたけど。

しかしこの流れはまずい気がする。はっきりとは返事をせずに逸らすしかないか。

「あー、まあ、なんだ……お、お前がこういう話に興味があるとは思わなかったな」

「興味はない」

「ないのか」

ならなんでこんな話を？　と思ったのだが、俺が問いかける前に安倍が話し始めた。

「でも、家から言われることがある……めんどくさい」

「家ね……なら、俺は家からのお小言を回避（かいひ）するための風除（かぜよ）けか？」

一応チームに加入した直後にチームメンバーたちの経歴を軽く調べたが、安倍の家は普通ではなかった。

普通ではないと言っても、一般家庭とは少しずれている、というだけで危ない系のものではない。

安倍晴明。有名な大陰陽師の家系だ。と言っても、こいつ自身は分家の端っこの方らしいけど。

だが、分家って言っても端の方だから特になんともないだろうと思っていたのだが……ここで来るのか。

「だから、どう？　コースケが望むなら、結婚してもいい」

「ふえぇぇ⁉」

「はあああ⁉　ちょっ！　何言ってんの⁉」

今度は浅田だけではなく北原まで大声を出して驚いたが、それは当然。俺もこんな場所ではなかったら叫んでいたと思う。

しかし、そのせいでまたも周りから視線が飛んでくるし、店員がこっちに近づいている。

俺は店員が来る前に思い切り頭を下げておく。頭を上げてみると店員も困った様子をしているが、それ以上こっちに近づいてくる事はなかった。まだ見逃してもらえそうだ。

「バカ娘。そういうのはもうちっとしっかりと考えろ。流れとか逃げで決めると、どっかで後悔するぞ」

「そう……フラれた」

「本気じゃなかっただろうに、何言ってんだか」

俺は、恋人なんて作る気はない。所詮は三級。いつ死ぬかわからないんだから。

それに、俺はもう三十五になる。

男なんだし結婚するのに遅いってことはないんだろうけど、個人的にはもう遅いと思ってる。俺みたいなおっさんを好きになる奴もいないだろうしな。

それに……やっぱり俺は今のところ誰かと結婚するつもりも、付き合うつもりもないんだ。こうして安倍から告白のようなものをされても、全くその気が起きない。

「それから、そういうのはもっと成長してから言え」

「これでも成長してる」

俺は年齢的な意味で言ったのだが、安倍は胸に手を当てて強調してきた。

……寄せているからだろうけど、思ったよりもあるな。

しかし……そう思っても口にはしないし、そちらに視線を送ったりも……まあしない。

もし俺みたいなおっさんが女子高生の胸をガン見してみろ。そりゃあただの変質者だ。

仲間内からも変態呼ばわりされることは難くないだろう。

このチームでいるのはあと半年もないんだ。せめて変態という評価はつけられたくない。女子高生から『胸を凝視した変態』という認識をされたら、割とショックで立ち直れそうにないぞ。

「……お前は、その様子を見て俺に何を言えと？」

「……大きくなってるね？」

「警察呼ばれるわ馬鹿野郎」

俺は頭痛がしてくるような言葉に頭を押さえながら、逆の手を軽く振って拒絶を示す。

そもそもこいつの昔を知らないいんだからそんな感想なんて出てくるわけがないんだが、いや問題はそこではなく……ああ、頭が痛い。

「……」

「なんだ、宮野。どうかしたか？」

「あ、いえ……なんだかその……」

これ以上話しかけられてはたまらないと安倍から視線を逸らすと、その先ではなぜか宮野が口元に手を当て、混乱しているでも戸惑っているでもなく迷ったような顔をしていた。

「いえ、なんでもありません」

何を考えていたのか知らないが、丁度いいと話を逸らすために声をかけた。

だが、宮野は俺に声をかけられると途中まで何かを言いかけ、だが最終的には首を振って否定した。

「ならいいが……って、なんでこんな話になってんだ？　おっさんの恋愛話なんてしても面白くないだろ。お前らの年齢なら自分たちの間でしてたほうが楽しいんじゃないのか？」

というか、さっきまで自分たちの話をしてただろ。そっちに戻ってけよ。

正直、俺の恋愛話なんてしたくないからな。

「えーっと、そ、そうでもない、かも？」

「ん。楽しかった」

「おっさんを揶揄って楽しいと言うのか、お前らは」

その後は適当に話を逸らしてダラダラした後、会計を済ませて店の外へと出て行ったのだが、丁度店を出たタイミングで俺の電話が鳴った。

「んぅ？　誰か電話鳴って……何その顔？」

「どうかしたんですか？」

「……ちょっとな。悪いけど、電話に出てくるわ。ああ、先に帰ってくれていいぞ」

そう言って俺は少し道からずれたところに行き、電話に出た。

だが、宮野たちはその場を動かない。どうやら俺を置いて帰るつもりはないようだ。

「あぁもしもし……はい。ええ…………大丈夫です。わかりました。では明日そちらに伺います。ええ、失礼します」

「いやそうな顔」

電話を終えると宮野たちのもとへと戻って行ったのだが、戻って早々に安倍からそんなことを言われてしまった。

確かに好ましい電話ではなかったが、どうやら顔に出ていたらしい。

「ん、ああ。そんな顔してたか。悪いな」

「誰から、というのは聞いても？」

「……仕事相手だよ」

「仕事？　冒険者としての？」

「そっちじゃない。知り合いの方でな、小遣い稼ぎみたいなもんだ。たまに呼ばれんだよ」

っと、そうだ。ちょうどこいつらまだ帰ってないわけだし、伝えておくか。

「ああ、で、明日なんだが、俺は学校に行かないからな。ちょっと用ができた」

「その小遣い稼ぎ？」

「ああ……行きたくねえけどな」

正直なところ、行きたくない。まじで行きたくない。学校に行くのもあまり好ましくはないが、学校の方がまだマシだ。

「なんでよ。安いの？」

「いや、金払(ばら)いはいいし、仕事内容も難しいわけじゃない。むしろある意味では簡単だ」

「じゃあ、どうしてですか？」

仕事の内容を紙に書き出し、それだけでブラックかホワイトかで判断するなら、確実にホワイト。月に一度か二度の出勤で百万円以上となれば、求人が殺到(さっとう)することだろうな。

だが、それは書類上での判断だ。

「…………会いたくない奴が、いるんだよ」

「「「会いたくない奴？」」」

「癇癪(かんしゃく)持ちの危ない奴……まあ、大人にはいろいろあるんだよ」

宮野たちは声を重ねて問いかけてきたが、俺はそれに答えようとしたところで途中で止めて適当にはぐらかした。

宮野は『勇者』なわけだしこいつらにもいつか知る時が来るだろうが、まあ今は教えなくてもいいだろう。

「まあいい。俺はもう帰るからな。遊ぶのは構わないが、お前ら遅くなりすぎんなよ」

それだけ言うと、俺は自分の家に帰るべく宮野たちと別れて歩き出した。

本当なら学校の寮まで送った方がいいのかもしれないが、あいつらなら暴漢に襲われることもないだろう。

他には、車に突っ込まれるなんて事故が起こったとしても、ちょっとした怪我程度で終わるはずだからな。


――宮野　瑞樹――


「――っはあああぁぁぁぁ……」

浩介が離れた後、そんな大きな息を吐き出したのは佳奈だった。

「……いよっし！」

そんな言葉とともに佳奈は拳を握ってガッツポーズをしてみせるが、その行動と言葉は、先ほど浩介に行った年末の行事の誘いと、その結果が理由だった。

ダメ元ではあったが、どちらかならば受けてくれるんじゃないかと期待して一緒に行事に参加しないかと話を持ちかけていた。その結果了承をもらえたので、浩介がいなくな

った後にこうして心の声が実際のものとして口から溢れてきたのだった。

「佳奈。頑張って」

そんな安堵する様子を見せた佳奈へと晴華が勇気づけるように声をかけた。その声音は普段となんら変わっていなかったが、多分勇気づけているはずだ。

「で、でも晴華ちゃん。確認しただけなんだと思うけど、さっきのはちょっとやりすぎっていうか、その、ね？　……本気なの？」

「そ、そうよ！　晴華、あんた本気なの⁉」

柚子は晴華の声を聞き、先程の喫茶店内での会話を思い出して晴華へと問いかけたが、それを聞いて先程まで思い切り息を吐き出して気を抜いていた佳奈が問い詰めるように声を出しながら晴華を見た。

「恋愛に興味がないのはほんと」

「そう……」

晴華の言葉にホッと息を吐き出す佳奈。

だが、晴華の言葉はそこで終わりではなかった。

「……ただ、相手として悪くはないと思ってる」

続いた晴華の言葉で、佳奈と柚子は目を剥いて晴華を見つめた。

もしや、晴華は本気で浩介のことが好きなのだろうか？　そんな思いが二人の胸の中に生まれた。二人がそう思った理由はそれぞれ全く違うものだったが。

「容姿はどうでもいいし、めんどくさい性格もしてない。判定は三級でも、功績は特級以上。親も認めると思う」

だが疑問を抱いた二人は、そんな晴華の言葉でその真意を理解し、納得した。

「晴華ちゃんの家、名家だもんね。」

「〝一応〟名家に分類されるだけ」

「昔の陰陽師の家系でしょ？　晴明、だっけ？　なんか有名な人」

「流れを汲んでるだけで、本家じゃない。……家はそれが気に入らないみたいだけど」

晴華の家は陰陽師――昔の覚醒者の一人として考えられている者の血を引いている。

とはいえ、晴華自身の家は本家ではなく、分家。それも末端と言ってもいいほどだ。

だが、そんな末端の家であるにもかかわらず、晴華は本家に産まれた同年代の者よりも強い力を持っていた。

能力が本来の陰陽師としての術に関わるようなものではなく炎を操ることに特化してしまっているが、それでも力の総量は他よりもずばぬけていた。

それ故に晴華の親は晴華に期待してしまった。それは、期待を通り越して呪いと言ってもいいほどに。

だからこそ、より一層の力を求めて晴華には『自分たちと同じように力も歴史もある名家』のどこかから、『良い相手』と結婚してほしいと願って――強要していた。

「それに、今の時代は力を持ってる者が溢れてる。血筋にこだわる意味がない」

だが、今の時代は覚醒者が増え、昔ながらの血を取り入れての能力の引き継ぎなど考える必要などない。

昔から力を持ってきた名家？　そんなもの、古臭いだけ。力を持った存在ならそこら中にいる。

端的に言って、馬鹿らしい。それが晴華の考えだった。

とはいえ、完全に親の意向を無視すると面倒なので、浩介ならばギリギリ許してもらえるだろうし付き合っていてもめんどくさくない相手なので、晴華にとっては『良い相手』だった。

「ねえ、瑞樹……」

そんな晴華の考えを聞いて、佳奈は瑞樹にも意見を求めようと声をかけた。

だが、瑞樹は何かを考え込むようにボーッとしていた。

「瑞樹？」

「……っ！　な、なに？」

「どうしたの？　さっきからなんか調子が変っていうか……」

「ごめんなさい。ちょっと考え事をね」

心配そうに自分を見つめてくる佳奈のことを、瑞樹はおかしくならないようにと思いながら笑って誤魔化す。

「そう？　体調悪いとかじゃないならいいんだけど……」

「……瑞樹も狙ってる？」

「えっ、そうなの!?」

「ち、違う違う！　そうじゃないの！　ただ、その、ね……」

晴華と佳奈の言葉を受けて、瑞樹は慌てて否定するが、慌ててしまい言うつもりのない言葉を言いそうになって思わず言葉を止めた。

しかし、そのままでは不自然すぎるので、何かないかと必死になって考えて瑞樹は言葉を絞り出すのだが……

「あー、えっと……い、伊上さん、確かにいい人だとは思うけど、佳奈はどうして惹かれてるのかなって、ちょっとね。ほら、最初はあんなだったじゃない？」

「あ、そういえば、どうしてなのかっていうのは聞いたことなかったよね」

「えっ⁉　い、いや、違くってね⁉　別に惹かれてるとかそんなんじゃなくて……！」

咄嗟だった瑞樹の言葉に、柚子が普段よりもはっきりとした態度を見せた。

そんな二人の言葉に佳奈は慌てて手を振りながら否定してみせたが、その声は徐々に小さくなっていき、最終的には視線を逸らしながら小さく話し始めた。

「ただ、ほら。なんてゆーか、頼りにはさ、なるじゃん。あんなでっかいのだって、あいつがいたから倒せたんだし。学校の男子達ともなんか違うし……」

いつになく言い訳がましい様子の佳奈だが、その様子を柚子はにこにこと微笑ましげな笑みを浮かべながら、晴華はいつものように表情を変えずにじっと見ていた。

「……なに？　なんか言いたいことでもあるわけ、柚子、晴華」

「ううん。なんでもないよ」

なんでもないと誤魔化す柚子とは違い、晴華は己の思ったことを正直に口にした。

「乙女」

「う……うああーーーー！　うっさい！　なし！　今のなしだから！」

晴華から今しがたの自分の様子についての感想を聞かされた佳奈はそんな風に大声を出しながら頭を抱えるが、瑞樹はその声を聞きながら先ほどの自分の様子について誤魔化せたことにホッとしていた。

（伊上さん、『今はもう恋人はいない』って言ってたわよね？　それも、なんだか含みのあるようなおかしな言い方……）

佳奈達の会話を曖昧に笑って聞きながらも、瑞樹の胸の中には気がかりが残り続けた。

今日は教導官同伴の授業があるため、俺は学校に来ていた。

学校に、と言っても教室で授業を受けるのではなく、宮野達と屋外での訓練だけどな。

俺達がいるのは、複数のチームが動き回っても問題ない広さのある野外演習場。

現在はそこでチームを半分に分けた二対二の模擬戦をしている最中だ。模擬戦の組み合わせは適当に変えているが、今は宮野と安倍対浅田と北原だな。

「まだ数回しか来てねえが、やっぱ短期とは違って伸び伸びやってんなぁ～」

俺は杖に寄りかかり宮野達の模擬戦を見ているが、自分が冒険者育成のために学校に通わされていた時との空気の緩さを比べて愚痴るように呟き、飴を取り出して口に放り込む。

ここでタバコとか咥えているとかっこいいんだが、冒険者でタバコ吸ってる奴って少ないんだよな。心肺機能の低下って真面目に命に関わるし。

俺は一度宮野達の様子を見た後ため息を吐きだし、その後視線を周囲にいる他の生徒達に移して他の者達の状況を確認していくことにした。

「んで、相変わらず三十以上の教導官は俺だけ、か。みんな若えなぁ……」

その場にいる教導官達は全員が俺よりも年下だ。歳がいってても二十……七か八ってところか？　見事なまでに若者しかいない。

覚醒者と言っても、十二歳以上の覚醒では、それ以下で覚醒した者よりも才能面で劣っていると言われてる。だから若いうちに覚醒した奴らの方が能力的、才能的には優秀だ。

それは俺も理解しているし、そんな理由があるわけだから、教える側が若い奴らばっかになるのも分かるけど……。

「若すぎねえかなぁ、なんて思うんだけどな。二十歳だと冒険者として活動してから二年しか経ってねえってことだろうし、教師役としてはどうなんだろうな？」

他の教導官達だが、あいつらは純粋な戦闘なら力はあるんだろうけど所々に警戒心の薄さやなんかが見て取れる。

要はあいつら、戦闘のことしか考えてないんだ。戦って勝つ。それだけなら実力としてはまあまあな部類だが、その後のことを考えてない。

「生徒達の方も、プロとしてやっていけないこともないだろうが……微妙だな」

そして、そんな教導官から指導を受けた生徒達も同じような空気が感じられる。『生きるため』に戦うんじゃなくて、『勝つため』に戦うつもりでいる。

それがまるっきり悪いとは言わないが、『冒険者』として見れば落第だ。

冒険者ってのは目の前の戦いだけをこなせばいいってわけじゃない。

冒険者に大事なのは敵に勝つことではなく、生き残り続けること。極論を言えば負けたっていい。負けて生き残れるんだったらそれでもいいんだ。

でも、そんな考え方を教導官達も生徒達も理解していない。勝つことを重視しすぎてる。

今の状態で教導官なしでダンジョンに潜って生計を立てようとしたら、この中の何チームかは死ぬだろうなと思わざるを得ない。

この辺の出来の悪さ……って言ったらあれだけど、生徒達の『冒険者としての完成度』の低さは、やっぱり教える者である教導官が若いからだろうな。経験が薄く、必死に生き足掻いたことがないから『生き残ること』の大切さを知らない。

まあ、その完成度の低さに関しては、ここにいる奴ら——教導官も生徒も、両方ともが一級や二級という高い階級だってことも関係しているんじゃないかとは思う。

たいてい若者ってのは自身の力を過信する。俺も経験があるからわかるんだが、うまくいってると多少の不都合から無意識のうちに目を逸らすんだ。今日はたまたま調子が悪かった。自分の全力なら問題なくできたはずだってな。

　そんな考えも普通なら失敗をして正していくんだが、こと冒険者においては話が別だ。ダンジョンで失敗なんてすれば、その失敗がどれほど些細なものであっても死ぬ可能性がありすぎるほどにある。それがどれだけ力を持っているやつだとしてもな。

「これで教え役なんてやってていいもんかね……。いざ事が起こったら、教導官も生徒もビビってるだけ、めちゃくちゃに動くだけでろくに対応できねえんじゃねえかなあ……」

　しかし、他の教導官達に思うところがあったからって俺は何か言える立場にいるわけでもないし、こうして遠目から見てボヤくことくらいしかできない。

「――っ!?」

　そうしてボヤいていると不意に自分に向けられた視線を感じ、それと同時に何かが飛んできた。

　突然のことに少し驚きながらも、すぐさま体を逸らして飛んできたものを避ける。今のは……小石か？

　直前に感じた視線と直前までの光景から誰がやったのかは分かっているが、なんだってそんなことをしたのかは全く分からない。

「ねえちょっと浩介！　よそ見してないでよね！」

とりあえず石を投げてきた犯人である人物へと顔を向けると、その犯人――浅田から、今度は小石ではなく批難するような声が飛んできた。

「……今はまだ模擬戦中だったはずだが、なにしてんだ？　訓練だからって、遊ばないで真面目にやっとけ」

「何してるはこっちのセリフよ！　あんたがあたし達に戦えって言ったんでしょ？　だったらそっちこそもっと真面目にしっかりあたし達の事を見ててよね！」

浅田は宮野の攻撃(こうげき)を避け、或(ある)いは武器を振るいながらもこっちに向かって叫んできた。

どうやら浅田は、俺が戦うように指示を出しておきながらよそ見しているのが気に入らなかったらしい。

まあ確かに、こいつの言う通り俺が戦えって指示を出してこいつらはそれを実行してたのに、当の指示を出した俺がその様子を見てなかったらムカつくか。

とはいえ、だ。もっと見ていろと言われてもな……。

「……おっさんがマジマジと女子の体操着姿を見てたら、それはそれでやべーだろうが」

そう呟いてから改めて浅田や宮野達の姿を確認した俺だが、直後にため息を吐いた。

一応俺は外部の者だから身につけているものも冒険者としての装備だが、宮野達は俺とは違って学校の授業として運動をするための格好――つまりは体操服に着替(きが)えているのだ。

膝上丈で脚が見えている半ズボンに、上は生地が薄く体型がよくわかる半袖シャツ。格好としてはそんな感じだ。

脚が見えているって言っても普段から脚を見せてるスカート穿いてんだから今更って感じはしないでもないが、それとはまた趣が違うというかなんというか。

普通ではあるが普通ではない。なんかおっさんが一緒にいていい感じではないように思える格好なだけに、まじまじと見ていたら流石にまずい。でもそんな格好の奴らと一緒に行動しないといけないわけで、そう考えると自然とため息が出てしまうのだ。

しかし、だからといって宮野達の様子を全く見てなかったわけじゃない。ちゃんと意識しながら他の奴らも見てたってだけだ。

……でも、そうだな。せっかくだし、後で模擬戦が終わったら言おうと思った注意点や助言ってのを今教えておくか。そうすれば、完璧に実行できるかはともかくとしても、話を聞いた直後に試すことができるから実感もしやすいだろうし。

そう考えた俺は、一度は止まりかけたものの再び激しく模擬戦を続けだした浅田達に対して、今までの戦いを見て感じたことを伝えることにした。

「あー、じゃあまあ、全員そのまま戦いながら聞け。今のお前らの戦いを見ての感想を言ってやる。……まず安倍。お前は敵の阻害を中心に考えろ。初撃での広範囲に効果の出る魔法は良いが、乱戦においては広範囲に効果の出る魔法はむしろ邪魔だ。今みたいな浅田と宮野が——敵と味方が接近した状態でのお前の役割は、敵の後衛が魔法を使い始めたらそれを止めること。それから味方の前衛のために敵の前衛に隙を作ること。下手にダメージを与える必要はない。顔面を狙え。そうすれば、どれほどダメージがなくても敵は怯む」

繊細な操作ができるのなら味方が接近戦中の積極的な魔法攻撃をしてダメージを稼いでも構わないが、安倍はあまり繊細な操作を得意とはしていない。

できないわけじゃないが集中力も時間も使う。だったらその分を他に回した方が効率的だ。

安倍の使う魔法の系統は炎だし、視界の端で発生させただけでも気を散らせることができる。

そしてそんなものが顔面目掛けて飛んできたら嫌でも意識しないわけにはいかない。

たとえそれがそれほど威力のこもっていない虚仮威しだったとしてもな。

「……ん」

安倍は俺の言葉を聞いて小さく頷くと、それまでのように大技を当てようと機会を狙うのではなく、小技での妨害に切り替えていった。

「北原。お前の役割は敵の注意を引くことと、敵の注意から外れることだ。怪我をしても回復される治癒師ってのは、戦う相手からすると邪魔に思うもんだ。お前の場合は結界も張れるから尚更だな。だから治癒師が真っ先に狙われるわけだが、それを利用して敵の注意を引きつけ、意識を逸らせ。ただし、実際に狙われたらやられるから前に出過ぎないようにしろ。難しいが、お前が一歩動くだけで味方の役に立てることがある。気をつけないと味方の隙を作ることにもなりかねんから戦場をよく見て、味方と敵の状況や地形なんかをしっかりと把握することに努めろ」

北原は回復と結界、あとは能力強化による支援型だから、基本的に最初に守り用の結界を仲間に張ってしまえば目立ってやることがないんだよな。

ただまあ、それでも何もできないってわけじゃない。

今言ったように、敵の気を引くことはできるし、治癒師は生き残ることそれ自体が援護になると言える。

それに、周囲の警戒をすることもできる。今回は二対二の限られた数での戦いだが、実戦では他の敵が乱入、なんてことにならないようにするためにも警戒役は必要だ。

攻撃という点では何もすることはないが、チームとして必要なことってのは結構ある。

「は、はい！」

北原は安倍と違って吃りながらもちゃんと返事をしてきたが、こっちはそうすぐに変わるもんでもないから動きが大きく変わることもなかった。だが、今はそれで良いだろう。

「宮野は下手に魔法を使おうとすんな。安倍にも言ったが、微細なコントロールができない魔法は邪魔にしかならん。見せ札として使うのなら十分だし、光が出るから囮として注意を集めることはできる。が、直接的な攻撃力にはならん。使いたかったら、せめて最初は静電気程度の威力から始めろ。生き物相手なら静電気を放つだけでも十分に役に立つ」

宮野はなぁ……能力的にもバランスがいいし、勤勉だから基本的には言うことがない。

だが、最近は特級モンスターにぶっ放した一撃が忘れられないのか、魔法を使おうとしすぎているように感じる。

以前だったら剣で切りかかってた場面でも、魔法を使って方をつけようとする場面がそれなりにある。

確かにあれだけの威力を出せるんだから、使いこなせれば魔法を交じえての戦いってのはすごく力になるが、今の状態では戦力の低下になってる。

魔法を使っての戦闘をするのなら、まずは戦闘ではなく普通の訓練で制御がしっかりとできるようになってからにするべきだろう。

「はい！」

宮野は真剣な様子で返事をすると、それまでとは魔法の使い方を変えて俺が言ったように静電気程度の規模の魔法に切り替えた。

だが、まだまだ戦闘中に魔法を構築するのは難しいようで動きがぎこちない。練習し続けてればそのうちできるだろうけど、今はそんなもんだろうな。

「んで浅田、お前はもっと強引でいい。突っ込め」

「はあ？　そんなことしたらすぐにやられるでしょ？」

普通なら戦士にだとしても突っ込めなんて言わないが、こいつの場合は別だ。

「平気だ。お前の後始末はお前の仲間がやってくれるし、多少の傷も北原が治す。それに結界だってあるわけだしな。お前の持ち味はどう足掻いても注意を引きつけるほどのその一撃だ。お前の攻撃は生半可な防御じゃ防げない。だからお前の攻撃は避けるしかないんだが、お前が暴れれば暴れるほど敵はお前へと目を向ける。ともすれば、勇者よりもな」

こいつは大槌というそれなりにリーチがあって一撃の威力が高いものをぶん回してる。仲間と連携をして小綺麗にまとまった動きをさせるんじゃなくて、こいつの好きに暴れさせて他がこいつのサポートに回った方が効果的だ。

それは今みたいな少数での戦いだけではなくチームでの戦いでもそうだ。宮野と協力し敵を一緒に倒すよりも、同士討ちなんて気にせずに暴れてもらったほうが強い。

「勇者の名前は確かに強大だ。人の目を引きつけるには十分だろう。だがモンスター相手には『勇者』なんて称号は意味をなさないし、実戦になってしまえばろくに力を使いこなせていない奴よりも、全力で対処しないとヤバい一撃をお手軽に放ってくる明確な脅威の方が敵を引きつける。現時点でのこのチームの主役は、お前だよ」

「しゅ、しゅやく……？　瑞樹じゃなくってあたしが？」

浅田は俺が何を言っているのかわからないのか、戦いの最中だってのにバッとこっちに振り向いて不思議そうにしてしまっているが、正直攻撃力という一点において、こいつは特級――『勇者』に迫る力を持っている。

まあその分機動力なんかは他の一級の平均よりも下くらいになってるけど、チームとして戦うのならその攻撃力を好きなように振るわせたほうが良い。

「もちろん主役って言っても状況に応じて変わるし、これから先は分からん。宮野が力を使いこなせるようになったら、宮野の方が敵の目を引くかもしれん。だが、今の状態のこのチームでの戦いは、お前は主役になれる」

「……ふ、ふーん？　そこまで言うならやってやろうじゃない！」

俺が煽てると、浅田は真剣そうな表情をしながらも満更でもなさそうに口元をにやけさせながら頷き、武器を担ぎ直した。

「ってわけで、今は模擬戦でチームを分けてるからあれだが、実践での基本的な作戦としては、乱戦になる前は魔法でドーンとやって、接近したら宮野が斬りかかる。で、『勇者』に気を取られてるところで浅田が突っ込んで暴れる。あとは宮野が補助に回って浅田が崩した陣形の隙を確実に仕留めていく。安倍は接敵後は敵の邪魔だな。北原は、支援の他に敵全体の俯瞰と、指示出し……は、無理だとしても、敵が何かしそうだと思ったら注意を促せ。ま、今は人数が少なすぎてチームでの動きなんて確認しようがないだろうが、話の内容は頭に留めておけ」

「「「はい！」」」

その後は模擬戦は順調に進んでいき、俺も石を投げられるようなこともなく終わった。

模擬戦が終わったことで、宮野は汗を拭い、浅田は大槌に寄りかかって疲れた様子を見せている。

北原はあまり動いていないために疲れていないのだろう。二人に飲み物を持っていった。

そんな中で、安倍だけが俺の方に近寄ってきて、小さく手を挙げながら問いかけてきた。

「質問。さっき敵の邪魔をするって言ってたけど、どんなタイミングで邪魔をすればいい？」

どうやら俺がした模擬戦中の助言に関して聞きたいことがあったようだ。

「あ？　そりゃあまあ、敵が魔法の準備をし始めるとか、なんかそんなやつだ」

「でも、魔法は相手の方が先に準備してる。なら後から使っても遅くなる」

「あー、まあ、そうだな。だが、邪魔をするだけならそんなしっかり魔法を作り上げる必要もないわけだし、やろうと思えばできるさ」

しかし、口で言ったところでこいつらは本当の意味で俺の言葉を理解することはできないだろう。

そう考えた俺は、持っていた杖の先に軽く魔法を使って水の球を浮かべ、それを適当に動物の姿に変えたりして動かしたりしていると、それまでは休んでいた宮野達もこちらに視線を向けてきた。

「魔法ってのはこんなふうに結構自由に操る事ができるが、好き勝手使えるかっていうとそうでもない。たとえば……安倍。魔法はどんな手順で発動するもんだ？　多分だが、もうとっくに授業でやってるだろ？」

魔法なんて不思議でなんでもできるかのように思えるが、あくまでも魔法は『技術』だ。そして技術である以上は誰にでも使えるような手順が存在する。

「魔法はいくつかの工程を経て発動できる。選択・喚起・放射・指定・構築・把握・注入・実行。この八つを順番に行なっていくことで魔法として形になる」

そう。今安倍が説明したこれが魔法を使う際の工程だ。

まず『選択』で使う魔法を選び、『喚起』で体内の魔力を呼び起こし、『放射』で魔力を体外に出して魔法を構築するための場を整え、『指定』で魔法を使う対象や範囲を設定し、『構築』で魔法を組み立てていき、『把握』で完成した魔法の状況を確認した後、『注入』で組み立てた魔法に魔力を注ぎ、そうしてようやく『実行』に移り魔法が発動する。

「正解だ。さすが魔法使い」

「当然」

安倍は普段と変わらない様子ではあるが、どこか自慢げだ。

「まあこの辺はおさらいだな。で、その魔法だが、これは何も全部の工程を経ているわけじゃない」

「どういうこと？　そうしないと魔法って使えないんでしょ？」

俺が真面目に講義し出したからだろう。他の三人もこっちに寄ってきて俺の話を聞き始めたのだが、四人の中で唯一魔法の使えない浅田には理解しづらいのか、首を傾げている。

「いや、精度も威力も落ちるが、全く使えないこともない。たとえばいくつかの工程を省いたり手抜きをしたりすることができるし、基本的に魔法使い達はそれをやってる。一々全工程をこなしてたら戦闘中だと隙になるからな。だから魔法を使う際は大抵が手抜きをしてる。俺もそうだが、お前らもやってるだろ？」

そう説明しながら俺はそれまで存在していた動物形の水の塊とは別にもう一つ水の球を作るが、その速度は先ほど魔法を使用した時よりもずっと速く生成された。

そんな光景を見て宮野と安倍と北原の魔法を使える三人はそれぞれ実際に魔法を使ってみることにしたようだ。そして発動した魔法を見て何かを確認している。

「……確かに、速く作ろうとすると簡略化してましたね」

今までは無意識的に魔法の構成を弄っていたっぽい宮野だったが、改めて見るとそのことが理解できたようだ。その宮野の言葉に安倍と北原も同意するように頷いてみせた。

「それをもっと荒くしろ。さっきも安倍に言ったが、人も獣も、自分の顔面に物が飛んできたらそれがどんなに弱い攻撃だとしても反応せざるを得ないからな。ただ邪魔をするだけならそれで十分だ」

安倍と宮野は先ほどに続き再び魔法を作って、その構成を一度目と二度目で変えてその効果を比べている。だが、そんな二人に注意する事がある。

「ただし、構成を崩しすぎると魔法として機能しなくなるからその辺の塩梅は自分で確認していくしかないな。それに、別の問題も出てくるから普段使いにはあまりお勧めしない」

そう。今の方法は速く発動する事ができるから牽制なんかには良いけど、普段使いには向かない。

「別の問題？」

魔法を使えない浅田は、何がどう違うのか、何が問題なのかわからないようで、特に悩んだり考えたりすることもなく首を傾げながら疑問を口にした。

「ああ。……まあこれはお前らにはあんまし関係のない話かもしれないが……そうだな。安倍、今が戦闘中のつもりでちょっと魔法を俺に向かって使ってみろ」

「いいの？」

安倍が確認してくるが、まあ普通だったら一級が三級を攻撃することを頼まれたら不思議に思うだろうな。だが、問題ない。そうじゃなかったらそもそも頼まないしな。

「ああ。できる限り速くな」

そんな俺の言葉に頷いた安倍は魔法を構築していき、俺に向かって放とうとするが……

「きゃっ！」

安倍が魔法を放つ直前でその魔法は構成を崩していき、それまでの準備に注ぎ込んだ魔力が暴走。安倍の魔法は小さな衝撃とともに壊れた。

「こんな感じで魔法の構成を崩しすぎると、そこにつけ込まれて敵に魔法を破壊される可能性もある」

突然自分の魔法が壊されたことで小さな悲鳴をあげた安倍だったが、そのせいかそれを実行した俺のことをジトッとした目で見つめてきている。

「ど、どうやったんですか？」

「さっき言ったろ、魔法には手抜きの部分があるって。そこにちょっと干渉してやれば、魔法を発動させる前に壊すことくらいはできる。喩えるなら、相手が絵を描いてる最中に横から出鱈目に筆を入れる感じだ。そんなことになったらもうその絵は台無しだろ？」

安倍からの視線を無視して北原の問いかけに答えていくが、まあ実際そんな口で言うほど簡単なもんでもない。

だが、それをこいつらが気にすることもないだろう。何せ、こいつらにはこのやり方は教えることはあるかもしれないが、わざわざ鍛えさせる気はないし。

「ただ、これは基本的にはお前達には役に立たない技術だし、わざわざ学ぶことでもない。強いて言うなら、こんな技術もあるんだって頭の隅にでも放り込んでおけばそれで十分だ」

「え？　で、でも、今のが使えるようになったら、すごい便利だと思うんですけど……」

「まあ便利は便利だな。だが、お前らの場合はそんなことをする前に普通に魔法を使ったほうが早いし強い」

攻撃手段の乏しい北原としては、この技術は魅力的に映るかもしれない。使えるようになればより敵の邪魔をする事ができ、チームに貢献する事ができるようになるんだからな。

だが、それは見せかけだけだ。実際にはそんなにいいもんじゃない。

「構成を崩した魔法は速く発動させることはできるが、その分威力は弱くなるし精密な操作もできない。だから、お前らの普通の魔法、あるいは同じように構成を崩した魔法をぶつけてやればそれだけで大抵は相殺できる。なんたってお前らは一級と特級だしな。相殺して防ぐんじゃなかったとしても、相手は構成を崩してるせいでろくに魔法を操れないんだから避けたっていい。ちょっとその場から飛び退くだけで避けられるぞ。だからお前らはこんな小手先の技術を学ぶよりも、順当に鍛えていった方が強くなれる」

一級や特級のこいつらなら魔法の破壊なんてするより普通に攻撃した方が速いし効果的だ。浅田なんか魔法は使えないが、そこら辺の小石を投げるだけで邪魔できるんだぞ？　宮野達だって同じだ。魔法に干渉して邪魔を、なんて考えるより普通に邪魔しとけって話だ。

だがそこで、宮野が首を傾げながら問いかけてきた。

「でも、ならなんで伊上さんはこんな事ができるんですか？　こんな方法授業でも習った事ないですけど？」

「言ったろ、お前らは一級と特級だからって。俺は三級だからな。これは格下が格上相手

でも生き残れるように必死になって足掻いた末の方法でしかない。相手の魔法を邪魔をするにはそれなりに頭使わないといけないし、意識も割かなきゃいけない。そんなことしてる余裕があるくらいだったら、普通に対処した方が楽だし確実だ」

二級だって全力で迎撃すれば、特級の全力ではない一撃くらいなら防ぐことができなくもない。その後の余力について考えるとぶっ倒れることになるだろうから迎撃したいとは思えないが、できるかできないかで言ったら、できる。

だが、三級だとそうはいかない。後先考えずに全力を以て迎撃しようとしたところで、真正面からぶつかれば押し負けて終わりだ。どれほど絞り出したところで、個人の力では争うことなんてできやしない。それが三級だ。

だがそれじゃあいざって時に死ぬことになる。俺はそれが気に食わなかった。死にたくない。生き残りたい。そう思ったからこそ必死になってどうにかする方法を考え、鍛えた。その結果がこれだ。

だが、この方法はあくまでも雑魚が使うような方法で、最初っから才能があって強いやつがやるもんじゃない。そんなことをするよりも普通に迎撃したり回避したりする方がよっぽど力を使わなくて済むし楽にできる。

「ってわけで、こんな方法もある、ってことを理解しとけば十分だ」

　こいつらはやる必要はない無駄な技術だが、そういうものがあるんだって知っておけばそれが役に立つ事があるかもしれないからな。それで十分だ。

「後は、そうだな……ああ。もう一つだけ言っておくか」

　俺は他に何か言う事はあるかと考えていき、一つ思いついたのでそれも話しておこうか。

「お前ら、まだまだ動きが硬いんだよ。ああ、体の柔らかさ的な意味じゃないぞ？　動作の人間臭さとでも言えばいいのか？」

「何よ人間臭さって……人間なんだから当たり前でしょ」

「そうだけどそうじゃねえっつーかな……」

　浅田の言葉は確かにそうなんだが……なんて言ったものかねぇ。んー、そうだなぁ……。

「お前ら漫画とか読んだりするか？」

「漫画、ですか？　いえ。たまに友人に渡されたのを読んだりはしますが、自発的に買ったりはしません」

「わ、私もです」

　宮野と北原は読まない、と。まあそんな感じはした。

　というか、そもそもこいつら全員読まないような感じはしてるんだよな。ほら、女子高生ってあんまり漫画を読むような感じはしないだろ？　まあ偏見なんだろうけど。

「昔との違いって言われても実感なんてないけど、今じゃ世界がこんな感じに変わっちゃってるっぽいからねー。漫画なんて読まなくても不思議なことは周りにあるっていうか……あ、でもあたしは読むけどね」

「わたしも読む。魔法の参考になるから」

だが俺の考えに反して浅田と安倍は読んでいるようだ。

浅田は、まあ理解できるといえばできる。雰囲気(ふんいき)がなんかそんな感じするし。

だが安倍。安倍が漫画を読んでる理由は、割と俺が言おうとしたことそのままだった。

「ほーん……だからか？」

「なにがですか？」

「ん？　あー、体の動かし方っていうのか？　戦い方がな、そっちの二人は硬いんだよ」

「それって、今言った人間臭さってやつですか？」

「ああ」

宮野の戦い方は基本に忠実だ。教えをしっかりと守って無難に立ち回っている。それは北原も同じだ。

だが、浅田と安倍は違う。

安倍は魔法系なので動きそのものは北原と同じように教え通りなのだが、その使っている魔法は教科書には載っていないようなものを使うことがある。

そして顕著なのは浅田だ。そもそもの戦いからして重量武器を持って敵陣に突っ込むとかセオリーを無視している戦い方だ。教科書ではそんな戦い方を推奨していないし、教師も教えていないだろう。

だが、それでも無理して武器に振り回されているのではなく、型にはまらない動きで綺麗に動いている。

「そこの猪娘も言ったみたいに、「ちょっと、猪娘って誰のことよ」今の世の中は漫画だとかアニメだとか、御伽噺の世界になってる。で、そこで戦ってる俺もお前らも御伽噺の登場人物なわけだが、お前たち二人はまだ『普通の人間』をやってる」

「普通の人間……」

「それが悪いとは言わんが、漫画も現実も、同じ御伽噺の世界になったんだ。だったら参考になる部分もあるだろって話だ。安倍はさっき自分でも言ってたが、魔法の参考にしてるし、こっちの猪ゴリラも、多分無意識領域下で参考にしてる」

「だ、だから佳奈ちゃんはたまにすごい動きをするんですか？」

「猪ゴリラってところに反応してよ、柚子……」

浅田が北原のことを少し悲しげというか、気落ちした様子で恨みがましく見ているが、北原の言っていること自体は正しい。

「まあ、元々の才能もあるだろうけどな」

「……つまり、漫画を読んで参考にしろ、と？」

そんなふうに問いかけてきた宮野の言葉に、俺は頷きながら言葉を続ける。

「ああ。漫画に限らず創作物を、だな。人の想像できるものは世界のどこかに存在していてもおかしくない。なら、漫画やアニメに出てくる敵が実際に存在していてもおかしくないし、その通りの攻撃をしてもおかしくない。現にドラゴンなんてのや異形の化け物なんてのがいるんだしな」

ドラゴンに遭遇したことはあるが、初めて遭遇した時であってもその攻撃はほぼ想定通りの動きしかしなかった。

尻尾や爪での攻撃に噛みつき。それから『ブレス』なんて口から吐かれる魔法的ビーム。それとちょっとした魔法を使っただけだ。

予想外の動きは魔法による攻撃だったが、想定外ではなかったし、それだってパターンが割れればあとは作業だった。

……とはいえ、それでもその場には『勇者』がいたからなんとかなっただけで、いなかったらやばかったけどな。

実際俺だけだったら死んでたと思う。攻撃力足んなくて傷つけることもできなかったし。

「だからそういう可能性を知っておくことは、未知の敵……イレギュラーに遭遇した時に役に立つ。敵だけじゃない。知性を持った者の悪意ってのは似たり寄ったりだからな。罠(わな)や仕掛(しか)けなんかにも対応するときに役に立つ」

「ん。術の参考になった」

「と、経験者も語ってるし、後で機会があったらいくつか読んでみろ」

「はい」

「わかりました」

そう言って言葉を締(し)めると、宮野と北原は真剣な表情で頷き返事をした。

……今更だが、こいつらは素直(すなお)でいい子だよな。生徒の全員が全員こんな素直に聞き入れてくれるわけじゃないだろうし、教える側としては間違(まちが)いなく当たりだと思う。

「さて、じゃあ次の対戦に――いたっ！　てめえなにしやがる」

「ふんっ。人のことを猪だとかゴリラだとか言った罰(ばつ)よ！」

俺の脚(あし)を軽く蹴(け)った浅田は、そう言うと俺に背を向けて宮野達と話をし始めた。

話している内容としては今俺が言ったことについてで、それ自体はおかしなことでもないんだが、笑いを交えて話すその様子に僅(わず)かながら不安を感じてしまった。

だから俺は、軽く息を吐き出してから楽しげに話している宮野達に対して口を開いた。

「ただまあ、改めて言っておくが、それで強くなれたからって過信しすぎんなよ？　戦えるようになった、生き残れるようになったからといって、前みたいに自分達から突っ込んでいくんじゃないぞ？　誰かを守りたいって心意気は立派だが、最優先は自分、それから仲間の命だ。他人なんて後回しでいい。誰かを助けるのなんて、自分達の安全を確保して余裕がある時だけにしろ」

こいつらなら頑張ればイレギュラーでも倒せるようになるかもしれないが、まだ早い。この前のはただ運がよかっただけだ。

それに、倒せるようになったからって自分から突っ込んでいくものでもない。戦わずに逃げるのが利口な選択だ。

「……おい、返事はどうした？」

だが、そんな俺の言葉に四人のうち誰も反応せず、俺は宮野達を若干睨むように見つめながら再び問いかけた。

「でも、伊上さんっていつも人助けしてませんか？」

宮野は俺のことを見つめ返しながら首を傾げた。そしてその言葉に同意するかのように浅田も口を開いた。

「あのおっきな猿（さる）の時だって、文句言われたけとあたし達を助けたしね」

「流石（さすが）に俺（おれ）だってあの状況で仲間を見捨てるほど落ちぶれちゃあいないってだけだ。お前達が仲間じゃなくて見ず知らずの他人だったら見捨ててる」

浅田は以前遭遇したイレギュラーとの戦いをすごいことのように言っているが、仲間がやばい状況だったんだ。あんなのは俺じゃなくたって助けに入る場面だ。

「でも、あの時以外でも色々やってる」

「普段から、ダンジョンで遭遇した人達のこと、気にかけてるよね」

「ん。ついこの間だって、モンスターに襲（おそ）われてた冒険者（ぼうけんしゃ）を助けてた」

宮野達に続いて安倍と北原までもがそんなことを言い出した。

俺はそんな宮野達の言葉に対して、ため息を吐いてから頭に手を当てて答えだす。

「……一応、助けるのも理由は色々ある。まずは、余裕があるから。だからついでに助けるんだ。それから、助けた方が後で恩を返してくれたりするかもしれないだろ。後はそいつらが生きて帰ったとして、『あいつらは俺達のことを助けてくれなかったんだぜ』って言いふらされるかもしれない。別にダンジョンにおいて冒険者を見捨てることは違反（いはん）でも罪でもないが、悪意を向けられる対象にはなる。それよりはずっとマシだ」

ゲートの向こうではモンスターが脅威になるが、ゲートの外では周囲の反応が脅威になる。ダンジョン内で他の冒険者を見捨てる事は認められているし、推奨もされている。

が、一般人からしてみれば見捨てた事で叩く対象になりかねない。だから助けるんだ。だが、そんな説明では納得できないのかまだ微妙そうな顔をしている。どうやらこいつらは、どうしても俺をヒーローに仕立て上げたいらしい。だが、俺はそんなもんじゃない。

「お前らは俺をヒーローみたいに思いたいのかもしれないが、俺は所詮ただの三級覚醒者だ。困ってる奴全員を助けられるヒーローなんかと一緒にすんなよ」

ヒーローってのは誰も彼もを助けて話の最後には大団円で終われるような、出会った奴全部を助けて笑わせられるような、姿を見ただけで誰もが安心できるようなそんな存在だ。間違っても俺如きが一緒に扱われていい存在ではない。

「俺が助けるのは俺が選んだ奴だけだ。誰も彼も助けてるわけじゃない。その時の状況次第だ。何度も言うが、まずは自分と仲間が最優先。で、安全を確保した上で助けられそうだったから他も助けてる。お前らが見てるのはそれだけのことだ」

俺がお前達を助けたのは仲間だからで、他のそこら辺にいる奴らを助けたのはたまたま手が空いてたからでしかない。そんなのはヒーローでもなんでもないだろ?

「だからお前ら、イレギュラーにでもなんでも、危険だと思うことに遭遇したら逃げろよ」

そんな俺の言葉を聞いても宮野達は素直に頷くことはなく、頷いても「絶対に逃げないだろうな」とわかるような微妙な態度での頷きだった。

だが、それじゃあダメだ。

「お前ら、ちょっと調子に乗ってんじゃないか？」

「え？」

「調子にって……別にそんなことないけど」

突然の俺の言葉に宮野はただ声をあげ、浅田は唇を尖らせながら反論した。だが……

「そうか？　だったらなんでイレギュラーと戦うなって言ってんのに頷かないんだ？　一度できたんだからもう一度くらい、なんて考えてるんじゃないか？　自分たちならできるからって、そう考えてやしないかよ？」

こいつらはイレギュラーなんてもんに遭遇しながらも生き延びた。

それ自体はいいことだ。だが、まだまだ未熟なうちから『出遭ったら死ぬ』なんて言われている存在に勝ってしまったことで、自分たちは大丈夫だと慢心してしまっている。

「そりゃあ、まあ……でもさ、あたし達って勝ったじゃん。あんたがいたからだってのもわかってるし、自分達だけじゃ勝てなかったかもしれない。でも、次があったらもっと上手くやれるし、あたし達だってずっともっと強くなってるはずだから」

浅田はそう言いながら自身の武器である大槌を構えてみせるが、その考え方は間違いだ。

「それが調子に乗ってるって言うんだよ。次があったら？　もし俺がいなかったら、あの時お前達は死んでたわけだが、それを理解した上で『次があったら』なんて言ってるのか？」

俺がいたから、と言ったが、実際のところ俺がいたって死んでいたかもしれないんだ。こいつらはそれを理解していない。一度が大丈夫だったから二度目も、なんて意味のない自信に囚われている。

「でも伊上さん。最終的に私はイレギュラーかどうかにかかわらず、特級のモンスターを倒さないといけないんですよね？　だって、私は『勇者』なんですから」

「……ああ、そうだな。だが、それは今すぐにじゃない。これからも修練を積んで、強くなってからの話だ。今は無理だから逃げろ」

宮野は『勇者』の称号を与えられた。それは本人が望んだものではなかったかもしれないが、与えられてしまった以上は他の『勇者』達と同じようにいずれは特級を倒すために活動しなくてはならないだろう。

だとしても、それはまだ先の話だ。今のこいつらが特級に遭遇したら、十中八九死ぬ。

「……一つ、つまんねえ話をしてやろう」

それでも納得しきれていない様子の宮野達を見て、俺はそんなことを口にしていた。

「昔、知人がいたんだ。俺が冒険者になる前の話だな。あいつはお前らとは違って才能がなかった。つっても二級だから俺よりはあったけどな」

それは俺の周りで起こった、起こってしまった出来事だ。

こんなことは話すつもりなんてなかったはずなのに、それをこうして口にしたのは俺がそれだけこいつらのことを気に入っているからだろう。こいつらに死んでほしくないから、だからこんな話を口にしている。

「でも死んだ」

そう口にした直後、宮野達はそれぞれが驚愕を顔に表しながら、動きを止めた。

「また会おうって笑って話してたんだ。でも、呆気なく死んだ。遺体なんて髪の毛すら残さず、遺品なんかも欠片すらなかった」

今までが大丈夫だったなんてのは、なんの保証にもならない。一度目が大丈夫でも、二度目があるとは限らない。俺たち人間は完璧じゃないし、不死身でもない。死ぬ時なんて呆気なく死ぬもんだ。

「あいつがどう死んだのかなんて知らない。知りたくもない。だが、死んだって事実は〝ここ〟にある」

そう言いながら、俺は自分でも知らず知らずのうちに拳を握りしめていた。

〝ここ〟なんて言っても、こいつらには伝わらないだろう。だが、そんな言葉が無意識に出ていた。

「だから、誰（だれ）かを助けるんですか？　誰にも、死んでほしくないから……？」

俺の言葉を聞いてなんの反応も見せない三人とは違って北原がそんなことを言ってきたが、考え違いもいいところだ。

「はっ。そんな立派な考えじゃないさ。……ただ、自分の前で死なれたらムカつくだけだ」

「ムカつく、ですか……？」

ああそうだ。俺はムカつくんだ。気に入らない。

「別に俺はそいつが死んだ事そのものに対して思うところがあるわけじゃない。覚醒したところで、所詮俺（しょせんおれ）たちは人間だ。死なないわけがないんだからな。事故や病気、そういったもんで人が死ぬのは仕方ない。それはそういう人生だったってだけだ」

俺たちは人間なんだから、いつか死ぬのは当たり前だ。それは冒険者じゃなくても同じだ。一般人だって、死ぬときは死ぬ。だから『死』そのものに文句があるわけじゃない。

「だがダンジョンなんてモンで死ぬのは間違ってる。あんなの、この世界にはなかったはずだ。あんな訳の分からない場所で死ぬなんて間違ってる。おかしいだろ。だから俺は、ダンジョンなんて場所で誰にも死んでほしくない」

俺が助けるのは、助けた誰かに幸せになってほしいからじゃない。助けなかった誰かが死ぬことが嫌いだから助けるってだけだ。

俺の人助けってのは、人の世をプラスにするために助けてるんじゃなく、マイナスにならないように維持してるだけ。それも、ただの自己満足で微々たるものでしかない。

「だから、人助けですか……」

宮野の呟いた言葉を聞き、少し感情的になりすぎたと反省して握りしめていた拳を開く。

「つっても、やってきたことっつったら薬を分けたりゲートの方向を教えたり、あとはちょっとした怪我の手当をしたりくらいなもんだ。偉そうなことを言ったところで俺は三級だからな。分不相応ってやつだ。だから、できることって言ったらそんなちょっとした手助け程度だ。俺なんかが誰かを助けるなんて思うこと自体が土台間違ってるんだよ」

俺がやったことなんて誰でもできること。助けたのなんて数える程度。今まで特級を倒すために戦ってきた『勇者』たちの方が何倍も多くの人を救ってきてるだろう。

だから俺は、ヒーローでも英雄でもなんでもない。

「──なーにつまんないこと言ってんのよ」

俺の話で暗くなった空気を吹き飛ばすかのように、浅田がはっきりとした声でそう言った。

「あ？　あー、まあつまんない話だろうな。でも言ったろ。つまんない話だって──」

「ちっがう！　そうじゃない！　なにうじうじ言ってんのってこと！」

浅田は謝ろうとする俺の言葉を遮り、ダンッと強く足を踏み出した。

「人を助けたいから助ける。助けたんだから胸を張る！　理由はなんであれ、人を助けたんでしょ？　ちょっとしたことだったとしても、それで誰かが助かったんでしょ？　ならそれでいいじゃん。良い事したって事実に勇者も三級も関係ないでしょ。あんたは頑張って、そんで誰かを助けたんだから、うじうじしてないで『次も頑張ろう』って言ってればいいじゃん！」

そして、片手を腰に手を当てながらもう片方の手で俺に指を突き付け、怒鳴るように文句を言ってきた。

「……伊上さん。どんな理由があったとしても、誰かを助けることが、助けたいと願う心が間違いなはずがない。私はそう思います」

浅田の言葉に目を瞬かせていると、今度は宮野が自身の胸に手を当てながら俺に語りかけてくるかのように言葉を紡ぐ。

「……心意気としては、そうかもな。だが、誰かを助けて自分が死んでちゃ、そりゃあ間違いだろ」

しかし、俺がそう答えても宮野は首を横に振って口を開いた。

「でも、だったら伊上さんの教えを受けてきた私たちが自分も含めて誰もかも、全部をひっくるめて助けることができれば正しいってことですよね。伊上さんのやってきたことも、その考えも」

「そーね！　そうすれば解決じゃん。あたし達が全部助けちゃえば、あんただって『自分なんか～』って言わなくなるでしょ？　だってあんたが頑張ったからあたし達が強くなれるんだもん！」

「どんな理屈だよ」

なんだかこじつけたような無茶苦茶な理屈に苦笑いするしかない。

……でも、自分達が活躍したのならそれは俺のおかげで、俺は間違ってない、か。

なんていうか、笑うしかないよな。俺みたいなのがそんなことを言ってもらえるなんて。

だが、現実はそう甘くない。誰も彼もを救うなんてのは難しいどころの話じゃない。

……それでも、もし本当にこいつらが世界中の人を救う大英雄になったのなら、俺もこいつらが言った通り「俺は間違ってなかった」って、「誰かを救ったんだ」って胸を張っていいんだって、そう思えるかもしれないな。

「私はこれからも強くなりますね。だって、私は勇者ですから」

宮野はそう言うなり剣を持っていた拳を俺へと突き出してきた。

「あたしも強くなるからね！」

浅田はそう言いながら武器を握り直し、宮野の真似をするかのように俺に向かって突き出してくる。

そんな二人に引かれたからか、それまで黙っていた安倍と北原も同じように武器を手にして拳を突き出してきた。

武器そのものを向けられているわけではないが、これだとなんかの儀式みたいだな。

なんて思い苦笑を深めながらも、この四人の姿が俺にはとても眩しいものに見えた。

「……ま、好きにしろ。だが、やばいと思ったら逃げろよ。どんだけ志が立派でも、今のお前達には誰かを救うための力なんてないんだからな。くどいようだが何度でも言うぞ。お前ら、前のイレギュラーの大猿の時みたいに、自分達が生き残れるのかもわからないのに前に出たりしようとすんなよ」

「それは……まあ、はい。気をつけます」

「気をつけるだけじゃなくて実行してほしいんだがな……」

改めて注意したが、こいつらならまた突っ込んでいきそうな気がするんだよな。

まあ、もうしばらくは一緒にいるんだ。その間に改めて教えてやればいいか。

「——北原、ちょっといいか？」

その後は特にこれと言って何があるわけでもなく時間が過ぎていき授業終了となったのだが、最後に俺は北原を呼び止めた。

「え？　あ、はい。私ですか？」

「ああお前だ。お前だけは冷たく状況を見られそうだからな」

「冷たく……」

「ああ、その場のノリや勢いに流されずに冷静に状況を見て判断を下す。出来るだろ？」

チームには一人くらいはストッパー役になれる奴がいないとだが、このチームのなかならこいつだろう。

「え、えっと……どうして、私なんでしょう？　佳奈ちゃんはダメかもしれないですけど、瑞樹ちゃんや晴華ちゃんだって、冷静に判断することは出来ると思いますけど……」

「さっきの話は聞いただろうが、宮野は勇者だからな。引かない時はあるだろうよ。それに安倍だが、あれはあれで熱いところがある。今回だって人の内面に突っ込んできた。そんな二人だ。止まらずに突き進むことがあるかもしれない」

「で、でも、私は……」

視線を彷徨わせながら答える北原だが、俺はこいつ以外に頼むつもりはない。こいつならきっと、死なないための最善を選んでくれることだろう。

「お前が前に出たがらないのは知ってる。だから、なにも普段から前に出て指示を出せなんてことは言わないさ。ただ、お前がやばいと思った時に止めてくれればそれでいいんだ」

「……はい。わかりました。私も、みんなのために頑張ります」

「ああ、頼んだ」

そうして時々授業に参加したりダンジョンに潜ったりしながら日々は過ぎていき、ついには今年最後の活動日も終わりとなった。

「それじゃあ伊上さん、今年はこれで終わりですけど、また来年もよろしくお願いします」

「こ、今年はありがとうございました」

「またお正月に」

「時間と場所は話した通りだから、忘れないでよね！」

「ああ、わかってるよ」

今日は今年最後だからか、四人は学校の正門まで俺を見送りに来てくれた。その際正月の初詣の念押しをされたが、こりゃあ万が一にでも忘れたら怒られる事になんだろうな。

宮野達から挨拶を受けて俺は片手を上げながら返事をすると、背を向けて自宅へと向かうバスに乗り込んだ。これで次に会うのは年明けだ。

年が明けても、正月に会った後はまた少し休みがあるが、その休みが終わればそっからはいつも通りに授業に参加しながらダンジョンに潜ったりして、適当に俺の知識や経験を教えていく。それを三ヶ月も続ければ今のチームでの活動も終わりだ。

……にしても、また三ヶ月、か。今度こそ三ヶ月で終わるんだろうな？

そんなことを考えながら宮野達と出会ってからの数ヶ月を思い出していくが、一番強い思い出はあの時の特級モンスターだ。まさか今年も遭遇するとは思わなかった。

これまでのことを色々と思い出しているうちにバスは家の近くに停まり、そこで降りると俺は自宅のアパートへと向かって歩いていく。

「もう今年も終わるのか。時間ってのは早いもんだ」

そう呟いてなんとなしに空を見上げてみると、不意に思い出したくない、もう忘れてもいいはずの記憶が、想いが蘇ってきた。

「……いや、どうだろうな？　アレからまだ十年経ってないって考えると、遅すぎるのかもな」

時間ってのは残酷だ。流れてほしくないのに流れていき、全てを風化させる。

物も、記憶も、想いも、全部をだ。まるで心を蝕む病みたいに。

だってのに、そのくせやたらと時間が経つのを遅く感じる。そのせいで余計に苦しむ羽目になる。

「なあ、どっちだと思う？」

近くには誰もいないはずだ。

だがそれでも、そこにはいない誰かに問いかけるように声を吐き出した。

……答えなんて、返ってくるはずがないのに。

「どうして、死んじまったんだろうなぁ」

悲しいはずだ。悲しいことだったはずだ。あの時は現実を認めたくなくてずっとずっと泣き続けたはずだ。

だってのに、もう涙が流れてこないのは……どうしてなんだろうな？

「やっぱ、冒険者なんてクソだ。ああ……。だから、今度こそ辞めてやる」

そう自分に言い聞かせるように呟いて、俺は再び家へと歩き出した。

ああ、来てしまった。来たくなかったんだけどなぁ。

でも仕方がないよな。一応俺から頼んだことが関係してるわけだし、来ないわけにはいかない。すごく。すっっっごく嫌だけどな。

今日は十二月二十五日。世間で言うところのクリスマスだが、俺は街中から外れた場所にあるでかい建物の前にいた。建物の前とは言っても実際には目的の建物はまだ随分と先で、敷地に入るための検問にいる、と言うのが正しいけど。

なんでこんなところにいるのかって言ったら、年を越す前の最後の一仕事をしなくてはならないからだ。

その仕事をこなすために、俺は深呼吸をして覚悟を決めると目の前の大きく広い建物の敷地を歩きだしたのだが、相変わらずの広さに少し辟易とする。

その場所はやけに厳重に警備されており、外壁は高く誤っての侵入はできない。仮に中に入ったとしても、随所に設置されている監視カメラが侵入者を見逃さないだろう。

加えて、武装した警備員が定期と不定期の両方で巡回している。

ここまでやれば誰も入ろうとは思わないかもしれないが、それでも油断できないのがこの場所だ。

「こんにちは、佐伯さん」

「ああ、伊上君。よく来てくれたね。すまないね、度々来てもらって」

「いえ、佐伯さんにもですが、ここの方々にはこちらも色々と手を貸してもらってますし、お互い様です」

そんなかなり物騒な敷地内を進んでいくと、俺の目指していた建物の前で一人の男性がタバコを吸って待っていた。

佐伯浩司。それがこの男性の名前だ。確か、歳は四十だったかな？　この『研究所』のトップだ。

「それに……『あいつ』を放っておくと後が怖いんで」

「あ、あはは……確かに、僕たちとしても『アレ』を放置されるとちょっと、いや大分……かなり困るかな」

「困るで済めば御の字ですけどね」

そんなふうに軽く会話をしていると、佐伯さんはタバコを携帯灰皿に入れて、それを服のポケットにしまった。

「とりあえず、行くとしようか。いつも通り、君を待ってるよ」

「俺としては待っててほしくないんですけどね」

そして俺達は建物の中へと進み始めた。

「すまないね。最近は忙しいんだろ？」

建物の中に入ってからいくつかの……いや、いくつもの手続きをしてから俺達はようやくまともに進むことができた。

明らかに普通の場所ではないが、それが必要な場所なのだということを俺は知っている。

「まあまあですね。以前よりは楽になりましたよ」

「そうかい？　まあ、そうかもね。でも女子高生相手にチームを組むなんて、忙しいのとは別に大変じゃないのかな？　僕からしてみれば、娘と同じ歳くらいの子達と一緒に寝泊まりすることになるわけだし」

「それはありますね。救いとしては歳や性別で追い出されたりしないことですかね。異性の混じるチームや年が離れたチームだと、どうしても問題が起こりがちですから」

「それで捕まる人もいるしね……捕まったりしないでくれよ？　捕まっても助けられることになるだろうけど、それはそれで余計な手間がかかるからね」

「しませんってば、まったく……」

流石に俺だってそれくらいの分別はある。

というか、ダンジョン内で〝そういうこと〟をするつもりはない。

まあダンジョン内でなくても、娘と言えるくらい歳の離れた奴らを襲ったりはしないが。

そもそも、無理矢理致そうとすれば、ナニがとは言わないが潰される。

「はは、冗談だよ。でも、その反応からすると渡辺くん達にも言われたかい？」

「ええ、顔面に拳を叩き込んでやりたくなるくらいに」

「そ、そうか。なら僕はこれ以上言うのをやめようかな」

「ええ、そうしてください」

そんな雑談をしながら長く、そして複雑な通路を進んでいく。

右へ左へと何度も曲がるが、その造りはどこも同じなのでここへ初めて来た者は間違いなく迷うことになるだろう。

「相変わらず、警備が厳重ですね。何度来ても案内がなければまともに進めない自信があります」

「まあ、そりゃあね。ここの目的を考えれば当然だ」

佐伯さんがいるからこそ俺は難なく進むことができているが、もし俺一人で進もうとしたら迷うだろうし、そもそも迷うほど進む前にここの警備に止められるだろう。

「ダンジョンってのは今のみんなの認識だと迷路とか怪物の巣、あるいはゲームに出てくるような不思議な場所って意味になってるけど、元々の意味としては『牢獄』だ。外から内の侵入を拒むんじゃなく、内から外への逃亡を拒むもの。『ダンジョン』というものを今のみんなの認識であるものではなく、本来の『牢獄』という意味で捉えるのなら、その名前はゲートの先よりもこの場所の方がふさわしいくらいだ」

「内から逃がさないための場所、ですね」

ここには外には出してはならないものがたくさんある。

それを考えると確かにこの場所は一種の牢獄だろうな。

「ああ。ゲートに関するもので常道から外れたものを集め、研究する施設。それがここだからね。生きてるのも死んでるのも、全て等しくここから無闇に出してはならないものだ。……ま、これも何度も話したことだけどね」

「ですね。でも、そうやって話すの好きでしょう？　他の話題よりも声が弾んでますよ」

「はは、わかるかい？　まあこんなことを外の人に話せる機会なんてほとんどないからね。少しくらい自慢したいのさ」

当然ながら、ここの職員は内部の情報を外に漏らさないように定められている。

だからこそ佐伯さんは一応外部の者である俺に話すのが楽しいのだろう。

俺も関係者だし色々と制約があるが、それでも外部の者だからな。

「……でも今の話で行くと、もし仮にダンジョンが今の意味ではなく本来の意味の『ダンジョン』だった場合、その奥――『牢獄』にはなにを閉じ込めてるんでしょうね?」

「さあ? それはいつか分かるかもしれないし、分からないかもしれない。そもそも分かっていいことなのかそうでないのか、それすら分からない状態だからね」

そう。ゲートが発生してもうそれなりの時間が経つが、何がどうなって、どこに繋がったのか分かっていない。

分かっているのは、〝やらかして〟ゲートを発生させた国ではゲートの大量発生が起こり、真っ先に被害を受けて国民も経済力も当時の半分以下まで落としたってことだけ。

そして今やゲートによる被害はその国だけではなく世界中で起こっているということ。

他に強いて挙げるとしたら、ゲートの向こうにある世界で取れる素材は今までの常識を覆し、やらかした国が考えていたように資源問題を解決したってことくらいだ。まあ、最初に考えていた解決方法とは別物になっただろうけど。

「まあ、僕たちにできることは一つ一つ地道に謎を解いていくだけだ」

「願わくば、その謎の先に滅びが待ってないといいんですけどね」

「そりゃあ僕だってそう思うよ」

佐伯さんは冗談めかして言っているが、俺も佐伯さんもそれを本心から冗談として笑うことはできなかった。

「……ところで、その今のチームメンバーなんだけど……」

突然、俺の前を進んでいた佐伯さんがそれまでの雑談とは違って些か真剣味を帯びた声で話しかけてきた。

「宮野のことですか？」

「ああ。……ちょっと気をつけたほうがいいかもしれない」

その言葉を聞いて、俺は一瞬だけぴくりと反応して足を止めたが、それは本当に一瞬のことですぐに再び歩き出した。

「……何か、どこかで動きがありましたか？」

「救世者軍がちょっとね。最短で一ヶ月、遅くても半年以内に行動を起こす予想だ」

「随分と間が空いてますね」

「ま、多少の情報は入ったけど、あくまでも多少だ。その情報や今までの行動なんかから推測はできたが、それも所詮は予想でしかないからね。実際のところはわからない」

それもそうか。何もわからずに襲撃、なんてことになったら大変だっただろうからな。

「で、だ。狙(ねら)いとしてはおそらく新たな『勇者』だ」

「……それで宮野ですか」

「あくまでも予想でしかないけどね。単なる特級なら数は少ないがそれほどでもないけど、新たな『勇者』ってのは、それだけ貴重で、良くも悪くも狙われやすい。それは君もわかっていただろう?」

佐伯さんの言ったように、力を持っている者というのはそれなりに狙われやすい。

それは政治などの権力争いなどで自派閥に引き込(こ)もうとする、なんてぬるいものではなく、本当の意味で——『命を』という意味で狙われるのだ。

「わかってます。とりあえず、これからは危機を感じ取るための力を優先して身に付けさせることにします」

「そうか。うん。そうするといい。他の仲間の子達も気をつけさせた方がいいよ。人質(ひとじち)にされる可能性は十分にある。そうして人質になった結果、勇者が死んじゃったら目も当てられないよ。ほんと、『勇者』に死なれたら困るんだ」

『勇者』に死なれたら困る、か。

その考えは間違っていない。いないんだが……。

「……ええ」

そんなふうに言った佐伯さんの言葉に、俺はただ小さく頷くことしかしなかった。

「それじゃあ、気をつけてくれよ。特に今日は初めての試みで大変なんだから」

「ええ、わかってます。出来うる限り何事もなく終わらせますよ。元々俺が原因でもありますし、それに俺自身の安全のためにも」

とある部屋の前にたどり着くと、俺は佐伯さんから真剣な様子で注意され、そんな言葉に俺もまた真剣に返した。

「お帰りなさい！」

部屋の前で一度大きく深呼吸をしてから部屋の中に入ると、入った途端に美しい少女に満面の笑みで迎えられ、抱きつかれた。

白く長い髪に白い肌。そして赤と青の瞳をした少女の姿は、まるで人形のようにと言えるほどに整っている。

「いつも言ってるが、俺はここに帰ってきたわけじゃなくて客人として来たんだぞ」

この少女はニーナ。

明らかに東洋系以外の顔立ちをしているこの少女はここで保護、そして監視されている。

「確かにお客様ではありますけど、わたしにとってはそれだけではありません。もしわたしの言葉が嫌だというのでしたら、変えます。ですが、代わりにわたしのお願いも聞いてください」

流暢な日本語でそんなふうに可愛らしくおねだりをしてくるが、下手に頷いたら俺の身が危ない。仮に命の危険がなかったとしても、面倒なことになるのは間違いない。

何せ、今日だって俺がここに来なくてはならなくなったのは、俺が『お守り』の代わりが欲しいってお願いをしたからなのだから。

お守り——それは前回特級に遭遇したときに使ったミサンガのことだ。

あれはニーナの髪を使って編まれており、魔力を流せばニーナの使う魔法を発動させることができる魔法具だった。

あれがあるのとないのとでは万が一の生存率が違うので、なくてはならないものだ。

それを使ってしまったのでもう一度くれという願いを叶えてもらう代わりに、今日ここに来てこいつの願いを叶えることになった。

なので、どうしても必要なこと以外は願い事なんてしない方がいい。

できることなら、ここにはあまり来たくないしな。

「……なら、その話はまた今度にでもするか。今日は新しい願い事じゃなくて、元々約束してた願いの方を叶えに来たんだから」

「あ、そうでした。少々お待ちください！」

ニーナはハッとしたように目を開いてから一拍置くと、俺から離れて部屋の隅に置かれていた椅子へと向かい、座った。

そしてそばで待機していた職員の女性が、緊張した手つきでニーナの髪を染めていく。

最近はモンスターの素材なんてものが手に入ることもあって、髪を染めるのも十分やそこらで綺麗にできるから、待つ時間なんてほとんどない。

とはいえ、出かけることがわかってたんだから予め染めておけよと思うが、多分これは少しでも長く俺と一緒にいるためなんだろうな、ってことくらいは理解できた。

「それでは、行きましょう！」

そうして俺は、白かった髪を黒く染めたニーナと共に外出――ニーナ曰くデートのためにこの研究所から出て行った。

「ではまた後日、会える日をお待ちしています！」

「ああ。風邪をひいたり体調を崩さないように、ここの人たちの言葉をよく聞いて、しっかりと休むんだぞ」

「はい！」

今日はこれでお別れということで、ニーナは最後に俺に抱きついて可愛らしく頷いた。

だが、この程度で言う事を聞いてくれるのなら俺がここに来ることもなかっただろう。

「お疲れ様、伊上君」

「ああ、佐伯さん。……いえ、俺が原因ですし、何事もなく終わってよかったです」

ほんの三時間程度ではあったが、ニーナは満足そうにしていたのでよかった。今日のミッションは無事終了だ。

そのことに、俺だけではなく佐伯さんも、周りにいる他の職員たちもホッとしている。

ちなみに、一時間は行き帰りの移動時間で、三十分は外に出るための手続きなどだったので、実際の行動時間は一時間半程度しかなかった。

だが、それ以上は無理だった。いろいろな事情が重なってのことだが、たったそれだけの時間しか彼女の外出は認められなかった。

そしてそれは俺たちの都合ではなく、上から——国からの命令だった。

「またもう一度あるけど、その時も頼むよ」

「ええ、わかってます」

「それにしても、君もすごいよね。よく失敗せずに、普通に『アレ』とデートなんてしてられたもんだと感心するばかりだよ」

「失敗なんてしてられませんよ。こっちとしても命懸けですからね」

　失敗すれば大変なことになる。それは後始末が大変だとかご機嫌取りが大変だとかそんな小さなことではなく、本当に『大変なこと』になるのだ。

「そもそも、デートを願われるほどアレに気に入られるということ自体がすごいと思うよ。アレも、君の前ではすまし顔ではいられないみたいではしゃいでるようだし」

「俺としては気に入って欲しくありませんでしたけど」

「だろうね。でも見た目は超絶美人じゃないか。今日は黒く髪を染めたけど、本来はアルビノ特有の白い髪に白い肌。加えて赤と青のオッドアイ。強力な覚醒者だからかアルビノの障害は全て無効化できてるし、見た目だけならまさにお人形のように綺麗だろ？」

「……まあ、見た目がいいのは俺もそう思いますよ」

　見た目だけなら今佐伯さんの言ったようにお人形のようだと言ってもいい。

「それに、愛する人のために言葉を覚え、知識を身につけ、電気を使わない家事も、使った家事もできるように努力し、美味しいと言ってもらえるように料理も鍛えて今ではプロ顔負けだ。恋人や妻として迎えるのなら最高の条件だと思うよ？」

「じゃあ佐伯さんはアイツを嫁にしたいと思いますか？」

「そりゃあごめんだね。僕なんかがアレと一緒にいたら、一分とたたずに灰にな……らないな。うん。灰にすらならないよ。何せ、相手は『世界最強』なんだから」

一分持てばいい方じゃないかな、なんて笑ってるが、こっちとしては笑い事ではない。

『世界最強』。そんな冗談みたいなそれが、さっきまで俺が一緒にいた少女の呼ばれ方だ。

どんなものでも焼き尽くす白い炎と、対象を燃やし尽くすまで消えることのない黒い炎を操って、人類が壊しきれないゲートを各国の要請で壊して回る存在。

なんでそんなのがこんなところにいて俺に好意を向けてるのかって言ったら、まあ色々あったが、割愛する。

で、まあ、ゲートを壊しているニーナの存在だが、それは人類にとってなくてはならないものだ。じゃないと今いる覚醒者達ではゲートが処理しきれなくなってしまうからな。

だが、役に立っているし居なくてはならない存在だが、同時に懸念すべき存在でもある。

なぜかって言ったら、それは『世界最強』が感情のままに動くからだ。

「確かに好いた相手のために努力する、それ自体は好ましいと思うし、それが自分に向けられてるのはありがたいとも思う。……でも、それ以外の部分が死んでるんですよ。壊滅(かいめつ)的と言ってもいい」

やりたいことをやり、やりたくないことをやらない。嫌いなものは能力で焼くし、それによる影響(えいきょう)を考えたりなんてしない。それが『世界最強』という存在。

彼女に嫌われれば、彼女を怒らせれば、誰だろうと死ぬしかないのだ。当然、俺もな。

「壊滅的で、死んでる、か。確かに、どっちの評価もアレに対するものとしてはこれ以上ないくらいにふさわしい言葉だろうね」

女性に対する言葉としては些か的外れかもしれないが、ことニーナに限ってはその評価は間違いではない。

本当に『壊滅』的で、『死』んでいるのだ。死にたくない俺としてはできることなら近寄りたくない存在だが、それでも仲良くしていないといけないので胃が痛い。まったく、なんで俺なんだか……。

「……ともかく、後一回、次の外出をこなせばしばらくは黙っているでしょう」

「多分ね。でも、気をつけてくれよ？　今回平気だったから次回も平気だ、なんて考えてると危険だよ？　相手は気分で数万の人を殺したような存在なんだから」

「わかってますよ。これでも人一倍『死』には敏感(びんかん)なつもりですから」

「……そうだったね。まあそんなわけだ。次もアレとのデートを頼むよ」

「ええ」

デートか……。

心に少しだけ〝余計なもの〟が溜(た)まった感覚を無視して、俺は研究所から帰っていった。

そんな年内最後の大仕事を終えてから数日が経ち、世間はクリスマスを終えて年も明け、正月の雰囲気(ふんいき)一色へと切り替(か)わっていた。

「「あけましておめでとうございます」」

「ああ。あけましておめでとうございます」

そして年明けの今日、俺は約束通りに宮野達チームメンバーと共に初詣に来ていた。

だが、なぜか浅田(あさだ)は顔を合わせてもまともにこっちを見ようとしないで、新年の挨拶すらしなかった。

別に、年上に対してしっかりと挨拶をしろ！　なんて言うつもりはないが、こいつが挨拶をしないってのは気になった。

普段の態度は雑というかアレな感じだが、こういうところではしっかりするやつだと思ってたんだがな。もしかしたら体調でも悪いのだろうか？

「ね、ねえ。あんたさ、クリス……に、二十五日に駅前にいなかった？」

なんてことを考えていたら、浅田はどこか怯えるようにこちらの様子を窺いながら問いかけてきた。

「……あ？　あー、なんだって急にそんなことを？」

「柚子と晴華がね、あんたっぽい人を見かけた気がするって言ってたからさ」

「ああそうなのか？　まあ、あの日はちょっと用があって出かけたからな。すれ違ってたかもしれないってのはあるな。で、それがどうかしたか？」

「……なんでもない！　あけましておめでとう！」

吐き捨てるようにそう言うと浅田はプイッと体ごと顔を背けた。

なんなんだ？　と思いながら俺は他のメンバー達に視線を向けるが、全員視線を逸らしたり苦笑いしたり無表情だったりとおかしな様子で何も教えてくれない。

ああいや、安倍が無表情なのはいつものことといえばいつものことだな。

「そ、それよりも！　なんか言うことないの？」

「なんかって……ああ。振り袖姿、似合ってるな」

俺からしてみれば正月なんてたかが毎年行われてるイベントの一つ程度の認識だが、女子としてはこういうイベントの時は着飾りたいもんなんだろう。宮野達も普段のような制服ではなく、レンタルなのか購入なのか知らないが、見事に振り袖で着飾った姿だった。

「そ、そう?」

「ありがとうございます。振り袖ってレンタルでも結構しますよね。三十万円くらいしちゃいました」

「さんじゅ……お前ら、結構高いのやったな」

宮野の口にした金額に思わず驚きの言葉が漏れる。こいつら学生のくせにそんな高いもん用意したのかよ。いやまあ、こいつら冒険者やってるし金ならあるだろうけどさ。

「えへへ。まあ私達もちょっと高いかなとは思ったんですけど、これでもダンジョンに潜ってるからお金はありますし、特に使い道もありませんでしたし、こういう時に使うのにちょうどいいかなって」

宮野は少し恥ずかしげな様子を見せながら、俺の視線から逃げるかのように自身の着ている振袖に視線を落とした。

「普通なら道具買ったり武器の整備したりで金がかかるもんなんだが、お前らは道具使わないし武器もダメになりづらいからなあ」

俺なんかは一度ダンジョン潜る度にそれなりに道具を使ったりするからその補充だとか装備の整備に金がかかるが、こいつらはその高いスペックのおかげで道具は使わないし装備の整備だってそんな頻繁にしなくても良い。だから金はさほどかからず貯まっていく一方なんだろう。

「まあいい。とりあえず行くぞ」

金銭感覚が高校生のそれじゃねえとは思うが、自前で稼いでるんだから俺がとやかく言うことでもないだろう。それよりも、この場に留まっているわけにもいかないので、俺はそう言うと参拝の列に向かって進み始めた。

「──ねえ。これ、お参りってほんとに神様いるの?」

「佳奈ったら、参拝しておいて今更そんなこと聞くの?」

「ばちあたり」

「そうなんだけどさぁ……」

「うーん、で、でも佳奈ちゃんの言いたいこともわかるかも。だって、こんな世界なんだし、実はモンスターが神様だった、って可能性も、ないわけじゃないよね?」

三十分ほどかかった参拝の列を進んで俺達はお参りを終えた。その後は人混みから少し離れた所へと歩いたのだが、背後からそんな会話が聞こえた。

「神話はゲートの先の世界のことなんだって説はあるぞ」

「え、そうなんですか？」

「まあ、説だけで実際のところはどうなってるかわからないけどな。何せ誰も解明できてないわけだし」

ゲートがどこに繋がっているのかなんて誰にもわからないのだから、神話の世界が実際にあってそこに繋がっていたとしてもおかしくはない。

もっと奇抜な説だと、生物の夢に繋がっているというものもある。あそこは文字通り『夢の世界』なんだとか。それに比べたら幾分か神話世界の方が納得できるだろう。

「あっ！　ねえねえ、そんな話よりもさ、せっかくなんだし周りの屋台見てかない？」

話していると、周囲にあった屋台を指差しながら浅田がそんなことを言い出した。

「んー、そうね。いいんじゃないかしら。みんなはどう？」

「うん。私もいいよ。なんだか、こういうところで食べるのって好きだし」

「私もおっけー」

浅田の言葉に宮野達の三人が同意し、俺も特に断る理由もないので頷いた。

「ふっふーん。なーに食べよっかなー。焼きそばたこ焼きお好み焼き、クレープにチョコバナナでしょ？　後はからあげに今川焼きに鈴カステラ。それから……」

仲間達からの承諾が得られたことで、浅田は楽しげな笑みを浮かべながら周囲にある屋台を見回してそれぞれの食べ物の名前を口にしていったのだが……

「佳奈、そんなに食べたら太る」

楽しげに食べ物の名前を口にする浅田に、俺が言ったらまず間違いなく怒られるような安倍の忠告が刺さる。

「はあ!?　ふ、太んないし！　大丈夫だし！」

浅田はバッと振り返りながらそう口にしたが、それでもやはり不安があるのか、大丈夫だよね!?　とでも聞いてくるかのように俺達へと顔を向けてきた。

そんな浅田に対し、俺は肩をすくめながら答えてやる。

「まあ、実際高位の覚醒者は全体的にそうなんだが、その中でも戦士系はカロリー消費量が多めだから太りづらいとかって話は聞くよな」

「でしょ！」

俺が言葉を言い終えるなり、浅田はもはや反射と言ってもいいくらいの早さで俺に笑みを向けて反応してみせた。

「だからって食べ過ぎてもいいわけでもないと思うけど……」

そんな浅田の様子に宮野は苦笑いしているが、まあ浅田の気持ちもわからないでもない。

「まあ食べたい気持ちもわかるし、せっかく四人もいるんだから適当に買ってそれを分けりゃあいいんじゃねえの？」

別にこいつは腹一杯(はらいっぱい)まで食べたいってわけじゃなく、いろんなものを楽しみたいって感じなだけだ。あれも食べたいこれも食べたいってな。

だったら、一つのものを買ってそれを分ければいい。そうすればいろんなものを食べることができる。

「あ、それいい感じ。採用！」

そんな俺の提案が気に入ったのか、浅田は親指を立ててこちらに向けてきた。

「なら、そうしましょうか」

「えっと、それじゃあ何を買うの？」

「チョコバナナ食べたい」

色々と買いたいと言っても、流石(さすが)に全てを買ってくることはできないので何を買うのかと話し合っていた宮野達だが、そこで浅田が一つ提案を口にした。

「んー……いっそ手分けして適当に買ってくるのはどう？　一人二つくらい買って後で集まるの」

確かにその方法なら色々と買ってくることができるし、一瞬のゲームのような楽しさもあるだろう。悪くはないと思う。

「別にそれでも構わないけど……それだと被ることにならないかしら？」

「それはそれでいいんじゃない？　被ったらそれはみんなが食べたかったものってことになるし」

最終的にはその案が採用されることとなり、俺たちはそれぞれが二種類の食べ物を用意することとなった。

「それじゃあ、買ったらさっきのベンチのところに集合で！」

そうして俺たちは短いながら別行動を取るべく分かれていった。

「つっても……さて、何を買ったもんかな」

宮野達と分かれた後、一旦トイレに向かってから戻ってきたのだが、正直何を買っていいか分からない。自分が食べる分だけだったら適当に焼きそばとかお好み焼きとか一つ二つ買っておしまいでいい。だが、あいつらと分けることを考えるとな。

なんでもいいとは言われているが、なんとなく一つのものを分けて食べるというのは尻込みしてしまう。女子高生と同じ皿をつついている光景を想像すると、どうしてもな。

しかしなにも買わないでいるってわけにはいかないので、なんか適当に良さそうなものを探すべく歩き出した。

「あれは……浅田か」

だが、そうして少し歩いていると、一つの屋台の前で立ち止まっている浅田を見かけた。

まあ広いって言っても基本的に一本道だし、見かけて当然といえば当然の話だ。

「よお。なんか買ったのか？」

「んえ？　あ、浩介。んーん、まだ何にも。そっちはどうなの？」

とりあえず声をかけてみたのだが、分かれてから時間がそれほど経っていないこともあってまだ何も買っていないようだった。

「まだだな。お前はなんか色々買いたいもんがあったんじゃないのか？」

でも、色々と買いたいものを口にしていたこいつがまだ何も買ってないってのはちょっと不思議だ。

「まあそうなんだけどさー。いざってなると何買おっかなって目移りしちゃってね。お祭りってなんか知らないけど、何でもかんでも美味しそうに見えるのよね」

「で、今は唐揚げに目がいってたと。……買わないのか？　立ち止まってたんだから欲しいのは間違いないだろ？」

「いやー、欲しいのはそうなんだけど……でもこれってさ、なんていうか女の子っぽくないじゃん?」

俺の言葉に、浅田はちらりと屋台を見てから「あはは」と笑いつつ俺に視線を戻してきたが……こいつそんなこと気にしてんのかよと思ってしまった。

「今更そこ気にするところかよ」

「何よおー。あたしが女の子らしくないってわけ?」

浅田は不満そうに唇を尖らせながらこっちをジトッとした目で睨んできたが、そんな姿に小さく笑いをこぼす。

「そんなこと言ってねえよ。お前は十分に女の子だろ」

「そ、そう?」

普段はがさつとも言える戦い方をしているだけに、『女の子』と言われたことが嬉しいのか浅田は少し照れたような様子を見せている。

「それに、これまでどんだけお前のこと見てきたと思ってんだよ。たった数ヶ月って言っても、それだけ一緒にいりゃあ今更取り繕ったところで意味なんてないだろ」

「ま、まあもう結構長いもんね!」

口元に弧を浮かべながらそう言った浅田をよそに、俺は財布を取り出して目の前にあった屋台へと向かった。

「すみません。これ一つお願いします」

そうして小さなサイズの唐揚げの串を一つ買うと、それを受け取り……

「ほら」

そう言って浅田へと差し出した。

「え？　みんなんところに持ってくんじゃないの？」

そんな俺の行動に浅田は驚いた様子を見せるが、まあそうだろうな。みんなで買ったものを持ち寄ろうって話なのにそれを無視する行動なんだから。

とはいえ、集まったものを全部食べたとしてもこいつらなら腹一杯になるってことはないだろうし、ここで唐揚げの串を一つ食べたところで大した問題はない。だったら変に我慢しないで楽しんだほうがいいだろう。

「まあそうだが、一つくらい内緒で食ってもいいだろ。お前も頑張ってるからな。まあご褒美だとでも思っとけ」

「ご褒美って言うんだったら、もっとなにか違うものがあるんじゃないの？」

「嫌ならいいぞ。別に俺が食べるだけだ」

「んえっ！　……うにゅ……あ、あーん」

俺が差し出した串を引っ込めようとすると、浅田は少し迷ったような様子を見せてから俺が差し出した串に口を近づけ、パクリと咥えた。

「……自分で持てって意味だったんだがな……」

しかし、俺としては串を差し出したのは食べろって意味じゃなく、持てって意味だった。

「っ!?」

俺の呟きが聞こえたんだろう。浅田は串から口を離すと、バッと体まで離れさせた。

「だ、だったら最初っからそう言ってよね！」

自分が勘違いしてたのに気がついたからか顔を赤くしながら文句を言ってきたが、慌てて離れたからだろう。普段とは違う服装をしているということもあってか、浅田は足をもつれさせてしまった。

「きゃっ！」

「——っと。おい大丈夫か、馬鹿娘。着物着てんだから普段よりも気いつけろ。感覚が違うんだから、下手に動くと転んで危ないだろ」

咄嗟に手を引いて抱き止めてやったことでどうにか転ばずに済んだが、足を捻ったりはしていないだろうか？

「あ、ありがと……」

「ああ、どういたしまして。んで、怪我は？」

「……ん。多分大丈夫」

「そうか。まあ後からなんか違和感があったら北原にでも治してもらえ」

なんだかそれまでの状態とは違って少し様子がおかしいが、普段転ばないだけに咄嗟に転んだ上に助けてもらったことで驚いたんだろう。あとはまあ、こんなふうに助けられるなんて普通に恥ずかしかったんだろうな。

本人曰く怪我はしていないみたいだから大丈夫だろうが、最悪怪我があっても合流してから治してもらえばいいだろう。

「もう転ぶなよ」

「わかってるってば！」

顔を俯かせたまま俺の体を押すようにして離れたが、今度はゆっくりとした動きだったために転ぶようなこともなかった。

「あ……あたし、もうちょっと別んところ回ってくるから！　ありがとう！」

なんに対してのお礼だか知らないが、浅田はそう言うと俺の手の中にあった唐揚げの串をとって、小走りに人混みの中へと消えていった。……転ばなけりゃあいいんだけどな。

それからしばらくして浅田含め宮野達と合流したわけだが、浅田は特に変わった様子もなく普通に話をしている。どうやら怪我はしていなかったようだ。よかった。

「やー、それにしても、こういう時のってもっともっとって思っちゃうよねー」

「そうね。……正直もう食べすぎたくらいだけど、気持ちはわかるわ」

今しがたみんなでそれぞれ買ってきた屋台の品を食べたばかりのはずなのに、浅田は物足りないと口にしている。

だが宮野が言ったように、すでにこいつらはかなりの量を食べているのだ。

本来なら、食べすぎないようにみんなで少しずつ買って分けよう。って話だったのに、何をとち狂ったのか、こいつら一人二品を五人分買ってきやがったのだ。

例えば焼きそば。一パックを五人で分けるのではなく、五パックを五人で分けることになった。それが十品。

最終的に俺は食べきれずに自分の分は持って帰って夕飯に回すことにしたんだが、宮野達はきっちり食べ切った。流石に食べ過ぎだろう。

まあ、俺もこいつらへのご褒美になればって思って一人一個買ってきたので、こいつらのことを言えないんだが……。

だが、こういうのはその時が楽しければそれで良いものでもあるし、小言を言うことでもないだろう。女子に食べ過ぎだとか体重だとか言うとセクハラになりかねないしな。

それから少し駄弁(だべ)ってのんびりした後、その場は解散することになり俺たちは帰りのバスに乗っていった。

「伊上さん。それじゃあ今年もよろしくお願いしますね」

「ああ。お前ら正月だからって怠(なま)けすぎないようにな」

バスから降りる際、そんな言葉を交(か)わしてから別れ、俺は家へと帰っていった。

宮野達との初詣(はつもうで)が終わった翌日。俺はどこへ行くこともなく家で一人でだらけていた。
「……せっかくだし、片付けでもすっかな」
だらけているという言葉からわかるだろうが、特にやることもないので暇(ひま)を持て余していた。なので、本来なら年末のうちにやっておくべきだった大掃除(おおそうじ)を今やっておこうと思い立ち上がる。
「これは……ああ、懐(なつ)かしいな」

手に取ったのは掃除の途中で見つけたお菓子の缶箱。その蓋を開ければ、中に入っているのは数枚の写真。今時データじゃなくてわざわざ現像した珍しいものだ。少なくとも、俺の家にはこの数枚だけしかない。

そのうちの、男女が写っている一枚を手に取ってみる。男の方は言うまでもなく俺で、女の方は恋人だ。

「懐かしい、か。もうそんな時間が経ったんだよな。……まったく、嘘みたいだよ」

今まで何度も思ってきた事だが、こうして当時の様子を思い出せるものを見ると、どうしてもそう思ってしまう。いつまでも忘れられないなんて、女々しいってのは十分に理解してるんだけどな。

そうして写真を眺めたまま立ち尽くしていると不意に電話が鳴り、俺はその音にビクリと反応して慌てて写真を缶箱の中に戻してしまった。どうしてそんなふうに戻したのかは俺自身でもよく分からないが、俺はその答えを出す事なくスマホを手に取った。

誰だ、と思って画面を見ると、結婚して地元を離れた姉の葉月からだったので特に悩む事なく出ることにした。正月のあけおめコールだろうか？

「——はいもしもし？」

『ああ浩介？　ちょっと相談があるんだけど』

「なんだ？　あけましておめでとうよりも重要なことか？　そっちに行けってんならお断りだぞ」

正月の挨拶かと思って出たのだが、挨拶などまったくなくいきなり相談とか言われたので、ちょっと棘を込めて返事をした。

『ん？　ああ、あけおめ。で、相談ってのは違うこと。そうじゃないって。どっちかっていうと、こっちに来て欲しいんじゃなくて、むしろこっちが行くっていうかね？』

「……つまりなんだ？」

『えっと、ほら、咲月が今度高校に上がるんだけど、あの子覚醒したでしょ？』

「……ああ。そういえばそのことで相談されたな」

咲月ってのは、姉の娘で、つまり俺の姪だ。去年にその姪が覚醒したと話を聞いて、その時も相談されたんだったな。

『うん。で、今度高校は冒険者学校に行くことになってるんだけど、ちょっとあんたのところで預かってくれないかなー、って思ったの……どう？』

突然のそんな言葉に眉を顰めるが、それも当然だと思う。預かるってどういうことだ？

「は？　まて。なんで俺んとこに？　こっちに来るっていうと長期休み使うんだろ？　冬休みは今からじゃ遅いし……次の春休みかなんかに東京見学の宿代わりとかか？」

『違う違う。あ、いや、本人はその気もあるみたいだけど、私としては違うの』

考えつく可能性としては休みを利用しての観光くらいなもんだったんだが、違ったか。

だが、だとするとなんだ？　何かあるのか？

今の姉の言葉、最後の方で嫌に真剣な感じがしたが、

『休みの間の短い間のことじゃなくて、学校に行く間ずっとのことなの』

……ずっと？　ずっとってのは、そりゃあ姪が学校に通う間、三年間ずっと俺のところで預かれってことか？　なんだってまたそんなことに？

「学校に行く間ってどういうことだ？　こっちから通う……わけねえよな？　そっちから通った方が早いし」

姉の住んでいる場所にも覚醒者用の学校は存在している。わざわざこっちにまで通う必要なんてないはずだし、こっちで暮らして地元の学校まで通うってこともないはずだ。そんなことをする理由がない。

『うん。まあね。でも、私たちのところよりもあんたのところの方がいいかなってね』

「……こっちの学校に通わせるつもりか？」

少し沈んだような姉の声が示す意味はつまりそういうことだ。自分たちのところから離し、地元にある覚醒者用の学校ではなく、こっちにある学校に通わせるから近くに住んで

いる俺のところに寄越そうとしている。

　学校ごとにそんなに違いなんてないはずなのに、なんで可愛い娘を自分たちの所から離してまでこっちの学校に通わせようとしているんだ？　その意味がわからない。

『……咲月、覚醒したけど二級なの。知ってるでしょ？』

「ああ」

『一級や特級だったらまだ安心できたんだけど、二級……それも三級に近い二級となると、無茶なことが起こらないか心配なの。あんたなら教師よりも詳しくその辺のあれこれを教えられるでしょ？　だから、せめて何かが起こる前にあんたから最低限だけでも直接教えておいて欲しいの。あんたなら、下手な教師なんかよりも信じられるから』

「そりゃあまあ、出来るか出来ないかで言ったら出来るが……」

　実際、今も学生を教えてるわけだしな。

　むしろ、一級や特級を教えるよりは二級を教える方が俺には合ってるといえば合ってる。

『お願い。あんたにこのことを言っていいのかわかんないけど……私はね、あの子に死んで欲しくないの。美夏ちゃんが死んだ時のあんたを見てて、そう思ったの』

「っ！　……お、俺は春休みの時には冒険者を辞めるんだぞ？」

『それでも、溜めた経験と知識は無くならない。私じゃなにも教えられない……困ったときにはどうすればいいのか、生きるにはどうすればいいのか、なにも教えてあげられない。何かあった時に頼る相手にもなってあげられない。あんたは嫌かもしれないけど、それが咲月が生き残るためになるの』

その声は電話をしてきた時よりも硬いもので、それだけ姉が姪――自身の娘のことを考えているのだと分かり、俺は断ることができなくなった。

……どうせ、一生面倒を見るってわけでもないんだ。ただ適当にものを教えて、適当に宿を提供していればそれでいい話。三年もすればいなくなるんだから、それくらいなら構うことでもないだろ。俺だって、姪に死んで欲しいわけじゃないんだから。

「……わかった。寄越してくれて構わない。ただ、正式に決める前に一度話をしたい」

『ありがとう。咲月は春休みになったら一度そっちに連れてくから、また日にちが決まったら連絡するね』

俺が了承したことで安堵したのか、少し柔らかくなった姉の声を最後に、俺は電話を切った。

子供、か……。もしあいつが死ななかったら俺にもいたんだろうか？

さっきまで持っていた写真の入った缶箱へと視線を向けながら、そんなことを思ってしまった。

姉からの電話以降は特に何もなかった正月休みも終わり、学校が再開するといつも通りの日常へと戻った。

◆◇◆◇

「よーし、じゃあお前達のこれからの訓練内容についてだが……その前にまず聞くが、お前らは『勇者』って称号の意味をどれくらいわかってる？」

元々説明するつもりだったので、俺は浅田達――特に宮野へと視線を向けて問いかけた。

「え？　意味？」

「えっと、特級の中でも上位の力を持ってる者、ですか？」

宮野が答えると、他の三人も頷いているが、それ以上の言葉は出てこない。

「それだけか？」

俺が改めて問うと、他に理由があるのか？　という態度で四人は顔を見合わせた。

「人間的に優れてる人？」

少し間を置いてから安倍が軽く首を傾げながらそう言った。

確かに武力的な強さも人間的な強さも必要だが、それは勇者になる条件ってだけで、勇者という称号の『重さ』とは別のものだ。

「それも間違いじゃないが……勇者ってのはな、お前らが思ってるより、ずっと重いものなんだよ」

　俺がそう言っても宮野達は今ひとつ理解しきれていないようで、眉を寄せている。

「今の世の中では、一般の冒険者達によるゲートの破壊より新たなゲートの出現の方が多いのに、その数が拮抗している。その理由は、『世界最強』なんて規格外が拮抗から超過した分を壊してきたからだ。だが、そのままだとそいつが何かあった時にやばいことになる」

　ここ数年になって『世界最強』が活動し始めたから拮抗することができているが、もし事故や病気で死んだら、大変だ。

「数年前まで、ゲートの数が増えていってる、なんてテレビでやってたが、それがもう一度起こるようになるんだよ。ゲートの数は増え続け、でも冒険者の数は足りていない。そんな状況になる」

　減る量よりも増える量の方が多ければ、当然ながらいつかは今の生活は破綻する。

　テレビでは、一般人を不安にさせないためなのか本当に安全だと思っているからなのかわからないが、ゲートによる危険性はあまり報道しない。

だが、今のこの世界はそう楽観できるほど甘い状況ではないのだ。

「そのために、単独でゲートをどうにかできる『勇者』の存在は重要になってくる。『世界最強』がいなくなったとしても自分たちが生き残れるように、ってな」

だから、強くなってゲートを壊そうって考えていたあの天智お嬢様の考えは、それ自体は間違っていないのだ。まあ、それを他人にまで押し付けんなとは思うが。

「……だが、それを邪魔に思う奴だっている。地球の存亡なんて知ったことか。ゲートで世界を覆い尽くそう。なんて考えてる奴らがな」

具体的に言えば、以前テレビでもやっていた救世者軍の奴らだ。あいつらはゲートを壊そうとする者達へのテロ活動をやっている。

当然ながら冒険者は狙われるし、勇者なんてのはかっこうの標的だ。

「だがそいつらはまだマシだ。何せ明確な悪としていてくれるんだから、警察やら何やらを使って駆除しやすい。だから、本当に厄介なのは別の奴らだ」

「……別の奴ら、ですか？　それはどんな……」

「一つの国が勢力を増やすことが気に入らない奴ら、だな」

そう。テロ活動に勤しんでるバカどもは、脅威ではあるが対応は簡単だ。向かってきたらぶっ飛ばす。それだけでいいんだからな。

だが、今俺の言った奴らはそうはいかない。

「日本には宮野を含めて十人の勇者がいるが、世界に存在している勇者級の割合から考えると、日本の面積で十人ってのは多いんだ」

勇者と呼べるくらいの強者は世界でも百人もいないことを考えれば、日本に十人ってのはどう考えても多いだろう。

「もしこのまま日本の勇者の数だけが増えていったら、外国は危機感を抱くだろうな。何せ、極まった勇者なら、一人だったとしても一級を千人相手にしても勝つことのできる強者なんだから。能力とやり方次第では、一人で国を落とせる。……宮野、お前だってそうだ」

「でも、勇者って言っても私、国を落とすだなんてできな──」

「できるさ」

宮野は困惑したような様子で首を振ったが、俺はそれを最後まで言い切らせることなくはっきりと否定した。

「できるんだよ。国を落とすってのは、何も直接的な破壊力だけじゃないんだ」

俺によって自身の言葉を否定された宮野の瞳には、最初よりも真剣味と、そしてわずかな怯えが混ざっていた。

「お前の力は雷だ。今の社会で、電気を遮断されたらどうなる？　電気を介して電化製品を全て爆発させたら、どうなる？　今はできないかもしれないが、将来的にできないかって言うと、そうじゃないかもしれない」

むしろ、宮野の力は今の世界としては炎なんかの危機よりもよっぽど怖いだろうな。

何せ、ただ電気を発生させるだけじゃなくてその先、電子信号まで操れるようになったら、世界中の機械を乗っ取ることができるんだから。

そこまでできるかわからないが、『上』の奴らはできると考えるはずだ。

「宮野、お前は勇者だ。だが、さっきも言ったがお前達はまだまだ未熟だ。相手が一級であっても、あるいは三級であっても倒される可能性がある」

俺は三級だが、正直なところ俺がこいつらを殺そうと思ったら割と簡単に殺せる。

それは俺がこいつらと割と親しくしているからではなく、純粋な技量の問題だ。

「わ、私はそんなことしません！」

「ああそうだな。まだまだ力の制御が甘いし、性格的にやらないだろうが、そんなのは外からじゃ分からないし、できるってこと自体は変わらない」

いつだって上の奴らは個人の思いや性格なんて勘定に入れず、文字だけでそいつを知った気になって判断するもんだ。

だから、重要なのは『やる』かどうかではなく、『できる』かどうかだ。

もしそれが『できる』のであれば、相手は『やる』ものとして判断するだろう。

そうなれば、『自国にとっての脅威』の完成だ。命を狙われる理由としては十分すぎる。

「だから、もし〝万が一〟が起きた時に生き残るために、危機を察知する力が必要になるんだが、これからはそれを重点的に教えていくつもりだ」

そしてそれは勇者だけではなく、共に行動するチームメンバー達にも必要なことだ。

「今後の方針について何か異論がある奴はいるか？」

そう問いかけるが、宮野達は誰一人として言葉を発することなく、話を始めた時よりも暗い顔をしていた。

「いないみたいだな」

「でも、危機を察知する力なんて、どうやって鍛えんのよ。あたし達戦士系は魔法を使えないんだけど？」

「あたし達っつっても、この場合魔法を使えないのはお前だけだけどな」

一応宮野も戦士系として登録してあるが、勇者として選ばれるほどの規格外の能力のおかげで魔法も使える。いわゆる魔法剣士ってやつだ。

「まあでも、戦士だろうが魔法使いだろうが同じ方法だから安心しろ」

そして一度軽く宮野達を見回してから俺はその方法について話し始めた。

「お前達には二つの訓練をやってもらうが、まず一つは殺気を感じ取ってもらう」

俺がそう言った瞬間に、わずかだがその場の空気が緩んだ。

こいつら、何言ってんだこいつ、とでも思ってるな？

「馬鹿みたいだとか思うかもしれんが、実際にそういうのを感じ取ることはできる。こんな世界になって魔法なんてものができるようになったから、魔法使いにしか魔力がないと思ってるかもしれんが、それは間違いだ」

魔力を自由に扱うのは魔法使いしかできないが、魔力そのものは誰にだって、何にだって宿っている。

「生き物である以上は、誰にだって、何にだって魔力がある。殺気や怒気、そういった『気』ってのは無意識の魔力の発現だと言われてる。感情によって指向性を与えられた魔法になる前の魔力、それが『気』だ。よく言うだろ、『視線を感じる』って。それも同じだ。そういったものを感じ取れるようになってもらう」

だが、俺がそう説明してもピンと来ないようで、わずかに困惑しているのがわかる。

まあ、こいつらは殺気なんて受けたことはないだろうし、仕方がないと言え仕方がない。

「……まあ、言ってもわからないんで実演するとだな……」

俺は言葉と同時にクソッタレな記憶を思い出し、その時に感じた『殺してやる』という気持ちを込めて宮野達を睨みつけた。

「「「「っ!!」」」」

その瞬間、宮野達はビクリと反応をしたが、それだけだ。

一応宮野と浅田は身構えてはいるが、武器を手にすることも、後退することもしていない。相手が俺だからかもしれないが、それじゃあだめだ。

「……こんな感じだ、絶対に相手を殺す。そう思って、それだけを思っていればできないことでもない」

普段は魔力の無駄になるのでそんなことはしないように制御しているが、やろうと思えばできる。威嚇として使えないこともないしな。

「そもそも、今までの授業でも『気配を消す』なんてことをやらせてきたんだ。お前らはもう『気』ってもんを知ってるんだよ。今度は他人の気配を察知するだけだ」

「……殺気についてはわかりました。ならもう一つは？」

「簡単に言えば経験だな」

殺気を受けて強ばった体をほぐすように、宮野は息を吐き出してから問いかけてきた。

「違和感を感じ取れ」

「違和感……？」

「ああ。違和感を感じるってのは、自分が今まで見聞きしてきたことと認識にズレがあるから起こることだ。何も知らないで初見なら違和感なんて起こりようもない」

「つまり、違和感を感じ取れるように――何かあった時に異常を察知できるようにいろんな経験をしろってことですか？」

「正解だ。だがまあ、経験を積むなんてのはどう頑張っても時間がかかる。だから、俺がお前達を襲う。訓練中も、ダンジョンに潜ってる最中も、学校での生活でも。俺はお前達を殺すつもりで攻撃する」

最初のうちはダンジョン内ではあまりやるつもりはない。死んだら元も子もないしな。

まあ、余裕がありそうだったらやるけど。

「とは言っても、だ。殺すつもりって言ったが、それは使う武器が本物なら死ぬような所を狙うってだけで、当然ながら本物の刃物なんかは使わないし殺したりもしない。だが、実戦と同じように避けろ」

真剣な表情で言った俺の本気度が伝わったのか、四人も同じように真剣な表情で聞いている。

「まあ具体的にやる事を説明すると、だ。俺が殺気や敵意を放ち、それから五秒後に攻撃するから気付いて対策をしろ」

　相手の殺気や悪意なんかを感じ取る事ができるようになれば、こいつらが生き残る率が格段に上がるだろう。

「そして危ない状況、起こりうる危険を記憶しろ。それがお前達を生き残らせる力になる」

「「「「はい！」」」」


――宮野　瑞樹（みずき）――


　授業が再開してから一週間後。瑞樹達（たち）のチームは今日は学校ではなくダンジョンへと潜ってきたのだが、前に浩介が言ったようにダンジョン内でも時折ちょっかいを出していたので、瑞樹達四人は普段よりも疲労（ひろう）している様子だ。

「ねえ、今日……は、もう遅いか。なら明日ちょっと出かけない？」

　疲（つか）れていても遊ぶのは別なのか、それとも疲れを癒（い）やすために遊ぶのか、佳奈は解散の挨拶をするとそうメンバー達に告げた。

「悪いが、明日は昼から用事があるんだ。休ませてもらうな」

　その誘（さそ）いの中には浩介も入っていたのだが、佳奈が浩介に目を向けると、浩介はそれだけ言って、じゃあな、と告げて帰路へとついた。

「伊上さんは用事みたいだし、私達だけで行こっか」

「んー……そうねー」

断られてしまったが、ならば仕方がないと瑞樹と佳奈は話し始めた。

「じゃあ明日は学校が終わったら街に繰り出す、ってことで！」

そして翌日。

学校が終わるとすぐさま駅前へとやってきていた佳奈達だったが……

「んえ？　……あれってもしかし――」

「佳奈？　どうしたの？」

駅前を歩いているとふと佳奈が足を止め、それに気づいた瑞樹も足を止めて振り返った。

だが、瑞樹達が振り返った先では、佳奈はとある場所に視線を向けながら固まり、動きを止めてしまっていた。

まるで石のように固まっている佳奈の様子を見て、一体何が、と三人はその視線の先へと顔を向けると……

「え……？」

「い、伊上さん？」

「と、女の人？」

瑞樹は佳奈と同じように固まり、柚子と晴華は視線の先にあるものについて口にした。

四人の視線の先にはビルがあり、そのビルの前には今日は用事があるからと別行動をとっていた伊上浩介の姿があったのだ。——その隣に女性を引き連れた状態で、だが。

「な、なんでこんなところに？　今日は用事があるって言ってたわよね？　もしかして、あれが？」

瑞樹は用事があると言っていた浩介がこんなところにいることに首を傾げる。確かにどんな用事なのか言われていなかったのだからここにいてもおかしくはないのだが……。

「あ、行っちゃう」

「お、追わないと！」

柚子の言葉を聞いてハッと気を取り直した佳奈は、そう言って浩介達の後を追い始めた。

「待って、佳奈。流石に後をつけるのはダメじゃないかしら？」

だが、そんな佳奈を常識人である瑞樹が呼び止めた。

バレたところでなんらかの罰があるわけでもないのだが、他人のプライベートを無断で尾行するというのは、良い事とは言えない。ともすれば、今の関係が壊れてしまうかもしれない行いだ。

「それは、そうかもだけど……でも気になるでしょ？」

だがそれでも、気になることは気になるのも事実であり、人の好奇心は止められない。そこに恋心も加われば余計に止まり辛く、その想いに本人が気づいていないとなれば尚更厄介だ。

「それは、まあ……気にならないわけじゃないわね」

「なら平気！」

何が平気なのか分からないが、このまま佳奈を放置するのも大人しくさせるのも難しい。だったらいっそのこと行動させてしまった方が、と考え瑞樹は了承することにした。

晴華と柚子も頷き、浩介の後を追って歩き出す事にした――のだが……

「……なんか、微妙そうな顔してるね」

「望んでの行動じゃないのかしらね？」

ほんの数分ほどの尾行ではあったが、それでも浩介はその間ずっと難しい顔をしている。隣の女性がニコニコと笑っているだけに、浩介のその様子は際立ってしまっていた。

「ってかさぁ、なんかどんどん中心から外れてない？」

「もう帰るのかな？」

「それは早すぎない？　まだまだ時間あんでしょ？」

佳奈達が浩介達のことを尾行していると、浩介達は徐々に街の中心から外れる方へと向かっていった。

そちらに何があるというわけでもないので、その様子を見ていた佳奈達は何をするつもりなのかと小声で話し始めた。

だが、佳奈達が浩介達の様子を見ていると、突然浩介が女性の手を引いて道を外れて脇道に入っていった。

何事かと思って瑞樹達が少し驚きながら見ている中、二人が話し始めたのだが……

「……泣かせた」

浩介が女性に何かを話すと、女性はポロポロと涙をこぼし始めた。

この場面だけ見ればまるで別れ話を切り出されたかのようにも思えてしまうだろう。

「でも、笑ったわね」

これには佳奈達も驚くが、だが再び浩介たちが何事かを話すと、女性はまだわずかに涙をこぼしつつも笑顔で頷いた。

「なんだか、さっきまでの伊上さんの顔を見てるとわかんないけど、あそこだけ見てると、普通に仲良さそうな感じするね」

「そうね。伊上さんもさっきまでと違って優しそうな表情してるわ」

「んぬぐっ……」

そんなことを話していると浩介達は脇道から大通りへと戻り、少し歩いた後に近くにあった洋菓子店へと入っていった。

「え？」

「こっちを見た？」

だが、その瞬間、ダンジョンと同じように気配を消していたはずの佳奈達に気づいたかのように、女性が佳奈達の方へと視線を向けた。

しかし、女性はすぐに興味をなくしたかのように視線を前へと戻して店に入っていった。

「……今、確かにこっちを見てたわよね？」

「う、うん。そうだと、思うけど……」

なぜあの女性が自分達の方を見たのか、佳奈達にはわからなかった。

ダンジョンにおける気配の消し方、身の隠し方は嫌と言うほど浩介から教えられていたというのに、まさか気付かれたのだろうか？

そんなふうに驚いていた佳奈達だが、そのことについて話し合うことはできなかった。

「っ！」

　突如晴華がビクリと体を震わせ、勢いよく右を見ると同時に立ち上がったのだ。

「晴華ちゃん？」

　そんなおかしな反応を示した晴華に対して柚子が困惑しながら声をかけたが、晴華はそちらに視線を向けることなく、険しい目つきで虚空を睨んでいる。

「来るっ！」

「「え？」」

　知人の恋人の調査で尾行というどうしようもない理由ではあるが、一応は隠密行動中だ。晴華もそのことは理解しているだろう。だが、それでも晴華は大きな声で叫んだ。

　その理由がわからず困惑を見せる佳奈達だったが、すぐに晴華の行動の理由を理解することになった。

「ゲ、ゲート⁉」

「発生の予兆なんてなかったよね⁉」

　先ほどから晴華が見ていた先、そこに突如としてゲートが発生したのだ。

　本来ゲートが発生する際には数日前からその地点に異常が出る。そしてそれは感知され次第危険警報として周知される。

　にもかかわらず、今回はなんの反応もなかった。

だが、実際に現場に居合わせたことで、他者の魔力を見ることができるほど『眼』が良い晴華だけが発生する直前に気づくことができた。

「佳奈、柚子、落ち着いて！　まずは状況の確認を。みんな武器は持ってる？」

こと此処に至れば、もはや隠密行動など気にしている場合ではない。

そう判断すると、リーダーである瑞樹は懐にしまっていた短剣を取り出してメンバー達へと声をかけた。

「私はある」

晴華はそう言うと袖に仕込んでいた短杖を取り出して構えた。

後数秒もすれば魔法の構築を終え、仮にモンスターがゲートを越えて出てきた場合でも即座に攻撃に移ることができる状態になる。

「わ、私も、普段のじゃないけど」

柚子は普段使っている杖は持っていないが、魔法の補助をするための首飾りならば付けている。全力を、とはいかないが、とりあえずの戦闘だけであれば問題はないだろう。

「佳奈は？」

「一応ないこともないけど……あった、あれの方がいいでしょ」

だが、佳奈だけは何も持っていない。佳奈が使う武器は大きすぎるのだ。

一応拳(こぶし)につける装備は持っているが、佳奈はそれよりも良いものを見つけた。

「バスの案内？」

「バス会社の人には悪いけど、これでっ！」

そう叫びながら佳奈はバスの時刻表を片手で持ち上げ、肩(かた)に担(かつ)いだ。

と、同時に、ゲートからモンスターが姿を見せた。

「……っ。最悪」

そのモンスターは翼(つばさ)を持っていた。そして、それが一体だけではなくパッと見ただけでも二十ほどはいる。

翼を持っているモンスターを自由になどさせてしまえば、どれほど被害(ひがい)が出るのかわからない。

瑞樹達は一体でも多くのモンスターを倒そうと視線を交わし、頷き合った。

「あ」

だが、佳奈達が用意したそれらはただの一度も使われることはなかった。

丁度洋菓子店から慌(あわ)てた様子で出てきた浩介達だったが、浩介がどこかに電話をかけるのに対して女性の方はゲートを睨むと優雅(ゆうが)な動きでゲートへと向かって跳(と)んでいった。

「あぶな――――え？」

「白い……炎……？」

モンスターが出てきているところに向かっていけば、当然ながら狙われる。

だが、女性が空中で無造作に腕を軽く振り払うと、白い炎が空へと放たれた。

そして、白い炎が消えた後には、それまでそこにいたはずのモンスターは骨どころか塵すら残さずに消えていた。

「何あれ……あんなの見たことない」

「白かったけど、一応同じ炎の魔法だし晴華なら……晴華？」

「う、そ……なんで、こんなとこに？」

女性はそのまま跳んでいき、ゲートの中へと入っていった。

「晴華？　何？　何か知ってるの？」

そんな女性の様子を眺めながら、瑞樹はおかしな反応をした晴華へと尋ねた。

だが、晴華は呆然とした様子でゲートを——いや、ゲートの中に入っていった女性の居た場所を見ていた。

晴華の様子を訝しんだ瑞樹は再度問いかけようと思ったが、それは視線の先の出来事によって止まった。

「……黒？」

「白じゃなくて、今度は黒い炎？」

ゲートから、白ではなく黒い炎が溢れてきたのだ。

「……待って、白と黒の炎って、前にどこかで見た覚えが……」

そんな光景に何か引っ掛かりを覚えたのか、瑞樹はまだ警戒しながらも自身の記憶を探っていく。

だが、瑞樹が自身が望むものを記憶から拾い上げることができないでいる間にも時間は進み、溢れてきている黒い炎の中から、先ほどゲートの中に入っていった女性が再び姿を見せた。

そして浩介のもとへと戻ると、何事もなかったかのようににこやかに笑いかけた。

その後、女性が瑞樹達のことを指差し、浩介がそれに続いて視線を向ける。

浩介は瑞樹達がいることを知って少し驚いた様子を見せたが、それ以上特に反応することはなくその場を去っていった。後に残ったのは黒い炎で燃え続けるゲートだけ。

あっという間に色々と事態の進んだその光景を呆然と眺めていた四人。

浩介の尾行という目的を忘れ、思い出した頃にはとっくに姿が見えなくなっていた。

「結局あれなんだったのよ！」

「すごかったよね。勇者なのかな？」

「晴華は何か知ってるのよね？」

「あ、あれは……魔法使いの……ううん、覚醒者の頂点――」

わずかに震える声で吐き出されたその言葉は、普段の晴華の様子から考えればおかしなものだった。

だが、それも事情を知っているのなら仕方がないと言える。

何せ、つい先ほどまでその場にいた相手は……

「――『世界最強』」

「「……………え？」」

そう呼ばれる圧倒的な強者だったのだから。

◆◇◆◇

「すまんが、俺は明日は昼から用があるんだ。休ませてもらうな」

新学期が始まってから一週間後、俺は宮野達にそう告げるとささっとその場を離れた。

なんでそんな急いでるかって？　んなの宮野達に止められないためだよ。

明日のことを考えると今の時点でも気が重いってのに、そんな嫌そうな態度で話をしたらあいつらの気を悪くするかも知んねえからな。

だから無駄話は避けて俺はさっさと帰ることにしたのだ。

「佐伯さん、もうすぐ着きます」

そんなわけで翌日。俺は今まで何度も来たことのある研究所まで来ていた。

『そうかい？　わかったよ。じゃあ扉の前で待ってるね』

前回と同じように、というかいつも通りセキュリティを越えて目的の建物まで進んでいくと、そこにはやはりいつも通り佐伯さんがタバコを吸って待っていた。

「おはようございます」

「ああ、おはよう。前回から一月も経ってないのにこんな続けてだなんて、君も大変だね」

「それはそちらもでしょう？　こんな短期間でのあいつの外出だなんて」

ただでさえあいつの扱いはかなり慎重にならないといけないのに、今回は一ヶ月も間をおかずの外出だ。俺には何をどうしているのかわからないが、多分裏方は大変なことになってると思う。

「まあね。でも、今後も快くゲートの処理に参加してもらうためにはご機嫌をとっておかないとね。それに、下手に時期をずらすとそれはそれで面倒なんだよ。……ま、その辺のアレに関する調整やあれこれは上に放り投げてるから、僕自身はそう大変ってほどでもないんだけどね？」

佐伯さんはそんなふうに肩を竦めて言うと、タバコの火を消して俺と共に研究所の中へと歩き出した。

そして時間は移り、俺たちは前回と同じように外出をし、たった今映画を見終わって建物から出てきたところだった。

俺としては……いや、俺たちとしては映画館などという人の多いところにはあまり留まっていたくなかったのだが、ニーナたっての願いで来ることになったというか、来るしかなかった。

なんでも、デートならば映画！　という謎の理論をもとに決めたらしい。多分どっかしらの雑誌にでも書いてあったんじゃないだろうか。

それにまあ、ぶっちゃけこの辺はこれといったデートスポットなんてないし、映画なんてのは妥当と言えば妥当なんだろう。

一時間も車で出れば色々と見つかるが、こいつの場合は外出に時間制限があるのであまり移動時間には使いたくないのだろう。

まあ映画を見るのだって二時間くらいかかるんだし今回もちょっと予定の時間を過ぎるが、それ以上他に行動しないってんなら多少の時間超過くらいはどうにかなるはずだ。

というか、じゃないとニーナが暴走する。

「──映画というものは、見る場所が違うだけであれほどまでに変わるのですね」

「まあ、じゃなきゃ映画館なんて行く意味がないからな」

「ふふ、そうかもしれませんね」

今回で二回目となるデートだが、俺は前回同様に警戒を緩めることなくニーナの隣を歩いている。

後は待ち合わせ場所に行って車で送ってもらうだけなのだが、それでも気を抜くことはできない。

「……こんなふうに誰かと街を歩いてるなんて、以前では考えることもありませんでした」

俺が警戒しているのはわかっているだろうに、こうもニコニコと笑っていられると本当に警戒する必要があるのかと思えてしまう。

もちろんそれが必要なことだとわかっているし、油断するつもりはない。

……だが、それでもこいつの事情には同情に値するものがある。

そう思ってしまうのも事実なのだ。

「――ん？」

そして歩いていると、ニーナの視線がどこかへ向いているのを察し、俺もその方を見てみたのだが……あれは親子だろうか？

その親子は手を繋ぎ、父親の手にはなにやら荷物――お菓子でも入ってそうな箱が提げられていた。

……こいつもお菓子を食べたいんだろうか？　ちょい時間オーバーするだろうが、最後に菓子でも買ってくか？　ご機嫌取りだって言えば、『上』の奴らも文句言わないだろう。

そんなことを考えていると、ニーナは俺の顔を見上げて笑いかけてきた。

「わたしは、今がとても幸せです」

こうして見てると、普段のヤバさなんてどこかへ消えて、年相応の女の子にしか見えないんだよな……。

そんなことを思ってしまったからだろう。俺はつい一瞬、ほんのわずかな時間だが、先ほど油断しないと考えたばかりだというのにニーナから意識を逸らしてしまった。

「さあ、次はどこへ行きましょ――あ」

その結果、ニーナに通行人がぶつかって、持っていた飲み物を落としてしまった。

しまった！　と思うが、もう遅い。

即座に視線を移すとニーナの表情がどんどん不機嫌そうに歪められていっていた。

――このままじゃまずいっ。今ぶつかった人はもちろん、周りごと灰になるっ!

こんな些細なことで、とそう思うかもしれないが、これがニーナだ。

「鬱陶しい……わたし達の邪魔するとは……灰すら残さないで――」

ニーナの表情がそれまでの笑みから、スッと冷たいものへと一瞬で変わった。

そして、感情のままに魔法を使おうとしたところで、俺はニーナの構築している途中だった魔法を破壊し、その手を取って力を使うのを止めさせる。

「待て待てっ! ここでそんなもん使おうとすんじゃねえ!」

「ですが……」

「いいからやめろ!」

俺がそう言うと渋々といった様子で力を使うのを諦めたようだが、道の真ん中で声を荒げたせいで周囲の視線が俺たちに向いている……チッ!

「とりあえず、こっちに来い」

「あ――」

俺はニーナの手を握ったまま道を外れ、近くにあった脇道に逸れた。

「はあああぁぁぁ……」

人目から逃れたことで俺は大きく息を吐き出すと、ニーナへと向かい合った。

「いいか？　街中では力は使うな」

「ですが、先程の男はわたしの背を突き飛ばして……」

「背中を押したんじゃなくてぶつかっただけだ」

俺はニーナの手の中にある映画のグッズを指差しながら話を続ける。

「見ろ。お前の手の中には今日買ったものがあるわけだが……楽しかったか？」

「はい！　もちろんです！　まさかわたしにこのような日が訪れようとは、夢にも思いませんでした！『研究』を受けていた日々とは大違いです！」

このような日、ね……チッ。

たった数時間だけの、車での移動時間を考えれば、実質ほとんど活動できる時間がないような扱いであるにもかかわらず、こいつはそれでも幸せなのだと言っている。

俺は、それがどうしようもなく気に入らなかった。

こいつのやってきたことを知っている。

こいつがどんな奴なのか知っている。

こいつが危険な存在だってのも、いやってほどに知っている。

……だが、それでも目の前で笑っているニーナを見ていると、こいつの境遇が、こいつの選択が、こいつを取り巻いている環境が気に入らない。

そして何より、それに関わっているのにこの現状を良しとしている俺自身が――どうしようもなく気に入らない。

ニーナと俺はもう三年近い付き合いだ。

ここでそんなことを思うならなんで今まで見逃してきたんだって話だが、俺がこんなことを思ったのは多分、前回と今回の外出があったからだと思う。

今まで俺はこいつと外出なんてしたことがなかった。

ただ厄介なことを押し付けられたな、と思いながらこいつの話し相手として機嫌をとっていただけだった。

それが、前回と今回一緒に外出したことで、こいつに対して……まあ、情が湧いたっていうんだろうな。

だからだろうか、やけに気に入らないと感じてしまった。

もしかしたら宮野達を教えるようになったことも関係しているのかもしれない。こいつとあいつらは歳が近いからな。

それとも姉と話をしたからだろうか？　姪のことで話し、預かることになったせいで、ニーナも姪のように面倒を見なければと思った、なんてこともあるかもしれない。

今までもニーナの面倒を見ているとも言える状況だったし、ない話じゃないだろう。

もしくは……恋人のことを思い出したからか。

宮野たちや姉との会話に昔の恋人のことが出てきたせいで、隣を歩いているこいつには余計なことを考えてしまったというのはあるかもしれない。

もう何年も前のことだが、あの時の俺は、隣を歩いていた恋人に笑っていてほしいと、心から幸せになってほしいと本気で思っていた。

今回の俺の迷いは、その時のことを思い出したのかもしれない。

——こいつに幸せになってほしい。なんて、俺はそんなことを思ってしまった。

それは恋人としてではなく、どちらかと言えば、やはりさっき考えたように教え子や姪、あるいは自分の子供や妹のような感じだと思う。

だが、幸せになってほしいと、そう思ってしまったという事実に変わりはない。

あるいは、最初っからそう思っていたのかもしれない。ただそんなことはないと見ないふりをしてきただけで。

俺はそんな自分の感情を理解すると、もう一度ため息を吐きだした。

そしてわずかに悩んで、だが最終的には覚悟を決めて口を開いた。

「……楽しんだならいいが、これを買うことができたのは、ここに人が集まってるからだ。

この場所に人がいなければ、俺は今日お前をここに連れてくることはなかったし、こうして買い物をすることはできなかった。わかるか？　鬱陶しいからって周りを全て灰にしてみろ。お前はもう二度と今日みたいにここで買い物を楽しむことができなくなるんだぞ？」

「それは……」

俺の言葉を聞いて目を見開いたニーナは、何を言えばいいのかわからないのか言い淀んでいる。

こいつ相手に説教なんてすれば、不興を買って焼かれている。こいつにとってはそれが当たり前だった。

だから説教なんて……いや、説教どころか、こうして真正面から自分のことを見られて話をしたこともなかったんじゃないだろうか？

邪魔をするなら、不愉快にさせるならとりあえず殺しておく。それがこいつの『普通』だった。そうするのが『普通』なのだと教えられてきたから。

そして、不幸なことにそんな『普通』を通すことができるだけの力がこいつにはある。

だから、誰もこいつに説教をするどころか深く関わろうとしなかった。

「それに、だ。お前がここを灰に変えるってことは、今日の俺との買い物に来た場所には残しておく価値のない無駄なものだったと言うのと同義だ。お前は、そう思ってるのか？

今日はそんなにつまらなかったか？」

「そ、そんなことはありません！　とてもっ、とても楽しかったです！」

「そう思うなら、すぐに力を振るおうとするな」

「……はい。申し訳ありませんでした」

そう言うと、ニーナはしょんぼりと肩を落とした。

こんなこと、誰も望んでいないだろう。

俺たちを監視しているはずの研究所の奴らや、その映像を見ているであろう奴ら。そして、ニーナ自身でさえも俺がこんなことを言うなんて思っていなかったはずだ。

だがそれでも俺は言葉を止めない。こいつに、今のままを『普通』だと思っていてほしくないから。

「……お前は力を持っているが、それに相応しい常識と理性がない。正直なところ、人の世界で暮らせるとは思えない。それどころか、この世界そのものにとっての異物だ。お前はいない方がいい」

「……」

ニーナは俺を攻撃することなく黙っているが、その感情の動きはニーナの魔力が揺らいでいることからわかる。

『だが、それでもお前はここにいたいんだろ？　人とは違うのは理解している。自分が外れた存在であることはわかってる。だがそれでも自分もここにいたい。そう願ったんだろ？」

だから俺なんかに懐いて、そのそばに居る。ひとりぼっちは嫌だったから。

「……はい」

「なら、俺はその願いを否定しない。お前の境遇は知ってる。お前がそう願っていることも知っている。ただし、人の世界で生きたいと願うのなら……俺のそばに居たいと思ってくれるのなら、人の世界で生きる常識と理性を身につけろ。嫌なことがあったからって簡単に力を使って誰彼構わずに消そうとするやつのそばに、俺は居たくない」

簡単に言えば、こいつは子供なんだ。年齢的にもそうだが、その内面があまりにも幼過ぎる。それはこいつが今まで過ごしてきた境遇故なのだろう。

こいつはおよそまともと呼べる生活は送ってこなかった。だから物事の分別がつかず、情緒も不安定になっているし、感情で動き、周囲に被害を出す。

だが、これからはそのままじゃいけない。

「力を使うのなら、誰かの助けになることに使え。誰かを助けるために力を振るうのなら、それは誰に咎められるでもない『良い事』だからな」

「……申し訳、ありませんでした」

俺が話し終えると、ニーナは説教されたことがそれほどまでに悲しかったのか、ポロポロと涙をこぼしながら謝罪の言葉を口にした。

俺を感情のままに攻撃するのではなく、こうして謝ることができるんだからやっぱりこいつは『どうしようもないやつ』ではない。

これまでの環境が悪かっただけなんだ。これからの状況次第でどうとでも変わることができる。

「あー、泣くなって。せっかくこうして遊びに来たんだ。最後まで楽しんでけよ。お前はこういう生活を望んでたんだろ？」

そのためにはまあ、俺も苦労することになるだろうが、こいつを放っておくよりはマシだろう。

「それに、お前は元が綺麗なんだから、笑ってる方がもっと綺麗だぞ」

「あ――」

そう言って俺はハンカチを取り出すとニーナの目元に優しく当てて拭い、それをしまうと今度はニーナへと手を差し出した。

「もう時間になるが、最後になんか甘いもんでも買って帰るとするか。せっかくの思い出の最後かこんなんじゃ、勿体無いだろ？」

「……はい！」

ニーナは俺が差し出した手に自分の手を重ねると、まだ涙は残っているもののパッと笑顔になった。

「ここでいいか」

そして俺たちは迎えの車との待ち合わせ場所に向かって歩き出し、その途中にあった個人の洋菓子店に入っていった。

「お前は何にする？」

「わ、わたしは……」

前回の外出の時もそうだったが、何を買えばいいのかわからないのか、ニーナはただ視線を迷わせているだけで何も言わない。

「すみません。これとこれ、それから……」

決めることができないでいるニーナに視線を向けるが、このままでは決められないでいるだろうなと判断し、俺は店員を呼んで適当に頼んだ。

「……さっきも言ったが、お前はもっと理性を大事にしろ。それから、嫌いなものだけじゃなくて好きなものを作れ。あれが食べたい、これをしたい、ってな。そうすれば、世界はもっと楽しくなるぞ」

　そうして代金を払おうとした俺たちだが……

「っ！　嘘だろ⁉　こんな時に！」

「……？　ゲートがどうかしましたか？」

　その瞬間、ゲートが発生した気配を感じ取った。

　反応を感じ取ってはいるだろうが、自分にとってなんら危険はないニーナはキョトンとしている。

　だが、そんなニーナと違い俺は慌てながら代金を払い、「釣りはいらん！」と叫びながらニーナの手を引いて外に出た。

　くそっ、「釣りはいらない」なんてセリフはもっと違う時にかっこよく言いたかった！

　店の外に出るとやっぱりゲートが発生しており、俺は一瞬どうしたものかと悩んだが今はニーナがいるのを思い出して佐伯さんに電話をして指示を仰ぐことにした。

「佐伯さん！」

『ああ、状況はわかってる！　君はそっちに注意をしてくれ！』

「合流場所は南の三でいいですか？」

『そうだ。すでにそっちに――』

そうして話をしている間にもゲートから魔物が外に出てきた。しかも、よりにもよって飛行型だった。

「わたし達が楽しんでいるこの時を、楽しんだ街を汚そうとするとは……邪魔で——」

このままではまずいと思いながらも電話をしていると、すぐ隣にいたニーナから魔力が高まるのを感じたので振り向く。

ニーナのその手の上には黒と白の混ざった炎が存在していた。

それを見た瞬間に俺は目を見開き、また目の前の人や街ごとゲートとモンスターを攻撃するんじゃないだろうか、と思い慌てて手を伸ばすが……

「あの、少々失礼します」

「え？　お、あ、ちょおっ！」

俺の手はニーナに触れることなく空振った。

そして、ニーナは空へと跳び上がると、その手から白い炎を空中へと撒き散らし空のモンスターたちを一掃し、そのままゲートの中へと入っていった。

「ニーナ……？」

止める間もなくゲートの中に入っていったニーナだが、俺が驚いたのはそこではない。

あいつは突然現れたゲートとモンスターのせいで苛立っていた。それは俺が止めようとした時の様子を見ても明らかだった。

だというのに、あいつは今〝白い炎〟を使ったのだ。それも、わざわざ跳び上がって周囲に被害が出ないように、だ。

ニーナの炎はどういうわけか感情によって色と性質が変わる。

黒い炎は、ニーナが対象としたものを焼き尽くすか、ニーナ自身が止めない限り消えない『燃え続ける炎』。

白い炎は黒のような性質はないが、触れたもの全てを跡形もなく燃やす純粋な『超火力』。

どちらも凶悪なものだが、その性質、そして炎を使うときの感情は全く違う。

黒は負の感情を込めた時にできる炎だ。今回も突然の邪魔に負の感情を抱いていたから黒でもおかしくなかった。と言うより、黒の方のはずだった。

だがニーナが使ったのは白い炎。

それの意味するところを考えると、あいつは……

『伊上君⁉　どうしたんだ⁉』

「あ――すみません、状況は⁉」

と、その先を考えようとしたところで佐伯さんの声が電話から聞こえ、俺はハッと意識を通話先の佐伯さんへと戻した。

多分向こうでもニーナが飛んで行ったのは確認してるだろうし、今から俺にできることはない。

なので俺は余計な説明なんてせずに佐伯さん達の確認している状況の説明を求めた。

「どう――あ」

どうすればいいのか、そう聞こうとした瞬間にゲートから黒い炎が溢れだした。

だがそれは、ゲートを燃やしているもののこちら側のものを何も燃やすことはない。

そして、消えることのない黒い炎の中から、ゲートの中に飛び込んでいったニーナが入った時と同じように跳んで出てきた。

「……出てきました」

『しゅ、周囲の被害は⁉』

「ない、です。まだ黒がゲートを焼いてますけど、それ以外の被害は何もありません」

『……』

ニーナが力を使ったのに周囲に被害がないことが信じられないのだろう。佐伯さんは何も言わず黙り込んでしまった。

俺の言葉だけでは信じられなくても、俺たちを監視している者たちからの映像もあるはずだから信じるしかないだろう。

「終わりました。もうしばらくすればゲートも閉じるはずです」

　それなりに難度の高そうなゲートだったはずだが、それを攻略したにもかかわらずニーナは何事もなかったかのように少し離れた場所に優雅に着地し、こちらに歩いてきている。

　きっとゲートの向こうは黒い炎で埋め尽くされており、ニーナの言ったようにしばらくすると核も燃やされる。そしてゲートは何もなかったかのように消滅するだろう。

「あ、ああ、お疲れ様」

「いえ、これしきのこと、どうということもありません」

　そう言い微笑を浮かべたニーナだが、一瞬後に僅かに不安そうな表情をして口を開いた。

「……あの」

「ん？　どうした？」

「……わ、わたしは、言われたようにできたでしょうか？」

　その言葉を聞いた瞬間、俺はわかりやすく目を開いて驚いてしまった。

　だが、それは仕方のないことだろう。多分それは俺以外でも、研究所の奴らが聞いても同じように驚くはずだ。

「――ははっ」

　そう思ったからこそ、俺はつい笑いをこぼしてしまった。

「だ、だめでしたか⁉」

「いや。いいや違うさ。ああ、違う——よくやったな」

否定されたと思ったのか若干涙目になったニーナの言葉に俺は首を振って答えると、今度はその頭の上に手を乗せて親が子にするように優しく撫でた。

……ちゃんと、言葉は届いてたんだな。

「行くぞ——どうした？」

そのことに満足した俺は待ち合わせ場所に行こうとしたのだが、何故かニーナがついてこなかった。

「先ほどからこちらを見ている者がいたものでして」

「見てるやつ？　研究所の職員じゃなくてか？」

「はい。あちらの方々です」

まあ、空から落ちてきたようにも見える感じでニーナが現れたんだから、見ているのはそうおかしなことでもないか。

ゲートのあれこれがあった直後なんだから尚更だな。

そんなことを思いながらニーナが指さした方を見ていると……

「……………おう」

その先にはなぜかよく見知った少女の顔が四つ見えた。

つまりは、今のチームメンバーたちだ。

「で、どういうこと?」

なんで俺はこんな尋問（じんもん）を受けているんだろうか?

昨日はあの後、浅田たちと特に会話をすることなく迎えとの待ち合わせ場所に行った。

元々時間を過ぎてたわけだし、余分なことで時間を取られるわけにはいかないからな。

……決して問題の先延ばしだとか面倒になったからとかじゃないぞ?

「あんた、あんなところで何してたわけ?」

まあそんなわけでニーナを送り届けた俺だが、ニーナへの言葉を聞かれていたせいで研究所の職員や、もっと『上』の奴らから「なんであんな勝手なことをした」なんて色々聞かれたりした。

『上』の奴らとしては、俺が説教したことでニーナが暴れたらどうしようとでも思ったんだろう。

実際、過去にはニーナの教育係として付けられた人物が説教して殺されてる。

それに、そのことについては俺も同じようなことを考えていた。もしかしたら暴れるかもな、って。……まあ、それでも実行したわけだが。

とりあえずなんかいい感じの方向に進みそうだってのと、俺をどうこうすればニーナの首輪がなくなるからってのもあってお咎めはなしで解放された。

そして翌日からは普段通りの生活を、と思ってこいつらの訓練のために学校に来たのだが、なぜか浅田たちに遭遇すると捕まり、壁際に追い込まれながら問い詰められているのが今の状況だ。……カツアゲって、こんな感じでするもんなんだろうか？

「何をって言われてもな……」

なんて答えたものかな……。

一応あいつのことは機密だ。こいつらのチームには宮野がいるんだし、話しても構わないと言えば構わないんだが……。

「世界最強」

なんて考えていると、徐に安倍がそう口にした。

「え？」

「違う？」

「知ってたのか」

「これでも魔法使い。白と黒の炎なんて使えば分かる」

それもそうか。あいつがどこにいるとかの状況は秘密だが、あいつの存在自体は知られてることだしな。その能力を使うところだって見た目だって写真に撮られているんだから、安倍が知っていてもおかしくはないか。

……まあ、どうせいつか『勇者』である宮野とその仲間には話す時が来るんだし、それが今でも構わないか。

「なら、次の休みの日に連れて行ってやる」

それにこいつらはあいつと歳が近い。無理だとは思う。思うんだが……それでも、できることなら話し相手くらいにはなれるようになってくれるといいなと思う。


――宮野　瑞樹――


佳奈が浩介を問い詰めた日から二日後、瑞樹たちはバスに乗って大きな建物のある、いやに警備の厳重な場所――浩介の言うところの研究所に来ていた。

今回もいつものように建物の入り口で佐伯が待っていたが、瑞樹たちが来るとわかっていたからかタバコは吸っていなかった。

「佐伯さん、今日はよろしくお願いします」

「ああ」

佐伯は頷(うなず)くと、浩介の後ろについてきていた瑞樹たちに視線を向けた。

瑞樹たちはこんな警備の厳重な場所へと連れてこられ、ここはなんなんだ？　などと思いながらあからさまにならないように周囲に視線を巡(めぐ)らせていたのだが、佐伯が自分たちのことを見ているのに気がつくとすぐに意識をそちらへと向けた。

「初めまして。僕は佐伯浩司(さえきこうじ)。ここの責任者だ」

そんな佐伯の自己紹介(じこしょうかい)が終わると、瑞樹たちも簡単な自己紹介を行い、面通しを終わらせる。

「うん。それじゃあ行こうか。ああ、くれぐれも逸(はぐ)れないようにしてくれよ？　じゃないと迷子になるからね」

言い終えると瑞樹たちの返事を待つことなく振り返った佐伯は、そのまま後ろを確認(かくにん)することなく建物の中へと進み始め、浩介と瑞樹たちはその後を追って建物の中に入っていった。

「……ねえ。ここ、なんでこんな面倒な造りになってんの？」

何度も何度も曲がるというかなり複雑な造りをしていることに疑問を持った佳奈は、前を進む浩介にそう問いかけた。

「その辺の話も後でな。今はとりあえずついてこい」

だが、浩介から返ってきたのはそっけない返事だけだった。

いつもならば軽口交じりだったりはするがちゃんと教えてくれるのに、今回ばかりは違うその様子に問い掛けた佳奈だけではなく他のメンバー達も困惑している。

佳奈に至っては「なんなのよ……」などと呟いているが、それでも一行は進んでいく。

そして十分ほど歩いてからようやく目的の場所に辿り着いたのだろう。前を進んでいた浩介達の足が止まった。

「佐伯さん。後の対応とかは任せても構いませんか?」

「ああもちろん。そのための用意はしてあるからね。君はアレのところに行くといい」

「では、そいつらをお願いします」

浩介は佐伯と簡単に話を終わらせると、瑞樹達の方へと振り返った。

「詳しい事情やここについてはその人が教えてくれる。一応言っておくが、失礼のないようにな」

そしてそれだけ言うと、浩介は佳奈達から視線を外して歩き出した。

だが、慌てて手を伸ばして止めようとする佳奈の声に反応し、浩介は足を止めて再び佳奈達の方へと振り返った。

「なんだ？」

「伊上さんは、一緒にいないんですか？」

「ああ。俺はちょっと別の用事があってな」

瑞樹の問いに対して、背中越しに軽く手を振りながら簡単に答えた浩介は、今度こそ瑞樹達に背を向けて近くにあった階段を下りてどこぞへと歩いて行った。

「それじゃあ君達はこっちだ。おいで」

佐伯がそう言いながら目の前の扉を潜ると、瑞樹達は一度顔を見合わせてから佐伯の後を追って部屋の中へと入っていった。

まず目に入ったのはさまざまな機材だ。片付けてあるのだろうが、それでも普通の部屋には置かれていないような大型のものも置かれており、どうしても目を引く。

そしてそれらを目にした後に気になるものは、一面のガラスだ。

四方を壁に囲まれた部屋の中で、一面だけがそのほとんどをガラスで覆われていた。

「どうぞ。かけると良いよ」

佐伯が勧めた先には、二組のソファがテーブルを挟んで置かれていた。

とてつもなく気を引くガラスの先にある光景を見たいとも思うが、リーダーであるから瑞樹はそんな誘惑を振り切って率先して勧められた席へ座った。

他の三人も瑞樹に続くように座ると、ここの職員だろう人物がそれぞれの前に飲み物を置いた。

それを見た佐伯は、瑞樹達の気を楽にするためか少し戯けたような口ぶりで話し始めた。

「やー、それにしてもこんな早く『天雷の勇者』に会えるとは、まさかだねー。ああ、これ僕の名刺ね」

そうして佐伯は瑞樹達に名刺を差し出していく。

佐伯の言う『天雷の勇者』というのは瑞樹に与えられた勇者としての称号だ。

本人はそんな二つ名を与えられ、なおかつその名を呼ばれることを恥ずかしがっているのだが、世間にはそれで通ってしまっているし、今後の活動ではそう呼ばれるのでもうどうしようもない。

瑞樹はそんな自身に与えられた二つ名を呼ばれた恥ずかしさを誤魔化すためか、自身の前に置かれたカップに手を伸ばして飲んだ。

「――ところで、ここはどんな所なのでしょうか？」

そしてカップを置くと、視線を佐伯に向けて問いかけた。

「ここは覚醒者、およびゲートに関しての研究をしている場所だ。それと――罪を犯した覚醒者の隔離だね」

たったそれだけの簡単な説明だったが、簡単だったからこそ明確に表されたその言葉に、瑞樹たちは目を見開いた。

だがそれも当然だ。今の佐伯の言葉をわかりやすく言い換えれば、つまるところ、ここは監獄なのだから。

「どうしてそんなところに……」

「ここに『アレ』が暮らしているからさ」

佐伯はそう言うと立ち上がり、部屋の中で唯一のガラス窓のある壁へと近寄っていった。

だがそのガラスの向こうは外に繋がっているわけではない。ガラスの向こうには、また別の部屋があるのだ。

「君たちはアレのことを知るためにここに来たんだろ？　なら、実際に見た方が早いだろう。伊上くんもそこに行ったわけだしね。ああほら、ちょうど来たよ」

そんな言葉をかけられた瑞樹たちは、視線を交わすと全員立ち上がり、佐伯の歩いていった大きなガラス窓へと近づいていった。

そのガラスの先にはとても広い部屋——一般家庭の家なら一軒丸々余裕を持って入ってしまうのではないかと思えるような部屋があった。

瑞樹達はそんな部屋を大きなガラスを通して見下ろしている形だ。

そして、その部屋の中では自分達の仲間であり、さまざまなことを教えてくれた恩人でもある浩介と、真っ白の髪をした少女が話をしていた。

「『アレ』が伊上くんが君達をここに連れてきた理由の——」

「世界最強」

『そう。その通りだ』

晴華の言葉に佐伯はためらうことなく頷いた。

「白い？」

「まだあたし達より少し上くらいじゃん。ってか、髪は黒じゃないの？」

「アレはアルビノなんだよ。体の色素を上手く作れない生まれつき体の弱い者。外に出る時は髪の色は染めてたんだ。白い髪なんてのは、どうしても目立つからね」

アルビノというものを初めて見たのだろう。瑞樹達はガラスの向こう、眼下にいる少女を黙って見つめていた。

「アレはね、とある裏の組織の実験体だったんだ」

佐伯はそんな瑞樹達へとわずかに視線を向けると、徐にそう話し始めた。

「こんなゲートのある世界になる前、アルビノっていうのは特殊な力が宿ってる、とか、その体を食べれば若返る、とかそんなことが一部では言われてたんだ」

突然始まった佐伯の話に、瑞樹達は全員がバッと振り向き驚いた様子で佐伯を見つめた。

だがそれでも佐伯は話すのを止めない。

「ある場所では現人神として祀られてたりもしたしね。……で、そんなアルビノだけど、こんな世界になってその特殊性は余計に上がった。というか、特別視する者の狂気が強まった、が正しいかな？」

金や権力などの力を手に入れた者の行き着く果てというものは、どれほど時代が移っても、世界が変わっても、なにも変わらない。他人とは違う特殊な力と、永遠の命だ。

だがそれだって、その先に終わりはない。

願いが叶ったところで、また次の願いが出るだけだ。

求める者に見境はなく、欲求に果てはない。

願いを叶え、力を手に入れても、もっともっとと別の何かを欲する。それが『人間』だ。

そして、この世界にゲートができたことで、『人間』の欲が、狂気が加速した。

「それで、そんな奴らの内の一つがとある計画をしたんだ。アルビノは元々特殊な力を持っている。ならば覚醒しやすいはずだし、覚醒すれば他の者以上の力を手に入れるはずだ、なんて考えて。そしてアルビノを集めて、『研究』と称して人工的に覚醒者を作ろうとした」

それはいかなる法律も倫理も無視して行われた非合法の極地。

当たり前のように違法薬物を使用していた。

モンスターから取れる素材を体に埋め込んだりもしていた。

アルビノ同士を殺し合わせ、喰らい合わせる蠱毒のようなこともやっていた。

その他にも、子供が遊びで思いつくような残酷なことをためらうことなく行っていた。

「その成功作がアレだ。世界最強」

そして、数年前についにその人間達の実験は実を結び、成功。人工的な覚醒者を作ることができたのだった。

「最終的には自分達が理想の能力を使えるようにすることが目的だったらしいけど、結局アレが暴走して組織は潰れた。そして、代わりにアレが残った。そして問題も一緒に――」

「あの」

佐伯はただの事実だと淡々と話している。佐伯にとっては――いや、佐伯達にとっては、それは『普通』のことなのだろう。

だが、瑞樹達はまだ子供だ。そんな普通は簡単には受け入れられなかった。

故に、瑞樹はそんな話はこれ以上聞いていたくないという自身の心に従って佐伯に声をかけ、話を遮った。

「ん？　なんだい？」

「……どうして先ほどからニーナさんのことを『アレ』と呼んでいるのですか？　それではまるで――」

そして自分の中でわずかに引っかかっていたことを聞いたのだが……

「モノみたい、かな？」

「……はい」

瑞樹は聞いてから、聞かなければ良かったとわずかに後悔した。

だが、一度口にしてしまった言葉はもう戻らない。

「そうだね。君のその考えは正しい」

「え？」

「モノみたい、と言うよりも、僕は……いや、僕達は、あそこにいる少女のことを人間だとは思っていない。アレは――化け物だ」

化け物。一人の少女が化け物と呼ばれているその状況は、瑞樹にとって、できることならば遭遇したくない状況だった。

「そ、それは……彼女が覚醒者だからですか？」

自分の心臓が跳ね、口の中が渇くのを感じながらも、瑞樹は聞かずにはいられないと、少女に向かって言った『化け物』という言葉の真意を訊ねる。

「ははっ。いやいや、違うよ。ただの覚醒者ならなんとも思わないさ。現に、ここにいる職員の何人かは覚醒者だし、僕だって二級だけど覚醒者だ。だから覚醒者だからどうこうってわけじゃない。君たちを厭ったりはしないよ」

だが佐伯は、瑞樹の問いに対してキョトンとした様子で瑞樹を見た後、面白い冗談を聞いたとばかりに笑い、否定するように手を振りながら答えた。

「そうだなぁ……意思を持った核爆弾があったとして、君はそれを人間だと思えるかな？」

「……それが、ニーナさんだと？」

「僕たちはそう考えて……いや？　もしかしたら核爆弾なんかよりもよっぽど酷いものかもしれないね。何せ、核爆弾は一度破裂したらそれで終わりだ。その後の汚染はともかくね。でも、アレは生きている限り何度でも爆発する。周辺の全てを焼き尽くし、一切合切灰すら残さず焦土に変えるんだ。そして、アレを殺せる者はいない以上、自然に死ぬのを待つしかない。それは十年後か百年後か……」

言っていることは明らかに普通ではないにもかかわらず、佐伯は子供に当たり前の常識を教えるような気軽さで話しながらガラスの向こうの少女を眺めている。

「ね？　確かに役には立つ。ゲートが増え、冒険者の数がゲートの発生に追いついていない現状ではアレを頼らざるを得ない。だが、できることならば頼らずにいたいし、できることならばアレには死んでもらいたい。それが世界の総意だ」

「そんな……」

「確かにゲートと冒険者の数の不釣り合いは問題だ。でも、アレによる被害がそれ以上の問題になってしまうようなら、世界はアレを殺すために動くだろうね。殺せないとは言っても、殺す方法が全くないわけじゃあない。法や倫理に引っかかるけど、毒や飢え、ウィルスなんてのもいざとなれば使える」

どんどん紡がれていく言葉に、瑞樹達はもはや開いた口が塞がらない。

それぐらい、今聞いていることは異常なことだった。

当然だ。たった一人を殺すためにウィルスをばら撒くなど、正気の沙汰ではない。

だが佐伯は――佐伯だけではなくここにいる者もここにいない者も、事情を知っている者のほとんどがそれは認めていた。

「被害が大きくなるのは目に見えてるからやらないけど。できないわけじゃあないんだよ」

「そんなこと許されると思ってんのっ⁉」

そんな馬鹿げた話に耐えきれなくなったのか、佳奈はガンッと思い切り足を踏みつけて佐伯を睨んで叫んだ。

だが、そんな佳奈の行動を見ている佐伯の視線は恐怖などかけらもなく、どちらかというと冷ややかなものだった。

「じゃあ聞くけど……君は、君たちは特級のモンスターと戦ったろ？　アレと同じようなのを単独で相手して、怪我なく倒すことができるかい？」

佐伯に言われて佳奈は少し前に遭遇した特級のモンスターとの戦いを思い出し、言葉に詰まった。

「……け、怪我はするかもしれない。でも！　それでも特級のモンスターくらい倒してみせる！　だからあの子だって……殺すなんて間違ってる！」

佳奈は佐伯の言葉を否定するかのように腕を振り払いながら感情のままに叫び、体から溢れ出る力が周囲を威圧する。

その圧は本人が意図したものではなく無意識的なもの、ただ感情のままに放たれたものではあったが、一般人であれば足がすくんでしまうほどのものだ。

だが、やはりと言うべきか。佐伯は、青臭いことを言っている子供を見ているかのような、微笑ましさの混じった視線で佳奈を見ているだけだった。

「……その心意気は素晴らしい。だが、そうじゃない。特級のモンスター〝程度〟はどうでもいいんだ。それはもう倒せることがわかってるんだしね。おおよその被害も推定できるし、常識の範囲内で対処できないわけでもない」

「え？」

佐伯が特級モンスターを『程度』と言ったことで、佳奈は間抜けな声を漏らした。

その時の感情は「何を言っているんだこいつは」といったものだろう。

だって、あれだけ苦労したのだ。苦労して怪我をして、それでも諦めずに戦って、そうしてやっと勝ったのに、それが『特級程度』と言われてしまえばそうなるのも無理はない。

もしかして言い間違いではないだろうかなんて疑ってしまうほどだ。

だが、佐伯達にとっては言い間違いでも勘違いでもなんでもなく――単なる事実だ。

「だから僕が言いたいのはさ、特級を一人で、それも怪我をしないどころか片手間で倒すような存在が暴走した時にそれを止められるのかって話だ」

「特級を……片手間？」

佐伯の言葉を小さく復唱しながら、佳奈は錆びついたような動きでガラスの向こうの少女へと視線を移した。そしてそれは佳奈だけではなく瑞樹と柚子も同じだった。

「暴走？」

唯一『世界最強』の噂を他の三人よりも知っていた晴華だけは佐伯を見たまま、先程の言葉で疑問に思ったことを問いかけていた。

「そう。アレは感情が高まってそれを内側に溜め込めなくなると、それを発散するために力を使うんだ。要はストレスの発散だね。普通の人なら周りからの反応や世間の態度を気にして無闇に力を振るって暴れるなんてことはないけど、アレはそうじゃない。周りがどうなろうが、誰が死のうがどうでもいい。幼い子供のように感情のままにただ暴れ続ける。アレが満足するまでね」

「そんなっ……！」

「事実、アレによって幾つかの場所は滅んでるし、数万の規模で人が死んでいる」

表向きはゲートの処理の失敗ってことになってるけどね、なんて肩を竦めて戯けているが、瑞樹達はまともに聞いていない。

「わかったろ？　あれは正真正銘の『化け物』。人間と同じじゃあないんだ」

佐伯はそう言い終えるなり窓から離れ、最初に座ったソファへと座り直した。

――伊上さんも彼女のことをそんなふうに思っているの？

瑞樹は、佐伯の言葉にギュッと拳を握り締めながら、ガラスの向こうで少女と話している浩介へと視線を向けた。

「それとコースケの関係は?」

晴華はすでに中身の冷めたカップを傾けている佐伯に向かって近寄っていき、佐伯のことを見下ろしながら問いかけた。

「ん?」

「コースケは明らかに特別扱い。なら、その理由は?」

毒やウィルスを用いてでも殺す算段を立ててるようなそんな化け物を、なぜ浩介のような三級の冒険者に対処させているのか?

冒険者に対応させるのはいいとしても、普通ならば特級を使うのではないだろうか?

晴華の疑問は当然のものだった。

「ああ。それは簡単だ。彼なら止められる……いや、彼しか止められないからだよ」

そうして佐伯が語り始めたのは浩介の過去。

正確に言うのなら、浩介とあの白い少女の過去、だろうか。

「市街地に発生したあるゲートで運悪くイレギュラーが発生して、中に冒険者が取り残されたんだ。しかもそれはすでに決壊寸前でね。そのままではモンスターが外に出てきてしまう状況だった。けれど近くには対処できるような者はいなかった。だから被害が出る前にアレを呼ぶことが決まったんだ。それでその問題のゲートの中には彼もいて、なんとか中に残された冒険者は助けたんだけど……組合側の調整ミスで、まだゲートの中から脱出したわけじゃないのにアレが呼び出されたんだ。ゲートが決壊すれば民間に被害が出るってことで急いだらしいんだけど……急ぎすぎた」

イレギュラーとは、つまり測定ミスによる特級モンスターの登場だ。

市街地にできたゲートだった上に、中から逃げ帰った者の話ではすでにモンスター達が外に出ようとしていた。

故に即座に壊そうと判断されて冒険者が送り込まれたが、結果は壊滅。

生き残ったのは、浩介達のように最初からゲートの中に入っていた者達だけだった。

そして、ゲートの処理は自分達では無理だと判断されて『世界最強』が送り込まれた。

「そしてアレは中の冒険者ごとダンジョンを攻撃し、ゲートを壊そうとした。でも、それを彼が止めた」

ダンジョンにやってきて早々に、めんどくさそうな様子で特級モンスターごとダンジョンを壊そうと魔法を構築していく少女。

その時には浩介はすでにダンジョンの出口であるゲートの前で待機した状態だったが、それでも他にも人は残っており、そのことはその場にいた全員がわかっているはずだった。

にもかかわらず、軽く見ただけでとてつもないと分かるほど大規模な魔法攻撃を仕掛けようとしている少女を誰も止めようとはしない。

だが、浩介は少女を止めた。

「彼はまだ中に人が残ってるから少し待てと言ったそうだが、もちろんそのまますんなりと終わるわけがない。その後はゲートの破壊なんて後回しで戦いになったらしいよ」

今まで好き勝手やってきた真っ白な少女は、誰かに止められるという経験がなかった。

裏の組織から少女を保護し、住む場所を与えた者達でさえ少女を止めなかった。

理で諭し、理解を得る時はあった。

だが、それだって願いを誘導したり先延ばしにするくらいで、根本的に諦めさせることはしなかった。なにせ、止めれば周囲ごと焼かれることがわかっていたから。

好きな時に寝て、起きて、食べて。欲しいものがあったら適当に頼んでおけば勝手に持ってきてくれる。少女の生活はそんなわがまま放題なものだった。

それは、『研究』と呼ばれ少女に施された実験の抑圧の反動だろう。

少女には赤子の時に悪人に捕まり、実験台にされてきた過去がある。

力を手に入れた少女はそんな過去をぶち壊し、押さえつけられていたものが解放され、自由を手に入れた。

だというのに、あれはダメだこれはダメだと言われれば、実験を思い出してしまう。

――自分はもう解放されたと言うのに、またあの時に戻らなくちゃいけないのかっ！

そんなふうに思えてしまったからこそ、少女は押さえつけられることを嫌った。

そんな少女を、浩介が止めた。それも「何やってんだ馬鹿野郎！　やるのは構わねえが、状況を確認してからにしろクソガキッ！」という暴言付きで。

当時は言葉は通じていなかったが、それでも自分は下に見られた、馬鹿にされた――あの時と同じように。と、少女はそう思ってしまった。

もちろん浩介にそんなつもりはない。ただ人を助けることに必死になっていたのと、少女についてよく知らなかった、というただそれだけだった。

そうして、頼まれたゲートの破壊より、モンスターの駆除より、目の前の『敵』を消すのが先だと判断した少女は浩介に攻撃を仕掛け――ようとしたところで、身の危険を感じた浩介が少女の顔面に魔法で作った泥をぶつけることで邪魔をし、周りからの声やらでなんとなくの状況を理解するとダンジョンの奥に逃げ、モンスターを盾にし、時間を稼ぎ、少女が疲れるまで逃げ回った。

「戦ったのはダンジョンの中だったし、結果として被害は最小限に抑えつつゲートを破壊することができた。いやはや、他人なんてどうでも良いから自分だけが助かりたい、なんて本人の言とは真逆の成果を残してるよね。まさに英雄。本当の意味での真の勇者だよ」

確かにそうだ。浩介は危険だとわかっていたにもかかわらず見ず知らずの誰かを助けるために命をかけて行動している。それは勇者という称号以上に勇者という呼び方が相応しい行いだろう。

「でも、それがきっかけで、自分の全力を受け止めてもなお生きている相手として、自分が暴走しても立っていられる相手として、彼のことが気に入ったみたいなんだ」

今までは自分に逆らう者はいなかった。自分が焼いてきたから。

だが、浩介は違った。自分に逆らって、でも〝生き残ってくれた〟。

「以来、彼が拠点にしている場所の近くで暮らすということで、ちょうどここが近くにあったからアレはここで暮らすことになった」

そんな浩介のことが苛立ち、気になり、今ではしっかりと認めて愛情を向けている。

その愛情は、情操教育どころか、家族からの愛情なんてものを感じる前に狂った実験場に送り込まれた少女にとって、初めての想いだった。

「国が、世界が、アレを殺さずに利用しているのは、彼がアレの舵取りをできるからだ。彼がアレを抑え込めることができるからこそ、世界はアレの処分を見送ってる。世界で唯一まともにアレに言うことを聞かせられる者、それが彼だよ」

故に、少女――ニーナは浩介の言うことを聞く。世界で唯一、自分のそばにいてくれる大事な人だから。

もっとも、その愛情表現が戦い――を超えて殺し合いになっているので、浩介は面倒な相手としてか思っていなかったが。

「不思議そうにしているけど、君達は彼の凄さを目の当たりにしたんじゃないのかい？」

「……しました。ですがっ……！」

佐伯の話を聞き終えてもなお渋面を作っている瑞樹達に、佐伯は視線を彼女達へと移してから問いかけた。

だが、自分の中に自分でも訳のわからない感情が渦巻いてまとまっていない状態だった瑞樹は、その問いにはっきりと答えることができなかった。

「ふむ？　……なら聞くが、宮野瑞樹君。特級であり『勇者』である君は、特級モンスターを複数体同時に相手取っても余裕で切り抜けるような化け物と戦って勝てる……いや、生き残れる自信はあるかい？」

「そ、それは……」

瑞樹も以前戦った特級のモンスターを思い出した。

あの時は仲間がいたにもかかわらず苦戦した。そんな苦戦するような相手が複数いた場合、自分は勝てるだろうか？

そんな相手が複数いても余裕で倒すような相手と戦って、自分は生き残れるだろうか？

――否。まず無理だ。

「ないだろ？　他の特級達も同じだった。何人束になろうと、勝てる未来が思い浮かばない。それが全員の答えだ。言ったろ？　意思のある核爆弾だって。それほどまでにアレは〝ズレて〟いるんだよ」

瑞樹が唇を噛んだことでその答えを察したのだろう。佐伯は視線を瑞樹からガラスの向こうへと戻して話を続けた。

「だが、放置しておけばいずれは止まるとはいえ、それでは街どころか国が一つ二つ消える。いつもはその予兆があれば特級の中でも最難関のダンジョンに放り込んでストレスの発散をさせてたんだが、それだって被害がないわけじゃなかった」

ガラスの向こうで話が終わったのだろう。浩介がニーナから離れて部屋を出て行った。

「でも彼は違う。三級であるにもかかわらず、アレを相手に生き延びてられる。もちろん彼自身怪我もするし周囲にもそこそこの被害は出るが、それでもいろんなところで暴れられるよりはずっとずっと被害が少ないし、アレを使わないでゲートが処理できず、特級のゲートを放置しているよりはよっぽど楽観できる。ま、個人的な意見としてはアレは殺した方がいいと思うけどね」

全ての話を聞き終えた瑞樹達の心の中は、なんとも言えないものがぐちゃぐちゃに渦巻いていた。

それは少女の扱いに対してのものか、それとも浩介一人に押し付けていることに対してか、あるいは、自分の未熟さ、小ささを理解させられたことについてか……。

そして、そんなガラスの向こう側の瑞樹達の様子を白い髪の少女が見ていたが、すぐに興味をなくしたかのように楽しげな様子で自分のお気に入りの椅子へと戻っていった。

「お疲れ様」

ニーナと少し話をしてから、部屋を出て宮野達が待っている部屋に向かうと、佐伯さんから労いの声がかけられた。

「戦ったわけでもないんで、疲れたってほどでもないですけどね」

「でも、常に気を張っていないといけないんだから多少なりとも疲れはするだろ？　いつ暴走するかもわかんないんだし、僕たちなんて話をするだけでも命懸けだ」

「……まあ、気を遣うのは確かですけど、話をする程度なら問題ないですよ」

俺にはすでに普通の少女に見えてしまっているニーナの扱いをはっきりと理解し、同時に、自分も今までこんなだったのかと理解することになった。

だが、ここでそれを態度に出すとまずいことは理解できるので、グッと拳を握りしめて何事もないかのように……いつも通りに振る舞う。

「……それで、こいつらには話をしてくれたんですか？」

「ああ、それはバッチリだ。『勇者』になった者には一度は会っておかないといけなかったしちょうどよかったよ。ま、ちょっと時期が早いかもとは思うけどね」

宮野達へと視線を向けると、そこには意気消沈という言葉が正しいくらいに気落ちした様子の宮野達がいた。

「そうですか。ありがとうございました」

まあいい。とにかく今はここを離れよう。今ここにいても、良い事なんてないからな。俺にとっても、こいつらにとっても。

「お前ら、帰るぞ」

俺がそう言うと佐伯さんが立ち上がり、来た時と同じように先導をしてくれたので、その後をついていく。

「ああ、君たち。帰る前に一つ覚えておいて欲しいことがあるんだ」

道中無言のまま出口までついた俺たちは佐伯さんに挨拶をして別れようとしたのだが、別れる直前で呼び止められた。

「アレに関することは秘密だ。能力なんかの見た目は群衆からバレてるけど、それはいい。でも、ここで聞いた話を誰かに漏らそうとしたら、その時は――」

「その辺は俺からも言い聞かせておきますから」

「そうかい？　なら任せたよ」

そして俺は無言の宮野達を引き連れて研究所の敷地を出ていった。

「――あれが俺の『小遣い稼ぎ』の内容だ」

帰りのバスに乗るためにバス停まで歩いている中で、俺は宮野達にそう話しかけた。

「前にお前達は言ったよな。誰も彼もを救えるくらいに強くなる、って。今でもそう願ってるんだったら、あいつの相手をしてやれるくらいに強くなれ。それができなきゃ、そんな願いは夢のまた夢だ」

あいつと戦えるくらいの強さが無ければ、誰も彼もを救うなんて馬鹿みたいな願いを叶えることはできないだろう。願いを叶える前に潰れて終わりだ。でも……

「……でもまあ、一人じゃ無理でも、お前らチームなら出来るかもしれないな」

一人では及ばなくても、四人でならニーナに勝つことも出来るようになるかもしれない。

「「「……」」」

しかし、本気でそう思ってかけた言葉だったんだが、宮野達からはなんの返事もない。

それはつまり、自分達には無理だと諦めたということに他ならない。

……まあ、あいつの力を見たわけだし、それに加えて色々話を聞いた後だと頷けないか。

こいつらは直接ニーナの戦いを見たわけじゃない。だがその片鱗は見たはずだ。

ほんの欠片であってもニーナの力は強力だとわかる。それを見たのなら、無理だと思うなって方が難しいか。

こいつらならもしかしたら、なんて思ったんだが、仕方がな――

「かもしれない、じゃない……。絶対に強くなって、一人でも相手になれるように……ううん！　勝てるようになってやるんだから！　三級のあんたにでききんだから、あたし達でもできるに決まってるでしょ！」

俺が結論を出す直前、浅田が俺の考えを否定した。

「そう、ね……。ええ。強くなってみせます」

「わ、私も、一人では無理でも、みんなとならっ」

「頑張る」

そして、そんな浅田に続くように他のメンバー達も口を開いて意気込み(いきご)みを口にする。

こいつらは、ニーナの全力を見ていないからそう言っていられるのかもしれない。そう思わなくもない。だが……

「……そうか。期待してるよ」

本当にそうなることを願ってるよ。そうすれば、あいつにも友達ができるだろうからな。

あいつは子供なんだ。成人してないどころか、まだ高校生にもなっていない子供。

いくら最強なんて言っても、誰も隣(となり)にいてくれないってのは、寂(さび)しいことには変わりないからな。

# 二章　心の内の想い

研究所に宮野達を連れて行ってからすでに何週間も経ち、今は二月の終わり。

あの後も宮野達を研究所に連れて行って、ニーナにこいつらのことを紹介したこともあったが、なんというか、反応は芳しくなかった。

やっぱり、ニーナにとっては自分と戦っても生き残れるだけの強さがある事が仲良くする条件なんだろう。

宮野達が話をしても攻撃されないのは、俺の教え子だからって事だと思う。

宮野達はあいつのことを知ったからか、以前よりも訓練をしっかりするようになった。

いやまあ、以前からしっかりやっていたのだが、なんというか心構えが変わった感じだ。

「もう試験まで三日かぁ……」

「ん。早い」

「なんだか今回はろくに勉強できた気がしないんだけど……」

今日も訓練兼金稼ぎ兼学校のノルマ稼ぎを終えてダンジョンから出て来たのだが、ゲートを過ぎてこっち側に戻って来たからか宮野達は気を抜いてそんなことを話していた。

そういやあ、そろそろ期末試験がどうしたとか言ってたっけな。

「しっかりしろよ学生」

「誰のせいだと思ってんの？」

「勉強してない自分のせいだろ？」

勉強をしてないのを他人のせいにしないでほしいもんだな、まったく。

「あんたのせいだって言ってんの！」

浅田が若干キレ気味に怒鳴ってきた。その理由は……まあ思い当たるけどな。

授業を邪魔したことはあるし、そう言われても仕方がないだろう。

だが、俺だってなんの意味もなく勉強の邪魔をしたわけじゃない。理由はあるのだ。

「でもなんとなくの気配や殺気ってもんが理解できたろ？」

「ええまあ。まだまだ軽い悪意なんかはなんとなくわかりませんけど、明確な殺意はわかるようになりました」

今日までの間、俺は自身が参加する必要がない授業の日でも学校に共に向かい、そしてこいつらの後ろをついて回った。

それだけ聞くと完全にストーカーだが、違う。俺は決してストーカーなんかじゃない。

　で、まあこいつらの後をつけ回して襲って……違うな。なんか、こうもっと違う言い方……ああ、訓練。訓練に付き合っていたんだ。廊下を歩いてるときに頭に小石を投げたり授業中に脇腹に魔法をぶつけたりしてな。

「そこまでわかれば上出来すぎんだろ。才能ないやつなんかだともっと時間かかるぞ」

「……できなきゃ授業中に声を出すことになんじゃない。あれ、すっごく恥ずかしかったんだからね！」

　浅田に限らず宮野も北原も、普段無口な安倍さえも俺が脇腹に当てた水の魔法のせいで「ひゃあっ」なんて叫んで立ち上がった時が何度かあったが……どうやらそれが役に立ったらしい。よかったよかった。四人ともがこっちを睨んでるが、そんなのは知らない。

「伊上さんは、どれくらいでできるようになったんですか？」

「……さあ？　割とすぐに気づいたらできてた。ま、こういうのは下手に強いより俺みたいな雑魚の方が、弱者の生存本能的に気付きやすいんだろうな」

「ネズミが地震を察知して逃げる、みたいな？」

　宮野の問いに答えた俺だが、それに対する浅田の言葉は悪意のあるものだった。脇腹に水を当てた件で仕返しか？

「なんか悪意ある喩え方だな。……でも、間違いではないな。お前らやニーナみたいに強いやつは命の危険に晒される時が少ないからな。その分どうしても危険を感じ取りづらい」

俺なんて基本的にダンジョンは全部命の危険があるから、殺気や悪意を感じ取れなきゃ死んでる。

これは俺だけじゃなくてヒロ達元チームメンバーもできることだ。いわば低級には必須の技能だ。

「で？　結局お前らは勉強は平気なのか？　色々と訓練をさせた俺が言うのもなんだが、あまり試験勉強の時間がなかったんじゃないか？」

「大丈夫ですよ。冒険だけではなく、普段から勉強もしてますから」

宮野はそうだろうな。それから北原と安倍も問題ないだろう。

だから、俺が言っているのは残りの一人についてだ。

「まあ、お前らはそうだろうな。でも浅田はどうなんだ？　勉強は一夜漬けだと山を外すと大変なことになるぞ？」

「はあ？　バカにしないでくれる？　これでも学年上位なんだから」

一瞬、俺はこいつが何を言っているのか分からなかった。

「……はあ？」

浅田の言葉を聞いてから数度瞬きをしてから、ようやく言葉を発することができたが、発した言葉はたったそれだけだった。

「ちょっと、なによその反応」

だが、浅田の不機嫌そうなその反応からして事実なんだろう。

「え？　まじか？」

「はい。佳奈は前回は三十位程度でしたけど、その前は一桁に入っていましたよ」

俺は自慢するかのように胸を張っている浅田を指差しながらも、浅田ではなく宮野に顔を向けて問いかけるが、宮野はなんでもないことのように頷いた。まじか……。

「う、うそ、だろ？　え？　お前が？」

「なに？　なんか言いたいことでもあるわけ？　言ってみなさいよ」

だが、はっきり言われても納得できなかった俺はついそんな呟きをこぼしてしまったのだが、それを聞いた浅田は一歩こちらに詰め寄って俺を睨みつけてきた。

「いや、お前……頭よかったのか？」

「あんたがあたしのことをどう思ってたか薄々わかってたけど……その反応、ちょっと話し合う必要がありそうだと思うんだけど、あんたはどう思う？」

確かに俺の言葉は悪かったかもしれないが、ちょっと待ってほしい。

「いやだって、お前自分の普段の態度と戦い方思い出してみろよ。あんな鈍器持って敵に突っ込む奴が、頭いいと思うか？　お前の能力的にちょうどいい戦い方だとは思うけど、それでも最初からそう戦ったわけじゃないだろ？」

「……ストレス発散にちょうどよかったのよ」

俺の言葉を聞いた浅田は不機嫌そうな顔から、どこか拗ねたような表情へと変わり、その視線を俺から逸らして足元の小石を蹴った。

ストレス発散のために鈍器を振り回す、か……。

まあ、こいつらしいっていやあ、らしいな。

「え、えっと、今回はレポートも問題なくできたから、安心だよね」

浅田が顔を逸らしたことで微妙な空気になったのを察したのか、北原が俺たちを見ながら話し始めた。俺としても話が逸れるのはありがたいので、それに乗ることにする。

「でも、レポートだけじゃ終わんないんだろ？　確か筆記試験の後に戦闘試験もあるとか……。またランキング戦みたいなことをすんのか？」

「いえ、流石にそんな大掛かりなことはしません。教師チームとの対戦ですね。生徒間の戦いだと、上手く強さが測れませんから」

まあ、トーナメント形式にして強い奴と強い奴が当たったら、単純な順位じゃ決められないか。

「ついでに、その試験はあんたも出ることになってるから」

「は？　……ああ、チーム戦か。いや、でもそれ学生の試験だろ？」

一瞬俺が個人的にテストを受けるのかと思ったが、すぐにチームでの戦いだと理解した。

「協力者の確保と選定眼」

安倍の言葉は相変わらず短いが、なにを言いたいのかなんとなくは分かる。

卒業後に冒険者としてやっていくのなら、不測の事態に協力者を集める必要がある時もある。その時にしっかりできるかの確認なんだろう。

「あー……まあ、なんとなく言いたいことは分かるが……というか、今までなかったじゃないか」

「一年間のまとめとして、ですね。基本的に教導官の能力は学校の管轄外なので、毎回試験のたびに確認することはないんです」

今までもテストはあったが、俺は呼ばれたりなんかしなかった。

でもまあ、学校からしてみれば教導官の成績なんてどうでもいいか。

「そんなわけで、あんた試験の最終日は空けときなさいよ」

そうして俺の試験参加は決まり、一旦そこで話が途切れると俺たちは今いるゲートの管理所から帰りのバスに乗るべく歩き出した。

「……あー……ね、ねえ」

バス停に到着すると、後十分ほどでバスが来るようだった。

だが、バスが来るまで適当に休んでいようと近くの柵に寄りかかって飴を取り出したところで、浅田がなんだかおかしな調子で声をかけてきた。なんだ？

「そう言えばさ、あのニーナはあんたの彼女じゃないんでしょ？」

そう聞かれた瞬間に俺はドキリと胸を跳ねさせ、取り出した飴を落としてしまった。

なんでこいつがそんなことを聞いてきたのかわからんが、こいつの様子がおかしかったのはそれを聞きたかったからか。

あいつのことを聞くんだったら、おかしな様子になっても不思議じゃないか。

「……ああ。それがどうした？」

俺はできる限り平静を装いながら落とした飴を拾う。

「いや、どうってわけじゃないんだけど……どうして？　デートしたんでしょ？」

どうしてって言われてもな……。

ついこの間まで俺はあいつのことをまともに『見て』いなかった。

いつ危険になるか分からないのにひっついて来る厄介な奴。

俺のニーナに対する思いとしてはそんなもんだった。我ながらクソみたいだけどな。

だから俺はニーナのことを恋愛対象として見ていなかった。

だが、それは今も変わらない。

あいつのことを『女の子』として認識するようになった今の俺でも、恋愛の相手としては見ていない。

「あいつは俺しかまともに接してくれる相手がいないからそう思ってるだけだ。心の底から俺を好きになってるわけじゃない。父親代わりみたいなもんだな」

あいつが俺にかまうのは、俺が唯一あいつに説教をした人間だからだろう。

多分、兄とか父親みたいなもんだと思う。兄って言うには離れすぎてるから、やっぱり父親が妥当なところか？

……そもそもの話だ。俺はニーナのことをどうこうって以前に、恋人を作る気はない。

だって、俺は『あいつ』のことが――

「あたしはそうは思わないけど……じ、じゃあさ、あんたのことが本気で、す、好きな子がいたらどうすんの？」

――っと、だめだ。このことについてはもう何度も考えてきただろ。

俺もいいかげん『あいつ』に囚われてばっかってのはダメだろ。

「そうだなぁ……」

でも、そうわかっていてもすぐに割り切れるもんでもない。

やっぱり、まだしばらくは考えを変えることはできそうもない。

こればっかりはどうにかしようと思って自力でどうにかできることでもないからな。仕方ないと言えば仕方ない。

……いや、その理由も逃げてるだけか。

それでも、しばらくは恋人だとか考えられない。考えたくない。

「そもそもさ、なんであんた彼女作んないのよ。あんたは、その、性格悪いってわけじゃないし、顔もそこそこ良い……悪くないし、恋人ができないってことはないと思うんだけど……」

……なんだ？　今日はやけに突っかかってくるな。

俺にとって、恋人云々って話はあまりされたくないことだ。

多少の雑談で軽く話題に上る程度なら、まだ耐えられる。

だが、明確に恋人を作れだとか、結婚しろだとか、付き合っている奴はいないのか、なんて踏み込んだ話をされると、結構つらい。

なんて言うかな……頭の中で見たくないものがチラついて、それが誰に対してのものかわからないが……無性にイラつくんだ。

「……まあ、色々あるんだよ」

そう言っていつものように肩を竦めて誤魔化したが、今日はなんでかいつもと違った。

「色々ってなんなの？　もしかして前に付き合ってた彼女のことが忘れられないとか？」

「……」

その言葉を聞いた瞬間、俺は自分の体が強張るのが理解できた。

頭の中にいろんな情景が鮮明に流れていき、言いようのない気持ち悪さが胸の中で渦巻いている。

そのせいで先ほどまでよりも心臓が強く、そして速く脈打ち、握る拳は痛みを感じているのに緩めることができない。

「あ、あの。伊上さん？」

宮野が心配そうな表情で俺を呼んでいる。

だが頭ではそのことを認識していても、俺はそれに返事をすることができなかった。

やめろ。聞くな。なんでそんなことを聞くんだ。頼むから——それ以上聞かないでくれ。

だが、そんな俺の気持ちは通じず、浅田は普段よりも速い口調で言葉を紡いでいく。

「もう何年も前の話なんでしょ？　いい加減忘れてさ、次の相手を見つけた方が——」

ガンッ！　と何か硬いものを叩きつける音が聞こえた。

……いや、聞こえたってか、俺がやったのか。

どうやら俺は無意識のうちに自分が寄りかかっていた柵を殴っていたらしい。

「うっせえよ」

「え……」

「なんでそんなことお前らに話さなきゃなんねえんだ？　ああ？　忘れろって？　そんなのは俺自身分かってんだよっ」

そうだ。忘れなきゃいけないなんてのは、俺自身分かってる。

今まで何度もそう思ってきた。考えてきた。

あいつはもういないんだ。だから囚われてちゃいけない。忘れなくちゃいけないって。

だが、できないんだ。どうしても俺は、『あいつ』を忘れることができないんだよっ！

「……聞かれたくないことなんて人にはいくらでもある」

そんなこと、口にするつもりじゃない。頭の冷静な部分ではそれがまずいことだって分かってる。

だがそれでも、動き出した口は止まらない。

「例えば安倍、魔法の性質と本人の性格はある程度共通点があるが、お前は炎を使うわりに大人しい性格だよな？　どうしてだ？　心当たりくらいはあるんじゃないか？」

ああだめだ。言うな。それ以上言うな。

「北原は、争いを拒む性格だから治癒の力が発現した。だが、本当にそれだけか？　それにしちゃあお前の様子はどこかおかしい気がするんだがな。治したい。それ以外の感情があるんじゃないのか？」

俺はこいつらの心の内を暴きたいわけでも、チームを壊したいわけでもない。

「宮野だってそうだ。やけに人を助けたがるが、その理由はなんだ？　その心の内になにを隠してる？　ニーナと会って以来、時々〝らしくない〟様子があるが、なにを考えてる？」

だから、ダメなんだ。これは言っちゃあいけないいんだ。

「なあ、浅田。お前は今俺が言ったことを一つでも気づけてたか？　話してもらったか？　誰だって聞かれたくない事、知られたくない事があんだよ。誰も彼もがお前みたいに、能天気に考えなしに過ごしてられると思ってんじゃねえぞ」

だがそれでも俺は勝手に動く口を止めることはできずに、最後まで言い切ってしまった。

「……くそっ。ああ違う。そうじゃない……悪い、変なこと言ったな」

感情のままに吐き出したことで目の前の少女達は驚きに目を丸くし、震え、顔を顰めた。

そんな光景を見て、俺はハッと右手で顔を覆いながらやっと自分を止めることができた。

――だが、もう遅い。

改めて浅田達を見回してみると、その表情は明らかに普段とは違っている。

「……ただ、聞かれたくないことがあるってのは本当だ。だから、これ以上聞くな。どうせあと一月で今の学年が終わる。そうしたら俺はチームから抜けるんだ。変におかしな関係になるより、今まで通りでいかないか？」

「「「「……」」」」

俺はもう平気だと示すために笑みを浮かべながら話したのだが、その笑みは自分でも不恰好になっているとわかるようなもので、四人は誰一人として返事をしない。それどころか、なんの反応もしなかった。

……まあ、そうだろうな。

「しばらくは試験で冒険には出ないんだろ？　試験の最終日には俺も参加するが、それまでは会わない方がいいだろ。それがお互いのためだ」

元々試験中はダンジョンや訓練はなしの予定だったんだ。なんの問題もないだろ。

「……試験、頑張れよ」

俺はそれだけ言うと、バスには乗ることはせずに自分の家がある方向へと歩き出した。

「……あぁ、くそがっ。どうしてあんなことを言った。あいつらは悪気があって言ったわけじゃないだろ。俺はあのチームを壊したいわけじゃねえだろうがっ」

浅田達から離れてしばらくすると、俺はそれまでの自分の言動を改めて思い出して拳を握りしめた。

振り返ってみるが、結構歩いたのでもう浅田達の姿は見えない。

「前に付き合ってた彼女が忘れられない、か……。ああ、その通りだよ。俺は、未だにあいつのことが忘れられない」

恋人の話が出てくる度にあいつの顔が頭に浮かぶ。

だが、もう死んだ恋人のことなんて忘れるべきなんだ。

「いい加減割り切らないといけないってのはわかってるさ。もう八年近く経つんだ。もう忘れてもいい頃だろ」

自分に言い聞かせるように呟くが、それでも心は渦巻いたまま落ち着かない。

俺自身、ひどいことを言ったって自覚はある。謝らないといけないってことは理解している。だが、それでも足は戻るために動いてくれない。

自分のみっともなさに嫌気がしながらも、俺は深呼吸をするとスマホを取り出して電話をかけた。

「……ああ、すまん。……あー、今暇か？　いや、ちょっと飲みにでも行かないかと思ってな。時間的にもうすぐ夕飯の時間だし突然だからダメならダメでいいんだが……え？　いいのか？　ああいや、ならありがたいが……ああ。じゃあ駅前で。どうせそこくらいしかまともな飲み屋なんてないしな。ああ、悪いな」

軽く話をして通話を終えると、今度は保存してあった恋人の画像を開いた。

だがすぐにその画面をホームに戻すと電源を消してポケットにしまい、待ち合わせ場所へと歩き出した。

◆◇◆◇

「──で、なんで小春さんもいるんだ？」

待ち合わせの場所に行くと、そこには待ち合わせた相手であるヒロこと、渡辺弘だけではなく、その妻の小春さんまでいた。

「お前の話をしたらついてくるって聞かなくてな……」

「いやー、ちょうど今日はカレーだったからね。カレーなんてこの時季なら作り置きしておいてもなんとかなるもん。それに……」

小春さんは笑顔で話していたが、急に真剣な表情になると意味ありげに俺を見た。

「あんたが自分から飲みに誘うなんて、何かあったんでしょ？」

「……誘ったのは小春さんじゃなくてヒロの方なんですけどね」

「そんなのはどっちだって変わんないって。あんたが誰かを誘うってこと自体が珍しいことなんだから」

まあ確かに、俺は自分から誰かを誘うなんてことはあまりしないな。

「ま、こんなところで立ち話もなんだし、せっかく飲みにきたんだからどっか入ろうか！　すぐ近くだし、あのビルん中のでいいでしょ？」

「はい」

そうしてビルの中に入っているチェーン店の居酒屋に入り座敷席に着くと、小春さんは適当に注文し始めた。

「それじゃあ、久しぶりの再会を祝って……乾杯！」

平日だから人があまりいないのか、頼んだビールがすぐに届き、小春さんの音頭で俺たちは飲み始めた。

「っくあ～～～！　あんたとの再会もだけど、こういう場所で飲むのは久しぶりだわね！」

「お前、結婚してからはめっきり減ったよな。昔は結構飲み屋に来てたのに」

「ったりまえじゃん。娘ができたんだから、そりゃあ来れなくもなるでしょ。いくら近所にいるからってお義父さん達に毎回預けるってわけにもいかなかったし。……うちの夫は私を差し置いて来てたみたいだけど」

　小春さんはジロリと不満ありげな視線を自分の旦那であるヒロへと向けている。

　まあ自分を差し置いて旦那だけ外に飲みに行ってたらそうなるのもわかるかな。

「あー……そりゃすまん」

「それは俺もすみません。結構な頻度で来てましたから……」

「ぷっ、まあ冒険者やってたんだから、終わったら飲みってのもわかるけどね」

　とはいえ、小春さんもそこまで本気で言っているわけではないようで、ヒロが情けなく謝るとすぐに笑ってまた飲み始めた。

　そして話は俺がヒロを呼んだ理由――ではなく、俺の現状についての話になった。

「んで、最近どーなの？　女の子達を教えてんでしょ？」

「ええ、みんな優秀ですよ。一級と特級のチームで、もうプロとして活動しても問題ないくらいです」

「そりゃああんたの教え方がいいんじゃないの？」

「だといいんですけど……あれは元々の才能ですよ」

「そっかそっか。新しい勇者ちゃん一行ね。確か称号は……『天雷』だっけ？」

「ええ。雷を扱うからですね。まだまだ制御が甘いですけど」

そこで頼んだ料理が届き、小春さんはそれをつまむと真剣な表情になって口を開いた。

「……で、その子達となんかあったわけだ」

「……ええまあ」

何も言っていないのに当てられたことで俺は一瞬言葉に詰まるが、なんとかそれだけ返すことができた。

「ま、思春期の女の子とあんたみたいなおっさんが一緒だとね、なんだかんだで問題はあるもんよ。うちの娘だってそのうち『パパうざい』とか言い始めるんだから」

「おい、なんでこっちに流れ弾来てんだ。それはマジで傷つくからやめろよ」

「あはは。ならそう言われないように、しっかりしたかっこいい姿でも見せときなよ」

あまり深刻になりすぎないようにするためか、小春さんは冗談を交えて笑っている。

だが、話すことは話すつもりのようで、すぐにその視線を俺へと戻した。

「で、告白でもされたの？」

「いえ」

「なら、それに近いことをされた、かな？」

「……あいつらには何もされてませんよ」

先ほどに続いてあまりにも近すぎる答えを言い当てられ、そんなふうにズレたことを答えてしまった。

実際、あいつらとは問題はあったが何かを〝された〟わけじゃないから嘘ではない。

だが、相談に来たはずの俺がそんなはぐらかすように答えるとか、失礼すぎるだろ。

「答えになってないよ。それに、あいつらとはってことは、別の子とも何かあったわけだ」

だがそんな俺の答えや内心も小春さんにはわかっているようで、苦笑いしている。

「あんたの知り合いで、あんたに好意を寄せそうになるほど親しい相手。……あの最強ちゃんか」

「……この間、街を歩いてきました」

「素直にデートって言いなよ。……ま、あんたが望んだわけじゃないんだろうけど」

俺があの研究所に行っているってのは小春さんも知っているので、なんでそんなことになったのかっておおよその流れというのはわかったようだ。

「それで？　その子で刺激されたところで、さらに勇者ちゃんたちに追い討ちをくらって仲違いした――そんなところかな？」

「……よく、わかりますね」

「女の勘は鋭いんだよ」

先ほどから答えを当ててきた小春さんだが、今度のはドンピシャだった。

そのせいで声が震えないように気をつけたのだが、その意味はなかった。

多分小春さんにも、さっきから無言で料理を摘まんでいるだけのヒロにも、俺の変化に気付かれただろう。

「なんて……あんたの場合は私も関係者だからね、事情をわかってるってだけだよ」

そう言いながら、小春さんは寂しげに笑った。

「あの子が死んでから、もうそろそろ八年になるのか。早いような遅いような……」

あの子というのは、小春さんの妹で、美夏という名前の女性だ。

そして、俺の恋人でもあった。

そのため以前から小春さんとは知り合いで、その縁があって俺はヒロのチームに入ることになったのだ。

「俺にとっては遅いですね。まだそんなもんしか経っていないのかって、もう十年以上経ってるんじゃないのかって思うほどに時間が経つのが遅すぎる。俺はそう思います」

「そっか……」

数年前、その頃は俺はまだ覚醒する前だったのだが、美夏は覚醒していた。

あいつ自身はあまり戦いたいとは思っていなかったが、それでも覚醒した以上は『お勤め』があるので戦わなくちゃいけなかった。

そして、ダンジョンに潜って死んだ。

「ねえ。身内として、あの子のことを覚えてくれてるのは嬉しいよ。あの子は確かに生きてたんだ。なにも残せずに悲しく死んだわけじゃない。そう思えるからね」

冒険者の死亡率を考えれば、それが自分や身内にも当てはまるかもしれないってのもわかってる。

あいつは予期し得ない事故で死んだようなものだ。誰も悪くないし、何も悪くない。

強いて言うなら、ただただ運が悪かった。それだけのことだ。

「でもさ、あんたがいつまでもそれを引きずってんのは違う。私はそう思うよ」

美夏が死んだのはダンジョン内だったせいで死体を回収することはできなかった。

だから俺は、空っぽの棺桶を見ながらあいつが死んだことを認めなくちゃいけなかった。

実感なんて何もなかった。

別れも何も言えなかった。

手向けなんて何もできず、俺はただ、独りぼっちで取り残されただけだった。

想いを告げる相手も、恨みを向ける相手も、誰もいないし何もない。

だからこそ余計に、あいつが死んだなんて認められなかった。

「自分が死んでも自分を想い続けて人生を捧げてほしいだなんて、そんなのは呪いだ。あの子はそんな事願わないし、望まない」

呪い。その言葉は正しい。俺の胸の中で渦巻く『これ』は、まさに呪いだ。

ただし、美夏が俺にかけたものではなく、俺が俺自身にかけた自縄自縛のバカなもの。

胸の奥がぐちゃぐちゃで何年経っても落ち着くことはなく、薄れることはあっても、消えてくれることはなかった。

できたことと言ったら『それ』を直視しないように心の隅へと追いやったことだけだ。

そんな想いを引きずって、俺は今までやってきた。

「……分かってますよ、そんなこと。俺は目を背けてるだけなんだって」

それが逃げだってのは俺自身よくわかってる。それこそ、嫌ってほどにな。

現実から目を背けてもあいつは甦らないし、浅田達を突き放してもそれは変わらない。

「それが分かってるならまだましだけど……ちゃんと向き合ってあげなよ。否定されるよりも、拒絶されるよりも……見てもらえないことの方が、よっぽど辛いんだから」

実の所、俺はあいつの……浅田佳奈の気持ちになんとなく気がついていた。

それが自意識過剰の可能性もあったが、まあそれなりに好意を向けられているだろうとは思っていた。

夏休みが終わった頃には明確に俺に対する態度も変わっていたし、違和感はあったのだ。

だがそれでも、恋愛感情としての好意は気のせいだろうと、無視してきた。

だって俺は……今でもあいつのことが忘れられないから。

気づいたら、あいつのことを忘れてしまいそうで怖かったから。

忘れたいけど忘れたくない。そんな矛盾。

「でも俺は、あいつらの事をそんな目で見られないですよ。あいつの事だけじゃなく、歳が違いすぎますって……」

「女と男では価値観が違うかもしんないけど、女の私から言わせてもらうなら、恋に歳なんて関係ないだろって感じかな。それに……」

だが、小春さんは持っていた箸を置くと、真剣な表情で真っ直ぐに俺を見つめてきた。

その様子は、なんだか怒っているようにすら思える。……いや、実際彼女は怒っていた。

「あんたが逃げる理由に妹を使うな」

そして、小春さんは静かに、だがその声に怒気を乗せて言った。

「あの子の生も死も、あの子だけのものだ。他人と交わることも重なることもあったとしても、あくまでもあの子の人生はあの子だけのもの。それを理由にして誰かが何かのために利用するなんて、それこそ私は許さない。たとえそれが、あんたでもね」

「……っ」

「あの子のことを忘れるなとは言わない。忘れろともね。けど、あの子を理由に『今』から逃げるな」

鋭く放たれたその言葉に、俺はただグッと拳を握ることしかできない。

「……誰かと関われれば、別れなんてのは無くしようがない。冒険者なんて命懸けの仕事をしてればなおさらその機会は多い。でも、そこでその別れから逃げちゃいけない。しっかり向き合わないと。厳しいようだけど、それは残された者の義務なんだからさ」

「……はい」

優しく諭すようなその言葉に、俺は何とか返事をすることができたが、それだけだった。

「……まあ飲め。飲みに来たんだろ。真剣な話は必要だが、小春もあんまし言いすぎると変な方向に捩れるぞ」

「……そーね」

暗くなった雰囲気を変えるように、それまで黙って話を聞いているだけだったヒロが話し、小春さんもそれまでと雰囲気を変えて小さく笑うと手元のビールを飲み干して追加を頼んだ。

「ああそうだ、コウ。お前今年度いっぱいで教導官辞めるんだろ?」

「……ああ」

せっかく飲みにきたんだ。後でもう一度考えることになるんだろうが、ヒロが気を遣って話を逸らしてくれたんだし、今は俺も気持ちを入れ替えよう。

話を聞いてもらって、助言までしてもらったんだ。考えるのは、後で一人ですればいい。

そのための助けは、もうもらったんだから。

「だったら冒険者組合の新部署に行かないか?」

「新部署?」

「ああ。来年度からいくつか新部署ができるって話があったんだよ。今時の職員は元冒険者やってた奴が増えてきたが、その大半が冒険者以外の奴だ。だから新部署の一つが、その教育のためにそれなりに実績のある冒険者を雇って『冒険者って奴らについて』を教えることになってんだ」

ゲートは年々発生率が上がっているが、その分覚醒する奴の率も上がってる。

とはいえ、大多数の人間が非覚醒者であることには違いない。

冒険をするって言っても、冒険者が何をしているのかわからないだろうし、冒険者のサポートをするって言ってもどうすればいいのかわからない奴も多いだろうな。

これが冒険者あがりのやつだったら適切な対応や相談にも乗れるんだけど、一般人だとな……。

「んでまあ他にもいくつか新部署ができるんだが、その中にお前をねじ込もうと思ってな」

「ねじ込むって……できんのか？　というか、大丈夫なのか？」

「できるし大丈夫だ。俺だって、これでもそれなりに『上』の方に入ることができたんで、コネはあるからな」

『上』ってのは、冒険者を管理している組合の上層部って意味だろう。

いや？　コネって言うくらいだし、もしかしたらもっと上……冒険省とかそっちに行ったのかもしれないな。

そういやあその辺はよく聞いてなかったな。こいつはどこに入ったんだろうか？

でもまあ、やってくれるってんなら頼んでおいた方がいいか。

冒険者を辞める場合、冒険者関係の組織には入りやすいとは言え、すんなり決まるんだったらそれに越したことはないからな。

「なら、頼んでもいいか？」

「おう、俺から話を持ちかけたんだから任せとけっ！」

そうして俺は次の仕事を手に入れ、食事は進んでいき、それなりにいい時間になったところで解散することになった。

「受け入れるにしろ拒否するにしろ、仲直りするなら早い方がいいよー！」

そんな小春さんの言葉を受けて、俺たちは別れた。

「……次会ったら、もう少しちゃんと謝んないとな」

それに……

「少しずつでも変わらないとな」

そう心に決め、俺は帰路についた。

――宮野　瑞樹――

浩介が一人でバス停を離れていった後、その場に取り残された瑞樹たち四人は無言のままその場に佇んでいた。

「…………ねえ。あたし、その……ごめん」

それから三分ほど経っただろうか。徐に佳奈が口を開いた。

「なんか、変な空気になっちゃったね」

「ううん。よく考えてなかった私たちにも責任があ――」

「ごめん。このままあたしが一緒だとアレだし……じゃあねっ！」

「あ、佳奈ちゃん！」

佳奈は瑞樹達の話を聞くことなく言うことだけ言うと走り出し、チームの仲間達から離れていった。それを柚子が呼び止めようとしたが、止まる気配はなかった。

「二人とも、今日は解散して！　私は佳奈を追うわ！」

「瑞樹ちゃん！　私達も——」

「ダメ！」

柚子が追従しようとした所で瑞樹は怒鳴り、その言葉を遮る。

そして、その時バスが到着し、瑞樹はハッと気を取り直して言葉を続けた。

「ダメなの。お願い、佳奈と話す時、あまり人に聴かれたくない話をするから、だからお願い」

「ん、わかった」

「晴華ちゃん」

文句がありそうな柚子の手を引いて、晴華はバスの中へと進んでいった。

だが、そのままバスの中へと消えることはなく、最後に瑞樹へと振り返り、口を開いた。

「でも、顛末は後で教えて」

「ええ、もちろん」

「それから、話しても良いって思えるようになったら、私たちにも教えて」

「……ええ。……ありがとう」

そうして晴華は瑞樹と頷(うなず)き合うと、今度こそバスの中へと消えていき、瑞樹は冒険者としての力を存分に発揮して佳奈を追いかけるべく走り出した。

「佳奈」

瑞樹がたどり着いたそこは何もない公園だった。

遊具もなく草も生えっぱなしになっているそこは、むしろ空き地と呼ぶべきかもしれないが、ベンチが置かれ自動販売機(はんばいき)もあるのできっと公園なのだろう。

「瑞樹……よくここがわかったじゃん」

「わかったっていうか、伊上さんに教えてもらった気配の察知の応用ね。なんとなくこっちにいるんじゃないかーって」

「そっか」

「……」

「……」

沈黙(ちんもく)。普段(ふだん)ならもっと話す二人だが、今の二人の会話はたったそれだけだった。

「前にさ、伊上さん話してくれたことあったじゃない？　ダンジョンで知り合いの人が亡(な)

くなったって」

その沈黙は五分くらいだっただろうか。今までベンチに座っている佳奈の前に立ってい
るだけだった瑞樹は、徐に佳奈の隣に座って話し出した。

「あれが、多分恋人のことだったんでしょうね。ただ知り合いが死んだ、ってだけにして
は、誰かが死ぬことを過剰に嫌いすぎてる気がしたもの」

誰かを助けるのは元々が優しい性格をしていたというのもあったんだろう。だが、それ
だけで『誰かを助けながらも、自分以外を見捨てると言い続ける』なんて矛盾した状態に
なるだろうか。天邪鬼と言うには、浩介のそれは些か度が過ぎていた。

だがそれも、ただの知人ではなく恋人のような近しい存在が死んだのであれば納得もで
きる。

「正直ね。私はわかってたの。伊上さんの恋人は別れたんでもただの事故や病気で亡くな
ったんでもないんだって。前々から、言葉の端々にそれらしいことが出てたから」

自分はそんな相手に「さっさと忘れろ」なんて言ってしまったのか、と佳奈は自身の言
葉を思い出して力一杯拳を握りしめたが、言ってしまった言葉はもう戻すことはできない。

だから佳奈は、握った手が傷つき血が溢れても気にすることなく、そのまま握り続けた。

「私はそれを分かってたのに、止めなかった。今回のは、私のせいなのよ」

しかし、佳奈だけではなく瑞樹までもが悔いるように唇を噛んでいる。

「違う！　あたしがっ！　あたしが考えなしに勝手に踏み込んでいったから！　だから……あいつにも、晴華にも柚子にも……瑞樹にだっていやな思いをさせて……ほんと、ごめん」

佳奈は大声を出しながらベンチから立ち上がると、力なく肩を落とした後に瑞樹に向かって頭を下げた。

「……私ね、勇者になんてなりたくなかった。それどころか、冒険者にもなりたくなかった。こんな力、目覚めなければよかったって思ったの。それが私の隠していた心の内ってやつよ」

そんな佳奈を見ながら、何を思ったのか瑞樹は浩介に指摘された自身の『知られたくないこと』について口にした。

「みんなが笑ってくれるから、喜んでくれるから私は特級として振る舞ってたけど、本当はこんな力欲しくなかったの」

高校に入ってからの付き合いしかなかったが、それでも瑞樹がそんなことを思っていたなんて佳奈は今まで考えすらしなかった。

だって、瑞樹は今まで笑っていたから。

「私は生まれた時から特級だったけど、両親の反応も親戚の態度も、なんだかおかしかったの。それがわかったのはそれなりに大きくなってからだけど、なんだか、私の両親は私に対する態度が変だなって、周りの友達の家族を見てて思ったわ。そして、友達と遊んでる時に一度だけ魔法を暴走させて怪我をさせちゃったことがあるんだけど、それで気がついたの」

そこまで言うと、瑞樹はわずかに躊躇い口を閉じる。

が、すぐに再び口を開いて話し始めた。

「両親は……ううん、両親だけじゃなくて、親戚も友達だと思ってた子達もその親も、小学校の先生だって、私の周りの人は誰一人として私のことを同じ人間だとは思ってなかったんだって」

ゲートが地球に現れて覚醒者という存在が知られたとはいえ、それでも大半は力のない一般人だ。その中に、ライオンすら片手で殺せるような者がいたら、どう思う？

感情が爆発すると簡単に人が死ぬような雷を撒き散らす子供がいたら、どう思う？

実際には瑞樹は子供だったこともありそのようなことはできなかったが、それに近しいことはできた。

そして、一度その力が振るわれてしまえばもう終わりだ。周りの人間からの認識など、危険人物として固定されてしまう。

危険人物。だがそれは、あくまでも優しく包んだ言い方だ。隠すことなく、周囲の者達の感情を正しく表すのなら――

「ニーナさんや研究所の人達に会ったでしょ？　あそこの人達はニーナさんを化け物って呼んでたけど、私もそうだったの。私も『化け物』だった」

――化け物。

力を持たない者達からすれば、特級の覚醒者などその一言に尽きる。

「違う！　あんたは化け物なんかじゃない！」

「ありがとう。私も、そう思ってるわ。でもね、周りはそうは思ってくれない。覚醒者以外からしたら、覚醒者なんてモンスターと変わりないのよ。そして……」

瑞樹はそこまで言うとそれまで伏せていた顔を持ち上げて、悲しげに佳奈を見つめて言った。

「……それは特級とそれ以外でも同じこと。一級以下の冒険者からすれば、特級なんて化け物と変わらない」

「違うっ！」

佳奈の力強い否定に、瑞樹は笑うが、その笑みはいつもよりも力ないものになっている。

「それでも、みんなに嫌われないように頑張ろうって思ってたんだけど……それが伊上さんにはわかったみたいね。それが私の秘密。私の、隠していたことなの」

そう言うと瑞樹はベンチの背もたれに体を預け、空へと視線を向けた。

「佳奈」

そして、瑞樹は何度か深呼吸をしてから震える手をぎゅっと握りしめ、覚悟を決めたような表情で佳奈のことを正面から見つめ、口を開いた。

「ねえ――」

だがその言葉は最後まで紡がれることはなかった。

「瑞樹がなにを言おうとしてるのか、なんとなく予想はつくけど……あたしはあんたがなにを言ったとしても、あんたが周りから化け物だって言われても、あんたがあたし達から離れていったとしても、あたしの態度は変わんない。変えてやんない。だから、つまんないことは言わないでよね。あたし達、友達じゃないの？」

瑞樹の言葉を遮った佳奈は、先ほどまでの自分の不甲斐なさに対する悔しさや情けなさとも、友人に対する焦りとも違い、明確に怒っている声と表情で瑞樹を見つめている。

「……ふふ、おかしいの。なんで慰めにきたのに慰められてるのかしら？」

そんな佳奈の様子に目を丸くしながらパチパチと数度ほど瞬きをすると、泣きそうな様

子を混ぜて笑った。

だが泣きそうとは言っても、それは悲しいからではない。むしろ逆。嬉しかったからだ。

──怖かった。

今仲間達が自分と仲良くしてくれているのは、『特級』という存在の異常について理解していないからであって、自分が話してそのことに気づかれてしまえば、仲間達は自分のことを拒絶するんじゃないか。

離れて行かなかったとしても、その態度を変えるんじゃないか──過去にいた友人〝だと思っていた〟人達のように。

もちろんそうであってほしくないとは思っていたが、すでに一度起こっているのだ。もう一度そうならないとはどうしても信じきれなかった。

だからこそ、瑞樹は『良い子』でいた。みんなのまとめ役として、苦しくても辛くても立ち上がり、前に進み続ける。そんな『勇者』が出来上がった。

そんな瑞樹の迷いを、目の前にいる少女が……友人が否定してくれた。

本人は深く考えたわけではない。

明確な理由や根拠などない、絶対にそうなのだと言えるだけの確証もないただの言葉。ただ思ったことを口にしただけの、ともすればその場しのぎとも取れるもの。

故に、もしかしたらもう一度瑞樹の想いは裏切られるかもしれない。

だが、瑞樹は自分の想いが裏切られるなどとはかけらも考えることなく、それはありえないと、その言葉に込められた想いは真実なのだと、頭ではなく心で理解することができた。

瑞樹がそう思うことができるほどに、佳奈の言葉は真っ直ぐなものだった。

「あーもうっ、馬鹿らしぃ！　確かに今回はあたしが悪かった。それは認める！　けど、そんなので悩んでるなんて、らしくないじゃん。あたしの特技はなに？　ぶつかって全部ぶっ壊すことでしょ！　あいつにも色々あるんだろうけど、まずはぶつかっていかないと何にも始まらないじゃん！」

それは考えない故。ありのままでぶつかるからこその結果。

本人が聞けば憤慨するだろうが、浩介の言った「能天気で考えなしに過ごしている」という言葉は、まさしく浅田佳奈という少女に相応しい言葉だ。

能天気だからこそ、相手の事情なんて知ったことかと、ありのままでぶつかっていける。

考えなしだからこそ、ぶつかっていった相手の手を迷うことなく全力で引いていける。

覚醒者としての強さの判定は変わらないが、その本質、在り方としては、もしかしたら宮野瑞樹よりも浅田佳奈の方が『勇者』に近いのかもしれない。

最後には誰も彼もを強引に笑顔にしてしまう、そんな勇者に――。

「聞かれたくないってんなら聞かないけど、それとこれとは別。聞かない。けど、その上であいつの道を塞いでる壁をぶっ壊してやるんだから！」

「そうね。なら、私もやるわ。一緒に壊しましょうか」

佳奈の意気込みを聞いた瑞樹はベンチから立ち上がると、佳奈へと手を差し出した。

「でも、やり過ぎには注意してね？　大胆に、かつ慎重に、よ」

そう言って笑った瑞樹と笑みを返した佳奈の手が重なり、固く握りしめられた。

翌日。瑞樹と佳奈はいつも通りに学校に来ており、柚子と晴華も集まっていたが、そこには浩介の姿はなかった。

今までならたとえ授業がない日であっても訓練と称した悪戯のために一緒にいたのだが、今日はその姿がない。

五人いたその輪の中で、一箇所だけ空いたそこがやけに寂しいと感じた四人だが、そのことには誰も触れずに話をしていた。

「事情は把握（はあく）した」

「うん。私も、協力するよ」

　昨夜の、落ち着いて思い返してみれば恥（は）ずかしくなってくるような青春真（ま）っ只中（ただなか）な言動をした佳奈は、瑞樹と話した結論を二人にも話した。

「それと、これからもよろしく」

「私も、よろしくね」

　そして、瑞樹は自身の抱（かか）えていた不安を二人にも打ち明けたのだが、佳奈の時と同じように、晴華も柚子も迷うことなく手を差し出した。

「ありがと、晴華、柚子」

　そうして話はまとまり、四人は浩介を説得して今学年までという約束の日を過ぎてもチームに残ってもらおうと決意した。

「ただ、まずは明後日（あさって）からの試験を頑張らないとね。和解できても、成績が下がってたら伊上さんの負担になるかもしれないもの」

　瑞樹の言葉に他の三人は目標を定めると、しっかりと頷いた。

「絶対にこのまま終わらせてなんてやらない！　そんで、あいつをこのチームに残してやるんだから！」

現在佳奈達がいるのは学校の敷地内であるために、当然ながらその声は周囲にも聞こえていたのだが、佳奈はそんなことを気にすることなく……というよりも気づくことなく覚悟を決めていた。

あの日……美夏が死んだあの日のことは今でもよく覚えてる。

いや、正確に言うなら死んだ日じゃないか。『死んだとされている日』だな。

美夏は覚醒者として五年間の『お務め』を果たすために、ダンジョンに潜っていた。

あいつが死んだ時もそうだ。いつもみたいに「いってくるね」って、そう言って出てったんだ。「三日後にまた会おう！」なんて冗談も言いながら笑ってたのを、今でも覚えてる。

でも、予定の三日を過ぎてもあいつは戻ってこなかった。

ダンジョンに行ったやつの帰りが遅れるなんて、そんなの理由は決まってる。怪我をしたか、あるいは死んだかのどっちか。そして、その大半は死んでいる。

それでも俺はまだあいつは生きてるんだと、怪我をして動けないだけなんだと自分に言い聞かせて、信じ続けた。でも……

イレギュラー。美夏とその仲間達が潜ったゲートの中で、それが現れたというのはすぐに分かった。

そいつ自体はすぐに倒されたが、いつまで経っても美夏は戻ってこなかった。

捜索隊も出されはしたが、亡骸なんてものはない。あったのは、美夏の仲間だったやつの体の一部と装備の部品。それと、ちょっとした荷物だけだった。

実感なんて何もない。俺が怪我をしたわけでもないし、正式に籍を入れてたわけでもないから書類上は何も変わらなかった。葬式の手続きだって、俺は何もやっていない。

だからだろうか。その実感の無さに、あいつの葬式でさえ涙は出なかった。涙なんてものが出たのは、あいつの葬式から一週間も経ってからだった。

それから約二年後。美夏が死んだ生活にも慣れてきた頃になって、俺は覚醒者になった。

朝起きたらふと体に違和感があったからすぐにそうなんだと理解できた。

どうして俺なんかが、なんて思ったけど、復讐するための力が手に入ったんだと喜んだ。

この力があれば、ゲートなんてもんをぶっ壊せる。あんなのがあるからあいつが――。

だが、そう思ったのも束の間。覚醒したと言っても、俺のランクはしょぼかった。最低ランクの三級。ともすれば、アスリートや格闘家や軍人にも負ける程度の能力しかないくらいのどうしようもなく弱い存在だった。

それでも覚醒した以上はダンジョンに潜らなくちゃいけない。

ダンジョンで恋人を亡くした俺がダンジョンに潜らなくちゃならないって、それはどんな罰だよ。しかも、ご丁寧に死んだ恋人よりも弱く、何かを成すことなんてできるはずもない雑魚としての覚醒だなんて。神様はよっぽど俺のことが嫌いなんだと恨んだくらいだ。

覚醒者としての手続きを進めていくにつれて、徐々に実感が湧いてきた。そして、自分も美夏と同じように死んでいくのかと思ったら無性に怖くなって、怒りが沸いてきた。

ふざけるな。どうして俺がこんなことをしなくちゃいけない。どうして死ぬかもしれない危険に突っ込んでいかなくちゃいけない。

死んでたまるか。殺されてたまるか。どうしてあんな不条理に俺の人生を壊されなくちゃならない。俺は生き残ってやる。生き残って、冒険者なんて辞めてやる。

五年間のお勤めを終えて冒険者を辞めるまで生き残ること。それが、それだけが、恋人を奪ったクソッタレな不条理に対する復讐になると思ったから。だから俺は、自分が生き残るために力をつけてあがき続けてきた。

できることはなんでもやった。できる限りの知識を叩き込み、体を鍛え、武芸を習い、適性の魔法もそれ以外の魔法も全て使えるようにと、それこそ死に物狂いになって学んだ。

全てをこなすには時間がなかったから、寝る時間なんて真っ先に削った。仕事も辞めて娯楽も捨てて、ただ鍛え続けた。

親兄弟、知人友人、いろんな人から体を壊すと言われて止められたが、止まらなかった。備えることをやめて死んだらどうする。そう言ったら誰も何も言わなくなった。多分、言っても無駄だと思ったんだろうな。

でも、そのおかげで俺はそう簡単には死ななくなった。少なくとも普通に活動している分には死なないだろうと思った。

だが、そうして自分の問題がなくなってくると今度は周りに目がいくようになった。

ふとした時に見かけたモンスターに襲われている奴らの姿に、美夏が重なって見えた。姿なんて全く似ていない。面識すらもない。それでも、あいつに被って見えたんだ。だから助けた。

助けて、それで思ったんだ。こんなふざけた場所でこれ以上死なせてたまるか、って。

それも、ある意味で復讐の一環だったのかもしれないな。

だから人を助けるために手を伸ばし続けてきた。できる限り多くの人を、ゲートだダンジョンだなんて訳のわからないものに殺されないようにするために。

その結果が、『生還者』なんてたいそうな呼び名だ。

一番大事な人の時には何もできなかった無能な雑魚の名前。

　でも、それももうすぐ終わる。もう、俺の五年間の勤めは終わったんだ。あとはあいつらとの契約さえ終われば、それでおしまいだ。それで……おしまいなんだよ。

「……ああ、夢か。恋人が死んだ時の夢だなんて、嫌な夢を見るもんだ」

　どうせ夢を見るならもっと良い夢が見たいもんだ。まあ、こんな夢を見たのはあいつらとのことがあったからだろうな。

「……準備して、学校行かねえとな」

　浅田達と別れてから大体一週間が経過していた。今日は約束していた試験の日なので、行きたくはないが行かないわけにはいかない。

「はぁ……気が重い」

　そうして支度をしてから学校に来たのだが、ついそんな言葉が口から漏れてしまう。

　正直行きたくないが、教導官として行かないのはまずいし、試験の日には行くって言っちまったし仕方がない。……仕方ないのだが、俺は学校の敷地内に入ることはなく、その門の前で立ち往生している。

　今だって割と時間ギリギリに来てるんだから、早く行かねえとなんだがな……。

「なんであんなこと言っちまったんだろうなぁ……」

思い出すのはあいつらと別れた時のこと。

今更あいつらみたいな子供に言われた程度だってのに、大人気なく突っかかってあいつらのチームにヒビを入れるようなことを言っちまった。そのことが情けなくて仕方がない。

「謝るしかない、か」

その後ヒロと小春さんに相談に乗ってもらったとはいえ、まだ俺の中で過去に対する決別はできていない。

まあそれでも幾分かは前に進もうって気にはなれたし、改めてしっかりと考えることができたから全くの無意味ではないと思うんだが……

「……はぁ。ガキじゃあるまいし、なにビビってんだよ」

そう呟いてから自分の情けなさに対して軽く舌打ちをして、俺は校門を潜って浅田達がいるであろう場所へと向かった。——のだが……

「ん、来た」

「え？　あ、伊上さん、おはようございます」

いつも何かを話すときに集まる場所にしていた食堂の一角に向かうと、安倍が俺の接近に気がつき、宮野が振り返って挨拶をしてきた。

そして宮野に続いて安倍と北原も挨拶をしてきたのだが、浅田だけは俺を見ないで視線を逸らしている。

だが、それだけだ。浅田が視線を逸らしている以外には何も言われないし、何も変わらない。いつも通りの状態だった。

……もっと何か言われると思ったんだがな。

「ん……あ、あー……おはよう」

「今日はよろしくお願いしますね」

「ああ……」

俺を待っていたのか、宮野達は俺に挨拶をすると、少し会話をしてから席を立って歩き出した。

「なあお前ら……」

その背を見た俺は謝らないといけねえと思って宮野達に声をかけた。

その声に反応して宮野達は俺の方を振り返ったんだが、俺の声はなぜかそこで止まってしまった。

だが、言わなければ、と無理やり口を動かして俺は宮野達に謝罪をする。

「この間は悪かったな。あんなことで空気悪くして」

チッ……ああくそ。年下の女の子に謝るってだけなのに、こんなに怖いと思うなんてよ……全く、情けねえな。

「それはあたしも同じ。この間はごめん。勝手に踏み込んであんたに嫌な思いさせた」

そんな俺の情けない謝罪に答えたのは、リーダーである宮野ではなく、今まで俺とは視線を合わせようともしなかった浅田だった。

その声には後悔が滲んでおり、同時になんらかの覚悟を感じさせるものに思えた。

「そのことについては深く追及しないし、あたしはあんたに何があったのか聞かない。でも――」

浅田はそう言いながら俺へと近寄ってきて、俺の胸ぐらを掴んで軽く引き寄せた。

「覚悟しときなさい！　今は試験があるから何にも言わないであげるけど、終わったらあんたには言いたいことがあるんだから！」

その宣言を終えると、浅田は俺の服から手を離し、プイッと背を向けて歩き出した。

「そういうわけですから、よろしくお願いしますね？」

そんな、どこか覚悟や自信を感じさせる背を見せながら、宮野達は歩き出し、俺はなんだかよく分からず僅かに混乱しながらもその後をついていった。

そして、これから試験を行うために俺たちは屋内訓練場へとやってきた。

この訓練場は前に浅田に勝負をふっかけられた時に使ったのとは違って何もない。

が、広さだけはある建物だ。

そこにはすでに何組ものチームが集まっていて、他のチームは試験前の打ち合わせなのか教導官と話をしているのだが、俺はチームから少し離れた場所で立っているだけだった。

「ねえ、佳奈」

「ん？　なーに？」

「あんたんところの教導官、本当に大丈夫なの？　この間のモンスターとの戦いの時だって、戦ってたけどしょぼい攻撃ばっかだったし、ほとんど指示出してるだけだったじゃん」

そんな俺のことが気になったのか、浅田の友人であろう他のチームの女子が軽く俺へと視線を向けながら浅田に話しかけている。

「へーきへーき。あれでも、やるときはやるんだから」

「ふーん？　……でも、なんか不満そうってか、不機嫌そうな感じなんだけど、ダンジョン内での仲違いはやばいよ？」

確かに難しい顔をしているかもしれないが、これは不機嫌そうってか、悩んでるだけだ。

「それもへーき。……そんなことよりさぁ、あんたんとこはどうなの？」

「うち？　んー、まあ正直微妙かなあ……一級だし弱くないんだけどぉ……ああほら、あれよ。いい選手がいいコーチであるとは限らない、ってやつ」

「あー、ね。ま、どこもそれぞれ大変な感じっぽいわけね」

「みたいねー」

そんなふうに話を聞いているうちに試験が始まり、教師陣(きょうしじん)と生徒達がどんどん戦っていき、ついには俺達の番となった。

「さ、次は私達の番よ。私達の『今』、しっかりと見せつけましょ」

そう言って宮野は俺の方を見たが、その『見せつける』というのは俺にも力を示せと言っているのか、それとも俺に力を示すと言っているのかは分からなかった。

だがまあ、どちらであったとしても、今は戦うだけだ。

「それでは、これより試験を始めます」

そして俺達はつい今し方まで戦っていたチームと交代して教師チームの前に立ち、試合が始まる――その瞬間(しゅんかん)、異変が起きた。

# 三章　学校襲撃

「……っ！　宮野(みやの)！」

「──ッ⁉」

審判(しんぱん)を務めている教師の合図が行われるよりも前に、周りで見学兼(けん)万が一の保険として待機していた一年のクラスを担当している教師達の一人から殺意が発せられたのだ。

「──始め！」

だが、俺の叫(さけ)びを聞いても事情がわかっていない審判はなんの対処をすることもなく、また、目の前にいる教師陣も気づいていない。

そして、攻撃は行われた。

敵意を放ったであろう教師の一人が、不可視の攻撃──おそらくは空気を圧縮した風系統の魔法を宮野へと放ったのだ。

「っ！　なにっ⁉」

しかし、教師でさえ何も理解していない状況(じょうきょう)の中にあっても、宮野は俺と同じように殺意に気づいたようで、咄嗟にその場から飛びのいた。

そしてそれは宮野だけではなく他のメンバー達も同じだ。

「周囲警戒！　敵不明！　近寄るものは全て敵と思え！」

試合中に場外からの攻撃なんてのは、明らかな異常。

俺は以前から宮野を狙っている連中の話を佐伯さんから聞いている。

国としては『勇者』を失いたくないはずで、佐伯さんは国の機関で働く人だ。ならばそこからの情報は間違っていないだろう。

もしその考えが間違いで、これが宮野達に恥をかかせようだとか恨みを持っての犯行ならそれはそれで構わない。

だがそうでない場合、これから起こるのは――

「ぐあああ⁉」

そこまで考えたところで、今度は先ほど攻撃が飛んできた方向とは別の場所から悲鳴が聞こえた。

その声に咄嗟に振り向くと、生徒が生徒を襲っていた。

どうやら本当に敵がいて、そいつらは学生も教師も関係なしに学校中に潜入しているようだ。どうせこいつら二人だけってこともないだろうしな。

そう考えていると、さらに教師の中から宮野を狙う奴が現れ、建物の外からも魔法が放たれてきた。

「救世者軍(セイヴァーズ)の襲撃だ！」

確証はないが、近いうちに日本で動くって話も聞いてたし、多分そうだろう。

実際に救世者軍なのかは分からないが、間違っていたとしてもとにかく明確に『敵』がいるんだとはっきりさせることが重要だと判断し、俺はその場にいる全員に聞こえるように大きな声で叫んだ。

「教師の中にも紛(まぎ)れ込(こ)んでるって……めんどくせえな」

生徒の中に紛れているのはまあ構わないが、教師の中だと話は別だ。

教師の中から裏切り者が出ると、本来指示を仰(あお)ぐはずだったが、それができなくなる。

誰を信じていいのか、そもそも信じてもいいのか分からない状況だと、まとまりがつかず、ただ狩(か)られていくだけになる。

「学生と教師の中に敵が紛れてる！　全員他のチームから距離(きょり)をとってチームごとに固まれ！　不用意に近寄るやつは知り合いでも敵だと思え！」

なので、とりあえずそう叫んでおいた。信じる信じないは別にしても、指示があるのとないのとじゃ違うからな。

少なくとも、俺は俺のことを信じられるので、動いた先の状況について多少は判断しやすくなる。

この指示にしたがわない奴もいるだろうが、そこまでは面倒を見切れない。

そうして叫んだ後はスマホを取り出して電話をかける。

『なんだいいが――』

「佐伯さん、学校に襲撃がありました。助けをお願いできますか？」

かけた先は政府の組織である研究所の佐伯さんだ。下手に警察にかけるよりも、知り合いだしスムーズに話が通るだろうからこっちの方がいいと判断してのことだ。だが……

『そっちもか！　すまないがこっちも襲撃を受けている！』

電話の先から佐伯さんの焦るような声が聞こえた。

「そちらも？　ニーナ……あいつはどうしたんですか？　あいつがいれば多少の損壊はあっても、時間がかかるってことはないでしょう？　少数は取り逃すかもしれませんが、残党狩りなんて――」

『違う！　アレは今特級ゲートの処理に出てて日本にいない！』

「いない？　……援軍は、無理そうですか？」

佐伯さんのいる研究所は国の施設であり、場所が場所だけに相応の防衛能力がある。

その大半は内のものを外に出さないようにするためのものだが、当然ながら外から内に入らないようにするためのものでもある。

そんな物騒な場所、普通は襲撃なんてしようとは思わないだろう。――だが襲撃された。

本来襲撃されない場所が襲撃されたってことは、かなり周到に用意したってことだ。

それほどの戦力を相手にするのなら、あいつがいないとなると、時間がかかるだろう。

『すまない。他の近くの施設にも連絡はしてあるし、国にも連絡そのものはいっているはずだからすぐに援軍は来るだろう。けど、多分早くても一時間後だ。だがおそらくは……』

「一時間……」

しかもそれは他の場所になんの問題もなかった場合での最速だ。

佐伯さんが言葉を濁したように、俺たち以外の場所でも襲撃があればもっと時間がかかるだろうが……最悪の場合、丸一日くらいが〝最速〟だと思っておいた方がいいだろうな。

「わかりました。できる限り早い援軍を待ってます」

俺はそれだけ言うと相手の返答を聞かずに通話を切ってポケットに戻した。

そして周囲の状況を確認するために見回してみたのだが、自分が狙われている可能性があるということを理解している宮野が不安そうに俺の方を見ている。

「これってもしかして……わ、わたしのせいで――」

「違う。それにしちゃあ様子がおかしい。とりあえず広いところに出るぞ」

本当に違うかなんてのはわからないが、今ここで認めると、こいつの動きに影響が出る。

だったら事実とは違っていても否定したほうがいいだろう。

「広いところ？　このまま訓練場の中にいるんじゃダメなの？」

「そ、そうだよね。ここは訓練用に丈夫にできてるんだし、ここで守りを固めた方が……」

俺の言葉に浅田と北原が疑問を投げてきたが、俺はそれに首を振る。

「確かにここは丈夫だが、敵はこっちを殺す気できてる。この建物だって、爆弾なんかを効率的に使えば三級の俺でも壊せるんだ。最悪の場合、この建物ごと壊されて下敷きになるぞ。それよりはまだ外に出た方がマシだ」

とはいえ、それだけならどちらがマシかと言ったら状況によるとしか言えない。

だが、今は建物ごとの爆破について以外にも、考えなくちゃいけないことがある。

先ほどは建物外からの攻撃もあった。つまりここは敵の手の中ってことだ。

そうなると、ここに留まっていても危険度としては変わらないと思う。

むしろ、建物ごとの生き埋めを除外できるし、最初から周り全てが敵だ、いつどこから攻撃が来てもおかしくない、と思っておけばそっちの方が安全かも知れないとさえ思える。

「広いところ……野外演習場なんかに出れば敵による襲撃はあるだろうが、不意の崩落に巻き込まれることはなくなる」

警戒するべき最悪は、建物ごと生き埋めにされることだからな。

それで死ななかったとしても、短時間でも身動きが取れなかったらやばい。

だったら外で狙われた方がマシ、そういう判断だ。

何時間も耐えるんだったら遮蔽物のある場所の方が安全だが、数時間程度なら、こいつらなら遮蔽物なしの場所でも集中を切らさずに守り切れる。その後の対策はその間に考えればいい。

それに、宮野と安倍にとっては周りの被害を心配しながら戦うより、遠慮なくぶっ放した方がストレスなく戦えるだろう。ついでに、外なら近づく敵がいたらすぐに分かるしな。ちょっと耐えてそれでも援軍が来ないようなら、その時には状況次第で場所を移せばいいだけだ。

「あ、あの……」

「ああん⁉」

「ぅあっ……す、すんません！」

だが、さあ行動するぞというところでなんともハッキリとしない、そもそも聞いたこともない声に呼ばれ、勢いを止められた俺は若干苛立ちながら返事をして振り返った。

「チッ！　なんだ？」

そこには俺よりは若いものの、しっかりとした鎧を身に纏った二十過ぎの男がいた。多分こいつも教導官なんだろう。

「あ……お、俺たちはどうすれば……」

……知るか！　お前も教導官なら自分達で対処しろ！

そう言ってやりたいが、こんなところで言い争ったりしている時間はない。

それに使えるのなら一緒に行動したほうが役には立つ。

今の俺の目標は宮野達を無事に守り切ることだ。そのためなら他の奴らが死にそうでも見捨てるつもりだ。どうせ、いろんなものを抱えたところで俺には守りきれないんだから。

だが、大した手間もなく助けることができるのなら手を差し伸べてもいいと思っている。

……裏切り者の可能性もあるから完全に信用なんてできないけどな。

「……ついてきたいなら好きにしろ」

「じゃあ……」

俺の答えにパッと明るい表情になった教導官の男だが、話はそれで終わらなかった。

「で、でも、ついて行ったって安全な保証なんてどこにもないんだろ⁉」

「そ、そうだ！　それに、なんであんたに従わないといけないんだ！　あんたは三級なんだろ⁉」

　緊急事態であるにもかかわらず、他の教導官達が文句を言い、それに便乗するかのように他の者達も騒ぎ出した。……こいつら、状況がわかってないんだろうか？

　はあ、と軽く息を吐き出してから拳銃を取り出し、炸裂音を響かせながら一度だけ誰にも当たらないように撃つ。

　ここにいる奴の大半はこんなおもちゃを喰らっても大した怪我もなく生きてられるだろうが、それでも突然の大きな音にビクッと反応して動きを止めた。

「お前ら、何無駄なこと言ってやがる。俺についてきたくねえならそれでいいさ。俺も絶対についてこいなんて言うつもりはねえよ。残りたければ残ればいい。だが、俺はそのことについて議論するつもりはねえ」

　文句を言ってきた他の教導官達は俺の言葉に困惑し、周囲を見回して他の者達の様子を窺い始めたが、その様子が俺をイラつかせる。

　さっきも考えたことだが、俺は宮野達を守るために行動するし、他は見捨てる。

だが、それは他の奴らに死んでほしいってわけじゃない。できることなら死んでほしくないし助けられるようなら助けたい。

だから、俺は宮野達を最優先で生かすために行動するが、他の奴らが一緒に行動することを止めるつもりはない。

そのことを伝えるために「ついてくるのは止めないが、俺達の邪魔をするな」って、それだけを言っておしまいのはずだった。なのに、気づいたら俺の口は勝手に動いていた。

「……お前らは教導官だろ？　生徒達を導く立場なんだろ？　だったら、うだうだ言ってねえでちったあ自分で考えて行動しろよ！　俺達はこいつらを死なせないためにここにいんだ。こいつらの命背負ってんだよ！　ガキを守るための俺達『教導官』だろうが！　俺は俺の生徒を助けるために行動する。ついてくるなら好きにしろ。だがな、生き残ろうとしてる奴の邪魔をすんじゃねえ！」

こんなことを叫ぶつもりなんてなかったはずだったが、俺の口は勝手に動き教導官達を怒鳴りつけていた。

そんな俺の剣幕に押されたのか、文句を言ってきた教導官の一人は数歩後退りをし、俯いてしまった。

……そうじゃねえだろ。ここで俯いてなんになる。なんにもならねえだろ。ガキの命を預かってるんだから、俺達と来るにしても来ないにしても、なんらかの答えを出せよ。クソがっ。

「私はついていきますわ」

「あ？　……ああ、お嬢様か」

俺の言葉に黙り込み、困惑し始めた生徒達だが、その中から聞き覚えのある声の主――天智飛鳥が前に出てきた。

「以前の戦いを経て、あなたのことはそれなりに調べました」

「で、俺に任せるのがいいと？」

「ええ」

その答えには迷いはなく、以前のこいつの態度からでは考えられないことだった。

「それが間違ってる判断だとしたら？」

「その場合は自身の手で道を切り開き、仲間を、皆を守ります」

「……まあ、さっきも言ったが勝手にしろ」

背後にいたこいつらの教導官であり特級の覚醒者である工藤へと視線を向けたが、返ってきたのは笑顔での頷きだけだった。

俺自身にはわだかまりもないし、こいつらがいいと言うのなら一緒に行動しても構わないだろう。戦力になるのは確かだしな。

そうして特級である天智までもが俺の意見に従うとの言葉を聞いて、さっきまで文句を言っていた者達も黙って俺についてくることにしたようだ。

手のひらを返したようなその態度にいささか不安も不満も覚えるが、今は気にしないことにする。とりあえずここを離れて態勢を整えるのが先決だ。

人数が多いとその中にいる裏切り者への警戒に割(さ)く力も必要になるんだが、その辺は先の襲撃であらかた退治できただろう。

まだ残っていたとしても、その対処は工藤に言い含(ふく)めて任せておけばいい。

あいつは怪我をしてて長時間の戦闘(せんとう)はできないらしいが、腐(くさ)っても特級。ダンジョン内で五年生き延びてきたんだしそれくらいの対処はできるだろう。

そう判断すると、俺は訓練場を出て広さのある演習場へと向かった。

途中(とちゅう)でも襲撃はあったが、散発的に襲い掛(か)かられるだけだったので集まっている生徒達だけでなんとかできた。

俺達が出て行った後に少しすると背後から轟音(ごうおん)と倒壊音(とうかい)が聞こえてきたので、やはり生き埋めにする予定だったのだろう。

……生き埋めになんてされたら、動けないところに強力な一撃(いちげき)をもらってただろうな。

そして演習場にたどり着くと、俺はついてきた生徒達に指示を出し始めた。

「土系の魔法使いは高さ一メートル横三メートルのちょっと攻撃を受けても壊れない防壁を作れ」

屋内だと生き埋めの可能性があるから問題だが、遮蔽物があった方がいいってのは間違いない。盾の役割だけではなく、自分たちの周囲を囲んで範囲を限定することで、動きやすさも変わるしストレスも減る。

「水系は目の前の地面に水を撒いて泥にしろ。ぬかるみが酷ければ酷いほどいい」

攻撃方法としては遠距離か近距離に分かれるが、ぬかるみがあれば近距離は力を発揮しづらいので、遠距離への警戒に力を割ける。

「風は上からの攻撃を防ぐために周囲の風を動かしておけ。できることなら風を動かすパターンは不定期にランダムで変えてほしいが、その分負担も大きくなるからその辺はお前らで話しあって決めろ」

そして、こうしておけば遠距離も一定以上の威力のものでないと到達しない。速さを重視して制御を甘くしたり透明化に力を割いているようなものだと一撃で殺すような威力は出ないだろう。

爆発物を投げられたら爆風の被害とかは出るだろうけど、直撃はないはずだ。

「火は敵が来た際のメイン火力で、近接は敵が近寄った際にこの場所を守れ。他の奴らは上空からの攻撃を警戒しろ」

後は風では防げないような強力な遠距離の警戒だが、これはその場にいる全員で一人一つの方向を警戒させておけばいい。

強力な攻撃ってのは準備にそれなりの時間と手間がかかるもんだから、異変を感知した瞬間に攻撃すれば防げるはずだ。

もちろん見逃しもあるだろうから複数人で一方向を担当させるが。

「来たぞ！」

そうして準備をしていると、さっきまでの散発的な襲撃ではなく、遂にまともな襲撃がやってきた。

周囲は開けているのでどこから敵が来るのかすぐにわかるし、それは遠距離からの攻撃も同じだ。

矢や魔法は俺達に届く前に効果をなくして弾かれ、強い魔法はその初動を見逃さないことで対処する。

……一時間近く経ったが、問題ないな。この分なら、他の場所を見てくることも――できるだろうと考えた瞬間、突然離れた場所から爆発音と倒壊音が聞こえてきた。

「あん？　なんであんな場所……いや、あっちには別の生徒がいるのか」

どうする。助けに行くか？

装備か人か……それらが足りないのか今のところは敵の攻めもそれほど苛烈ではなく、この場所は余裕があるから助けに行くことはできるといえばできる。だが……

「伊上さん。ここはある程度の安全は確保できました。あっちにいる人達も助けに行きましょう！」

「だめだ。現状が安定してるっていっても、そりゃあお前がいるからだ。『勇者』の力があるから敵は本腰にならない。それに、お前はまだ細かな力の制御ができてないだろ。乱戦で使えば味方ごとやるぞ」

そう。余裕があるって言っても、そりゃあ特級の宮野がいるからだ。何度か敵に接近されかけたが、そのうち二度ほどは宮野が雷をぶっ放して状況を維持してる。

今状況が落ち着いているのは、敵がその力を警戒しているからってのもあるはずだ。

「ならば、私がともに参ります」

「……お嬢様？」

「私と俊(しゅん)は特級です。助けになるでしょう」

だが、俺が宮野の提案を否定するとお嬢様――天智がそう言いながら前に出てきた。

「悩(なや)んでいる時間があるのですか？　どうせ行くのでしょう？　あなたが行かずとも、私は助けに行きますわ」

「ちっ……少し待て」

止めたところでこのお嬢様は行くだろう。何せ特級モンスター相手に人を助けるなんて理由で突っ込んでいくようなバカだ。止まるはずがない。

元々、状況が落ち着いたら大して戦力になれない俺が動いて、他の場所の状況の把握(はあく)と、できるなら他の救援(きゅうえん)をしようとは思っていた。

どうせ止まらないなら、このお嬢様と一緒に行動した方がいいに決まってる。

俺にとっても、こいつにとってもな。

「宮野。なんか異常があったらすぐに連絡しろ。俺に繋(つな)がんなかったら佐伯さんに連絡しとけ。向こうの状況も関係してくるが、助言くらいはしてくれるかもしれない。前に名刺(めいし)もらったはずだろ？」

「はい。でも……」

「浅田、安倍、北原。お前ら前回みたいに無茶(むちゃ)はするなよ。今回はお前達が無茶をしても、俺はすぐには来れねえかもしれねえんだからな。それと、教師の中に裏切り者がいたんだ。今ここにいる奴らの中にいないとも限らない。気をつけろよ」

「はんっ、あんたこそ、変なところで怪我したりしないでよね！」

すっかり普段通りになった浅田は、いつものように強気な言葉で返事をし、他の二人もそれに同意するように頷いた。

「行くぞ」

それを見届けた俺は、後ろに天智飛鳥と工藤俊という特級二人を引き連れて陣地の外へと出ていった。

「完全に崩れてんな」

あまり派手にならないように行動しながらやってきたのは、爆発音が聞こえたと思しき場所。

そこは予想した通り完全に校舎が崩れており、血の跡もあった。

「……っ！　この音っ！」

「戦闘音です！」

まだ少し距離があったために俺には聞こえなかったが、特級二人はかすかな戦闘音を拾ったようで、天智は途端にその音の方向へと走る速度を上げて突っ込んでいった。

「あ、くそっ！　バカが！」

「先に行きます！」

天智が走って行った後を追って工藤も走って行ってしまった。

あいつらが進んでいった方向へと後を追っていくと、たどり着いた先はまだ崩れていない校舎の入り口の前で、そこではすでに戦闘が行われており、天智と工藤は二十人近い相手と大立ち回りをしていた。

だが、あいつらは特級だ。相手が全員一級だったとしても死ぬことはないだろう。

それに、校舎の中から援護の魔法が飛んでってるし、放っておいても問題はないな。

なので俺は他のところ――崩れていない校舎の方に向かった。

魔法が飛んでったってことは、中に人がいるんだろうから、そっちの確認が先だな。

「強化はしてあるのか」

……いや、当然か。こいつらは建物の崩落に巻き込まれた生き残りだ。建物内に逃げるんだったらそれくらい警戒はするか。

校舎の中に入ろうとしたのだが、窓は土で塞がれており、壁は壊せないように魔法がかけられていた。

なので仕方なく戦闘の隙を縫って正面から入ろうとしたのだが……

「まあこうなるよな」

「くそっ、敵がここまできたのか！」

「おい！　人呼んでこい！　こいつだけなはずがねえ！」

俺のことを敵だと思い、侵入されたんだと判断して攻撃してきた。

「待て！　俺は教導官だ！　他の場所に余裕ができたから様子を見にきたんだよ！　あそこで戦ってるあれ！　あいつらの仲間だ！」

俺は生徒達の攻撃を避けながらそう言って腰に差していた剣を外して放り投げ、冒険者の免許証も取り出して放り投げて両手を上げた。

そこまでやると流石に疑いくらいは持ったのか、生徒達は攻撃の手を止めて俺を警戒しながらも俺の投げた冒険者証を拾い上げて視線を落とした。

「教導官？」「でも三級よ？」「三級が教導官なんてやるか？」「そもそもこの状況でここまで来れんのか？」

そんな疑いの言葉が視線とともに俺に向けられるが、まあ仕方がない。普通は三級を教導官に選ぶ奴なんていないもんな。

「俺の担当してんのは一年の宮野瑞樹のチームで、あそこにいるのは同じく一年天智飛鳥とその教導官の工藤俊。状況的に難しいと思うが、信じてくれ」

「……一応信じるが、おかしいと思ったらすぐに倒すぞ」

「ああ。わかってる。……それで、状況はどうなってる？　俺達がいたところは戦闘試験中だったんでそのまま屋外に陣を敷いて防衛してたんだが、余裕が出てきたんで俺達が他の様子見に来た」

そうして俺達は他の生徒達がいるらしい教室に向かいながら一年生達のとった行動を伝え、こっちの状況を聞いたんだが……正直、ひどいとしか言えない。

どうやら今日戦闘試験があったのは一年だけだったようで、二・三年は教導官を連れておらず普通に筆記テストをしていたそうだ。

そんな時に襲撃があったために、まともな装備もなく混乱し、教師は真っ先に殺された。で、混乱しながらもなんとか襲撃者を倒したが、現状の把握とその後の方針について話していると追加の襲撃者に襲われ、校舎への籠城を余儀なくされたらしい。

それは三年も同じで、二年よりも上手く対処していたらしいのだが、そこにあの爆発だ。ここは二年生の使っている建物で、さっき見た崩れた建物は三年生の使っているものだったらしいが、あの倒壊に巻き込まれて三年の半分以上が負傷、もしくは死亡したらしい。

そして三年は二年と合流しようと隣の棟に怪我人を連れてやってきて今に至る、とそんなところだ。

指示をする奴も、非常時に中心になれるような絶対的な戦力もいないんじゃ、仕方ないかもしれないけどな。

一年に宮野と天智という特級が二人もいるから多いように感じるが、本来特級なんてのはそう多くいるものではないのだ。現に、今の二・三年には特級はいない。

そんなわけで、俺達のたどり着いた教室では生徒達が血まみれで倒れていた。

建物の倒壊から生き延びた奴や、襲撃で怪我をした奴らだろう。

そんな感じで今の状況について考えていると、外の襲撃者を全部倒したのか天智と工藤がこっちにやってきた。

「状況はどうですか?」

工藤の問いかけに俺は今聞いたばかりの状況を説明していく。

「ここの生徒達を引き連れての合流は……」

「それは不可能です。怪我人が多すぎますわ」

「だな。ここを守るしかないってことだ」

提案、というよりも共通の認識を持つためという意味合いの強い工藤の呟きに答え、俺たちはこの後の方針を考えていく。――のだが……

「……それで、どうされるおつもりで？　なにかしらの策はあるのでしょう？」

なぜか天智が俺のことを見てきた。

俺、こいつに気に入られたり信頼されたりするようなようなこと何もしてねえよな？

「そこまで期待されても困るんだが……まあ簡単なものならな」

こんな状況とはいえ、対策について考えがないわけじゃない。

つっても、やることなんて基本は同じだ。

「水系の魔法使いは建物の周りに水を撒いてぬかるみを作れ。接近する奴の足を鈍らせろ」

そうして俺は周りにいた生徒達に指示を出す。

俺単体じゃ信用なんてしてくれないだろうが、特級の天智と『白騎士』なんて呼び名がつく程度には有名な工藤がいるんだ。何も打開策を思いつかなかったこいつらは協力してくれるだろう。

「それから、土系の魔法使いは泥の下に適当に落とし穴を作れ。ああ、足が引っかかるような小さなやつでいい」

なにも人が埋まるほどの大きなものを作らなくたって、戦いにはそれで十分だ。転んだ後の処理なんて他のやつに任せればいいんだしな。

土系の魔法使いは校舎を守るためにも力を使ってるし、魔力の節約のためにもやることなんて些細なもんで構わない。

敵が泥の上を進んでくるなら敵の動きは鈍るし、落とし穴を警戒することでその動きはさらに鈍る。そこを攻撃すればいい。

そんな状況になれば、敵は否が応でも慎重にならざるを得ないから攻撃の手も緩むだろ。

少なくとも時間稼ぎとしては十分なはずだ。

「わ、わかりました！　すぐに人を集めてやります！」

俺の言葉を聞いていた生徒は、まともな指示が出たことでなにをするべきかはっきりできたのか、そう言うとすぐにその場から走り出して教室を出て行った。

「ですが、今の策ですと上階や屋上などからの侵入もあるのでは？」

もちろんその可能性もある。

だが、この生徒達が外で戦うよりはマシだと思ってる。外だとどうしても討ち漏らしを警戒して全力を出せないからな。

だが一本道ならそうはいかない。横を抜けられる心配はないんだからただ正面の敵を倒せばいいだけだ。

これなら後ろを取られることも囲まれることもないし、多少は安全になるうえ、ルートを限定すればできることも増える。全員が無傷なら外の方がいいと思うが、今ここには動けないやつがいるし、怪我をしているやつの方が多い。

「ああ。だがそこは進む道が限られてる。北か南のどっちかだけだ。一階の天井(てんじょう)や壁はすでに強化してあるみたいだから破壊(はかい)して道を無視するってことはないだろう。だから錬金(れんきん)を専門にしてる奴らに北の通路にトラップを設置してもらう。錬金専用の装置を使わずに、しかも床に直接となると非効率だが、やってもらうしかない」

「南の階段も罠(わな)を？」

「いいや——お前に守ってもらう」

俺がそう言うと、天智は目を見開いて俺を見つめたが、俺の答えは変わらない。

「お前達は特級だ。工藤は怪我で長時間の戦闘がきついだろうからここの守りとして万が一に備え、お前は一人で南の階段を守ってもらう。何人か連絡役(れんらくやく)として同行させるが、お前に近寄らせることはしない。戦うのは基本的にお前だけだ」

正直言うならもっと人数を割きたいんだが、いかんせん人が足りない。

以前の浅田達からの話や特級モンスターとの戦いの様子を見る限りだと、こいつは特級の中でも上位……少なくとも中位の程度の才能を持ってる。

冒険者としてどれくらいできるかはわからないが、今は確認してる余裕なんてないからやってもらうしかない。

それに、裏切り者がいるかもしれない今の状況だと、下手に人をつけるよりもこいつ一人の方が安心できる。

「人を守りたい、力はそのためにあるんだ。なんて言ったお前だ。やるだろ？」

「伊上さん！　それではお嬢様が危険——」

「当然です」

「お嬢様！」

俺の煽りに天智の護衛役である工藤が声を荒げたが、天智は引く気はないようだ。

「俊。あなたはここでみんなを守りなさい」

「……無茶は、しないでくださいよ」

この局面で天智飛鳥が逃げることはない。

それを工藤も分かっているのか、悔しげに眉を寄せながらも天智が一人で戦うことを認めた。

話し合いを終えた俺たちは、いつまでもその場に留まっている必要はないと、すぐに動き出した。

天智は南側の通路の防衛。工藤は長時間の戦闘はできないので怪我人の守護。

で、俺は見回りだ。壁に強化を施されているとはいえ、その守りが薄いところもあるかもしれないし、正面や北側の廊下の罠の設置なんかの隙がないようにしないと敵に抜けて来られる。

「戦闘が始まったか……」

そうこうしていると、玄関の方から戦闘音が聞こえてきた。

まだ完全に準備が整ったとは言えないが、襲撃された側なんだから仕方がない。

むしろ、今まで少しでも休めたことを幸運に思うべきだ。

まあ、敵としても突然の特級の出現に驚いて他の奴らと連絡を取ったりしてたんだろうけどな。

「——にしても、こんな大胆に襲撃があるなんてな」

一通りの罠の確認や状況の確認、万が一罠を抜かれた時の対処法も指示を出しを終えると、俺はみんなの邪魔にならないように、工藤の守っている教室とは違う怪我人の寝ている教室の隅で考え事をしていた。

「相変わらず襲撃の意図がわからない。学生を殺すため？　それにしちゃあ散発的というか……弱すぎる」

本腰を入れて殺すつもりなら、もっと一気に来るはずだ。それこそ学生の施した強化なんて無視して建物ごと爆破したりな。

相手が本当に救世者軍なら、今まで世界を相手取ってきた組織だ。その程度のことができないわけがない。

なんだったら、奇襲なんてしないで最初から全力で爆破でよかったはずだ。爆破で校舎を壊しておけば、それに巻き込んでおしまいなんだから。だが敵はそうしなかった。

一年はまだ理解できる。宮野が目的にしてもそうでないにしても、最初に宮野、それから天智という特級を確実に殺しておきたかったんだろう。何をするにしても、特級なんて戦力が残ってたら面倒だし、爆発や倒壊程度じゃ殺せないからな。

だが、他の学年には特級はいなかったはずだから、建物の爆破をやらない理由がない。

あるいは、学生達を全滅させたくなかった、とか？　だから最初にあえて奇襲をし、敵の存在を知らせて生き残れるようにした？

……もしそうだとすると、余計になにを考えているのかわからなくなる。

佐伯さんとこも襲撃されてるようだし、研究所と学校なんて関係の薄そうなところを二箇所同時作戦なんてする意味もわからない。

結局、いくら考えても分からない事だらけだ。分かる事と言ったら、すでに二時間以上経過しているのに助けは来ないってことくらいだ。やっぱり、しばらく助けは来ないだろう。

　一応宮野達にこっちの状況を連絡はしておいたが、向こうはまだそれなりに余裕があるようだ。

　そして狙いが分からず状況も好転しないまま更に追加で一時間ほど耐えていると、俺の待機していた教室に一人の女子生徒が駆け込んできた。

「ちょっとあなた！　手伝って！　また侵入者が増えたって知らせがあったの！　罠の設置が追いついてない！」

「ちっ……わかった！」

　罠が追いつかないってことは北側の階段か？　玄関は罠の設置なんてそんなに間に合わないほど何度もやんないだろうしな。

　だが、あとどれくらいで救援が来るのかわからないってのに、今の状況で罠が間に合わないとなるときついかもしれな——

「——がっ!?」

「それと、侵入者はここにもいるから気をつけてね、っと」

　先導する女子の後をついて走っていたのだが、曲がり角を曲がった瞬間、俺は頭に攻撃を受けた。

「っ！　こっ、のお！」

咄嗟に頭を逸らして直撃は防いだが、肩がかなり痛い。もしかしたらヒビくらいは入ってるかもしれないが、そんなことで泣き言を言ってる場合じゃない。

攻撃を躱した俺は持っていた道具を投げつけて迎撃するが避けられる。

「チッ。三級のくせに！　ならこれで」

襲ってきた女はそう言うと、よくテレビなんかである顔の皮を剥いて変装を解くような動作をした。

「──え」

なん、で、お前が……っ！

突然目の前に現れた美夏──死んだはずの恋人を見て、俺の思考は真っ白に染まった。

が、その直後、顔面に何かをかけられ、それと同時に腹部に衝撃を感じた。

くそ、幻覚……か……。

「これで後は世界最強を連れてくれば……」

そんな言葉を最後に俺の意識は落ちていった。

――ニーナ――


「ふふふ……」

その日のニーナはご機嫌だった。

だが、正確にはその日の、ではなく、ここしばらくというべきだろう。

以前浩介がニーナとデートをしてから、どういうわけか浩介はニーナに対しての接し方が変わった。

それはニーナも気づいており、その理由はわからないがとにかく楽しい日々に変わったおかげで、ニーナは浩介がいない時であってもニコニコと笑いながら日々を過ごしていた。

「時間です。出立のほどをよろしくお願いします」

「……はあ。面倒ですが、仕方ありませんね。すでに対価はいただいているのですから」

ニーナが研究所に与えられた自室――隔離室でベッドに横になりながら本を読んでいると、部屋の中に放送が響いた。

次はどこに行こうか、何をしようか、なんて楽しいことを考えていたにもかかわらずそれを邪魔されたことで不機嫌になるが、それでも浩介との約束で不用意に人を傷つけないことになっているので、ニーナは邪魔された苛立ちをグッと抑え込んだ。

そして適当に着替えて準備を終えると、職員とともに部屋を出ていった。

普段であれば外に出ることは許されていないニーナだが、今日は特別だ。

ニーナを飼っている目的を果たしてもらうため——つまりは特級、あるいは一級の中でも厄介なゲートを壊してもらうことになっている。

そしてニーナは敷地内に用意されたヘリで近くの自衛隊の施設までいき、そこで飛行機に乗り変えて目的のゲートまで飛んでいった。

「これでおしまいですね。この程度のもので呼ばれなくてはならないなんて……他の覚醒者達はなにをしているんでしょうか？」

問題となっているゲートに辿り着くと、ニーナはすぐに魔法を構築し始める。

そしてそのゲートの中に入って無造作に白い炎を撒き散らし、それだけで特級のダンジョンは終わりを迎えた。

後数日、早ければ二十四時間以内にもゲートは崩壊するだろう。

あまりにも早すぎる作業だが、これがニーナだ。

本来なら特級がしっかりと準備をした上でチームを組んで何時間もかけて、それでもなお攻略できるかわからないダンジョンであろうと容易く壊すことのできる存在。

「随分と大人しくなったものだな」

ダンジョンを壊したニーナはさっさと帰ろうとゲートを出ようとしたが、そこでわずかにしわがれたような男の声が聞こえてきた。

「今の生活は窮屈(きゅうくつ)ではないか？　力を使うなと押さえつけられ、理不尽(りふじん)を飲(の)み込めと強要される。お前はそんなことをせずとも生きていけるにもかかわらず、周りの普通を押し付けられる。それはとても窮屈なのではないか？」

なんだと思ってニーナが警戒(けいかい)した様子もなくゆっくりと振(ふ)り返ると、そこいた存在を見て嫌そうに顔をしかめた。

「しばらく見ないと思ったら……」

「我々と来い。我らの下へ来れば、また以前のように誰(だれ)にも止められることなく力を使うことができるぞ」

ニーナが振り返った先にいたのは、人形。だが、当然ながらただの人形ではない。

その人形は以前ニーナがいた場所で使われていたものと同じ。

つまりは、この人形の向こう側にいるのはニーナを覚醒者に仕立て上げた組織の者だった。

「壊したければ壊せばいい。殺したければ殺せばいい。お前の望むものを用意しよう」

ニーナがいた場所は潰(つぶ)されたが、組織の拠点(きょてん)はその場所ひとつというわけではなかった。

「お前の好いているあの男。あいつは冒険者を辞めて安全に生活したいらしいな。我々ならばその願いを叶えることは容易いぞ。お前とあの男が暮らすための家も用意しよう」

他の拠点にいた組織の者達は、成功作であるニーナを連れ戻そうと以前から何度も今回のように接触してきていた。

その度に袖にされてきたのだが、諦める気はないようだ。

「わたしは、自分の願いは自分で掴み取ります。どのような思惑があれ、死にかけていたわたしを拾い、育て、丈夫な身体を頂いたことには多少なりとも感謝をします」

浩介と暮らす家、という言葉でニーナの心は揺れた。

「けれど、もう与えられるものだけの生など興味はありません。ここで生きたいと思うこの願いはわたしだけのもの。あの人のように……あの人の隣にいる自分であるために、わたしはわたしの手で欲しいものを手に入れます。だから……」

だが、それは違う。こいつらに用意された場所などいらない。

与えられた幸せに意味なんてなく、強要された笑みに価値なんてない。

「あなた方は消えてください」

だからニーナは人形を燃やそうと手を動かした。

だが、人形の向こうにいる男はニーナに燃やされる前に次の言葉を吐き出す。

「そんなことを言ってもいいのか？　伊上という男、すでに我らの手の中にいるぞ？」

「――っ！　……どういう、ことですか？」

「どうもこうも、そのままだ。お前が施設から出る今日に合わせて、奴を捕らえた。そして今は――」

「どこですか。あの人は、どこにっ！」

人形が吐き出す言葉を遮って、ニーナは人形と、その向こうにいるはずの男に対して怒気を向ける。

それと同時に常人には目で追うことが叶わないだろう速さで人形に近づき、その首を掴んで手足を燃やした。

「……やはり、止まらないか」

「答えろっ！」

普段とは違って荒い言葉遣いで命令するニーナの手に力が篭り、人形の首がへし折れる音が聞こえる。

「ははははっ！　学校だよ。奴が教えている者が通っている、冒険者どもの育成学校だ。潜ませていた裏切り者によって隙をついたら、簡単に終わったらしいぞ」

そんな状況であってもニーナに掴まれているのが人形である故か、人形の向こうの男は楽しげに笑っている。

「助けたいか？　だが無理だ。今回助けたところで、いずれまた生徒に混じった我らの仲間が奴を狙う」

「ならば、生徒などすべて殺せばいいだけでしょう？　そうすれば、あの人を傷つけるものは一掃できます」

ダンジョンの破壊すら片手間で終わるような炎を操るニーナ。彼女がその気になれば、たかが生徒如き、消し去ることなど容易い。

ただし、そこにある全てを消して更地に変えることになるが。

だがニーナはそんなことを気にしない。

――あの人を失うくらいなら、他の全てなどどうでもいい。

そう言った瞬間、人形の向こうで男が薄く笑った。

ニーナはそれに気付きながらも、どうでもいいものとして気に留めることはなかった。

「待っててください。すぐにわたしが助けますから」

そしてニーナは動き出した。自分にとっての『大切』を助けるために。

なんだか違和感を感じながらも目を開けると、そこは俺の部屋だった。

……アレ？　俺なんでこんなとこにいんだ？

いや自分の部屋をこんなとこって言うのもなんだけど、さっきまで学校にいたよな？

なんかおかしいと思い体を起こして周囲を見回してみるが、そこはやっぱり俺の部屋だ。

だが、何か様子がおかしい。慣れ親しんだはずなのに、どこか違和感を感じる。

「――っ！　なんでお前っ！　死んだはずっ！」

とりあえず起きてみようとベッドから下りようとすると、突然部屋のドアが開いて、そこから一人の女性――美夏が入ってきた。

その姿を見た瞬間、俺は転びそうになりながらも慌てて立ち上がった。

美夏。それは俺の恋人だ。もう何年も前に死んだはずの、恋人……だったやつ。

そう、恋人〝だった〟だ。美夏は死んだんだ。あいつはダンジョンでの事故で死んだ。

だってのになんでここに……。

いや違う。そうじゃないな。

「……夢、か。そうだよな。お前が死ぬわけねえよな」

そうだ。アレは夢だ。こいつが死ぬわけがない。

我ながら馬鹿なことを言ったな。なんだってそんな夢を見たんだか……。

起きて早々に変なことを言ったことで、まだ寝ボケてんだなと頭を何度か横に振ってから、謝ろうと顔を上げた。

「わりい。なんか変なこと言っちま――だっ⁉」

だが、俺の顔面にグーが飛んできた。

「は――なに、すんだ……っ」

美夏は二級の戦士型で俺は三級の魔法型だから身体能力に差はあるが、それでも拳が顔面に迫ったのくらいはわかった。

だが、訳が分からない。なんで俺は顔面を殴られてんだ？

さっき「死んだ」なんて失礼なことを言っちまったが、それくらいでこいつが殴るか？

いやまあ、普段から割と豪快で行動的って感じだし、しそうではあるけどさ。

だが、美夏の行動はそれだけでは終わらなかった。

殴られたことで頭が後ろに弾かれ、もう一度ベッドに横になることになった俺は体を起こしたのだが、そこで美夏は俺の胸元を掴んでガクガクと揺さぶってきた。

「お、おいっ！　死んだ、なんて、言ったのは、悪かったって！　だから――がっ！」

頭を揺らされていることで言葉を途切れさせながらも謝ったのだが、最後まで言い切ることはできずに今度は頭突きをくらった。

「っつ～～～。いってぇ……」

そうしてもう一度ベッドに倒された俺は、頭突きを食らった鼻を押さえるが、反射的に痛いとは言ったもののなんでか少しも痛くないことに気づいた。

きっと手加減はしてくれたんだろう。さっき殴られた箇所もあんまり痛みがないしな。

「悪いって思うけどよ、ここまでする必要あったか？　お前の力で殴られたら、一般人の俺は大ダメージなんだぞ？」

だが、手加減されたおかげで痛みはなくても、殴られたりなんだりしたってことには変わりない。いくら恋人とはいえ、これくらいは文句を言ってもいいだろう。

だが、そんな俺の言葉に美夏は俺の方を見ながらもなにも言わない。

……そういえば、さっき殴った時もなにも言ってなかったな。

いったい、なにがどうしたってんだ……。

「なあ……なんで喋ってくれねえんだ？　なんでさっきから黙ったままなんだよ？　お前、そんな大人しいような性格じゃねえだろ？　もっとさ、思ったことを好きに言うようなやつだろ？」

そう言いながら立ち上が──ろうとしたが何故か足が震えて力が入らない。

だが、今はそんなことは無視して話を進めることにした。だって、何か話さなければならないような、ここで言葉を止めてはならないような気がしたから。

「機嫌直せって、ほら、夢見が悪かったんだよ。そういう時ってあるだろ？　お前が好きだったケーキでも奢るからさ」

でも、変わらずに美夏は返事をしてくれない。

だがそれは機嫌が悪いからだろう。そりゃあそうだ。誰だって「お前は死んだはず」なんて言われれば不愉快に思って当然だもんな。だから黙り続けてるだけだ。

じゃないと、こいつが喋らないなんて異常がある訳がないもんな。死人でもあるまいし。

「ダメか？　なら今度旅行に行こう。ちっと職場の先輩たちに文句言われっかも知んねえが、有給でも取るからさ。外国にでも行ってみないか？　俺もお前も日本から出たことなかったし、一度くらいはいいと思うんだ。結婚したらその時も旅行に行くって話をしたが、それ以外で行ってもいいだろ？」

美夏は前からイギリスに行ってみたい、なんて言ってたし、今回を機に行っても構わないだろう。結婚の時の旅行はまた別のところに行けばいい。

だが、それでも美夏は答えない……答えてくれない。

なんでこいつはなにも言ってくれないんだ。どうして……。

その答えは、俺自身気が付いている。

だが、それは認められない。認めちゃいけない。

だって、こいつはここにいるんだ。認めてしまったら、こいつは……俺はっ……。

だから、俺は頭に浮かんだ考えを振り払うように頭を振ってから、今度は身振りも交えてもう一度美夏に話しかける。

「きっと楽しいぞ。何せ〝久しぶり〟に一緒にいられるんだからな。……だから、なあ？

——なんか喋ってくれよ」

だが、美夏は悲しげに笑みを浮かべながら、未だにベッドに座ったまま立つことのできない俺に近寄り、俺を抱きしめてきた。

そこまでくれば、いやでも状況を理解せざるをえなかった。

死んだ。死んだのだ。今見ているのは幻で、俺の前にいるこいつは偽者だ。

そんなこと……………とっくにわかってた。

「でもよぉ、それでも認められないんだよ。わかってたさ。お前が死んだことなんて。それでももしかしたらいつか戻ってくるんじゃないかって思ってた。ふとした拍子にいつもみたいに顔を出して、馬鹿みたいに話して、そんな毎日が戻って来るんじゃないかって思って、それでも何も元通りにならなくて」

たとえこれが夢だろうと、恋人の前だってことには変わりないのに、俺は涙を流しながら美夏に縋り付き、みっともなく、情けなく泣き言を重ねていく。

こんなかっこ悪い姿なんて見せたくないのに、それでも口は止まらず、勝手に言葉が漏れていく。

「お、お前は怒るだろうけど、死んだらお前に会えるんじゃないかって馬鹿みたいなことを……本気で思ってた」

だが、俺が震える声でそう言うなり、まるでもうすぐ夢が覚めるんだと教えるかのように世界が崩れだした。

それでもまだ終わってほしくない、消えてほしくないんだと、焦りながら次の言葉を吐き出していく。

「でも、そんなことしたらそれこそお前に嫌われるんじゃないかって思って、お前との思い出を捨てることになるんじゃないかって思って、死ななかった……死ねなかった」

あまりにも情けなさすぎる俺の言葉を聞いて、美夏はそれまでよりも強くギュッと抱きしめ……だがそっと力を抜いて俺から離れていった。

「昔みたいに馬鹿やって、馬鹿なことを言って明るく振る舞ってれば、そのうちちゃんと前を向けるんじゃないかって思った。けど、ダメだったんだ。いくら外面を取り繕ったところで、いつまで経(た)っても前を向くことなんてできやしなかった。いつまで経っても、忘れることなんてできなかった」

またどこかに行ってしまうんじゃないか。このまま消えてしまうんじゃないか。

そう思ってさらに言葉を重ねるが、それでも美夏の手はするりと完全に俺から離れてしまった。

それと同時に世界はさらに崩壊していく。部屋の中にあったものはどんどん消えていき、ただひび割れた白い空間に変わっていった。

そしてついには全ての家具が消え、座っていたベッドも消えたことで俺はその場に尻餅(しりもち)をついてしまう。

――消えるなっ！

慌てて手を伸(の)ばすが、美夏が腰に手を当てて怒っているような顔でこっちを見ているのに気がつき、伸ばしかけた手を止めてしまった。

いや、『ような』、じゃないな。本気で怒ってる。

俺は伸ばしていた手を引っ込めると同時に、そんな美夏から逃げるように視線を逸らして俯(うつむ)いてしまう。

……ああ、なんて情けない。

でも、顔を逸らしちまったけど、わかるさ。お前が文句を言いたいんだってことくらい。
そんなの、顔を見なくたってわかる。それくらい馬鹿なことを言ったって自覚もある。
だが、女々しいことかもしんねえけどさ、俺にとっては、お前が死んだ世界は色褪せて見えるんだよ。

全てが空虚で、何をしても満たされなくて、埋まらない喪失感が付き纏ってる。

人生はまだこれからだったはずだ。

結婚の約束だってしてた。

将来のことを話したりもした。

なのにお前は死んだ——俺を残して。

何かをしても、常にお前のことが頭の隅にチラつく。

お前だったらどうするかって。お前はこんなことを言ってたよなって。お前と一緒だったら、楽しかったんだろうなって……。

だが、俺がなにを問いかけてもお前が答えてくれることはないし、思い出が増えることもないし、一緒にいることもできない。

だって、お前は死んじまったんだから。

一人はつらい。一人は苦しい。一人は悲しい。一人は寂しい。

この先ずっとこんな思いをしなくちゃならないなんて、なんの罰だって思う。

……だがそれでも、見上げれば俺のことをじっと見つめている美夏がいる。

何もしない。手を伸ばすこともなく、笑いかけることもない。ただただ、じっと見つめているだけ。

「それでも、立ち上がれってか…………はっ」

その顔は怒っていると言うよりも、むしろ心配しているようで、好きな人にそんな顔をさせてしまっていることが情けなくて、悔しくて、俺は歯を食いしばって立ち上がった。

散々みっともないところを見せといて今更かもしんねえけどさ、それでも、これ以上は情けなさすぎんだろ。

これが夢だなんてのはわかってるさ。幻、一時だけの妄想、実際に美夏がここにいる訳じゃない。

ああ、そんなのはわかってる。

だがよぉ、たとえ幻だったとしても、起きたら忘れるような夢だったとしても、好きな女の前でくらいかっこつけられないでどうする！

俺は情けない自分の心を叩き潰して、舐めんじゃねえぞって挑発的な顔を美夏に向けた。

だが、幻のはずなのに、俺が生み出した妄想のはずなのに、その表情はまるで「よくできました」とでも言わんばかりに笑っていた。

それは俺の思い描く本人以上に本人〝らしい〟姿で、俺は思わず目を見開いて固まってしまった。

だが美夏は、そんな固まった俺の胸に拳をトンとぶつけると、笑ったまま背中を向けて歩き出した。

それをきっかけに真っ白な世界のヒビはどんどん増えていき、砕け散った。

世界が砕けたことで俺の視界は真っ暗になったが、目を開けば見たことのない薄暗い部屋が存在していた。

多分、ここが現実なんだろう。殴られた頭や肩がじんわりと痛む。

「──あー、くそ、いってぇな……」

俺は殴られたはずの頭ではなく、胸に感じる痛みを堪えて目を瞑る。

このままここで思い出に浸っていたい。今ならいつもと違って、ゆっくり寝ることができそうだ。

……でも、このままここにいるわけにはいかない。だってそんなことをしたら……

「またあいつが心配して化けて出てきちまうな」

だから俺は立たないといけない。前に進まないといけない。

そう覚悟を決めて深呼吸をすると、横になっていた体を起こして辺りを見回した。

ここは……どっかの倉庫かなんかか？　学校の敷地内だとは思うが……っつーか俺、服着てないじゃん。

今の俺は服を剥がれていて、かつ両手足を手錠で縛られている状態だった。

幸いパンツだけはあるが、多分他のは武装解除的な感じで剥がれたんだろう。

「――っ!!」

だが、状況はそんなことを気にする時間を与えてくれず、爆発音が聞こえ、パラパラと天井から埃が落ちてきた。

……チッ、まずいな。

崩落の危険もだが、それ以上に宮野達が心配だ。こんな音がしたってことは、結構な規模の戦闘が行われてるってことで、あいつらがその戦闘に参加してる可能性は高い。

急げよ俺。できるかぎり早くここから出て助けに行かねえと。

さっき見たあれは、あの夏美は幻だったかもしれない。

でも、恋人の前……いや、恋人〝だった〟奴の前で情けねえところを見せてたことに変わりはないんだ。なら、次はかっこいいところを見せねえと情けなくて仕方がない。

だから、そのかっこいいところを見せるためにも、さっさと外に行こう。

「まずはこれをどうにかしてからか」

とはいえ、そう簡単にいかないのが現実ってもんで、武装を解除された上に両手足を縛られている俺はまずこの拘束からどうにかしないといけない。

軽く魔法を当てて破壊を試みるが、当然と言うべきか、俺程度……三級程度の魔法では傷一つ入らなかった。多分だが、魔法に対して耐久性能の高い道具なんだろうな。

だが、そんな拘束は意味がないとばかりに魔法で水を操り鍵穴の中に潜り込ませて手錠の鍵を開ける。いくら魔法で壊せないって言っても、それは壊せないだけで全く魔法を受け付けないわけじゃない。だから、技術さえあればこの程度ならなんの障害にもならない。

「これであとは出るだけだが……チッ。まあ鍵かかってるよな」

拘束からは抜け出すことができたが、当然とばかりに部屋の唯一の出入り口には鍵がかけられていた。

「だがこれも……」

しかし、かかっているのはカードキーでもなんでもないただの鍵だ。さっきと同じように鍵穴に魔法で生み出した水を流し込んでちょっといじれば——ほら開いた。

魔法使いにとっちゃピッキングなんて楽なもんだ。もっとも、二級以上の魔法使いならピッキングなんてしなくてもドアを吹っ飛ばして開けることができるだろうけどな。

まあ、今更そんなことで嘆いても仕方がない。さっさと外に出よう。

「ここは……校舎？　でもこれは……壊されたのか？」

……いや、そういえば俺が着いた時にはすでに三年の校舎が壊されてたんだったな。ならそこか？　……まあ、少し走ってれば場所はわかるだろう。

「――っと、その前にこの格好をどうにかしないとな」

緊急事態って言っても、流石にパンイチで走り回るのはまずいだろう。

できることなら奪われた装備を回収していきたいんだが、無理だろうな。どこにあるのかさっぱりわからん。この状態で捜すよりは、その辺に落ちてる道具を拾っていった方がいいだろう。

とりあえずその辺のジャージとかでいいから着て、あとは適当に見繕うしかねえな。

急げよ俺。今度こそ……今度こそ死なせやしねえぞ！

――宮野　瑞樹――

「ねえ、あいつ全然戻ってこないんだけど。連絡も途切れてるし……大丈夫かな？」

浩介が一年生達の守っている陣を離れてからしばらくすると、その場を守っている生徒達にもある程度の余裕が出てきた。今では軽い会話程度なら余裕を持ってできるほどだ。

「伊上さん達は大丈夫よ、きっと。何せ私達でさえ束になっても勝てないんだもの」

だが、状況が解決に向かっているのかと言ったらそういうわけでもないようだ。

余裕ができたと言っても今も変わらずに攻撃は続いているし、遠くからも戦っている気配を感じ取れた。

そして、佳奈や瑞樹達の仲間であり師である浩介もまだ戻ってきていない。

そのことがまだ終わっていないという何よりの証拠だった。

「そう、だよね」

「ええ。それよりも、こっちの方が大切よ。伊上さん達が戻ってきた時、守れなかった、じゃ話にならないわ。ここを任せてくれたんだから、期待を裏切らないようにしないと」

だがそれでも大丈夫だ、自分達は生き残れる、と信じて瑞樹は友人であり同じチームの仲間である佳奈を勇気づけた。

「ふうぅぅ……。ん、ごめん。ちょっと弱気になった」

「こんな状況だもの。仕方ないわ」

深呼吸をして謝ってきた佳奈に向かって、瑞樹は気にするなと笑いかける。

しかし、瑞樹は笑いながらもその内心は少し焦っていた。

瑞樹は浩介のことを信じてるし、自分達なら大丈夫だと思っている。

だが、襲撃が行われてからもう五時間近くが経過したのだ。

集中力も切れてきたし、疲労も溜まってきた。

瑞樹達のチームはまだ戦えるが、他のチーム達はあと数時間と経たずにまともに戦うことはできなくなるだろう。

「それにしても、いつまで続くのかしら」

「最初よりは弱くなってるけど、逃げる気配はない感じよね」

故に、つい早く終われという想いが言葉として溢れてしまったのだが、幸いにもそれを聞いた佳奈は瑞樹の焦りには気づかなかったようだ。

「瑞樹！」

そして、状況はそのままでは終わらなかった。

普段なら声を荒らげることのない安倍晴華が、今までにないほど焦った様子で瑞樹達に駆け寄ってきたのだ。

「晴華？　何か異常でも――」

「だめっ！　来るっ！」

瑞樹に縋り付くように制服を掴みながら、晴華は言葉少なに叫ぶ。

だが、そんな晴華の様子を明らかにおかしいと分かりながらも、瑞樹は何が起きているのか、何をそんなに慌てているのかがわからない。

走ってきた晴華の後から、追いかけるように柚子もやってきたが、彼女も何が起きているのか、晴華が何を考えているのかわかっていないようで困惑した様子を見せている。

とりあえず詳しい話を聞かなければ、と瑞樹は困惑しながらも晴華に尋ねる。

「ちょ、ちょっと晴華？　来るって何が——」

「最強！」

「え？」

「世界最強が来る！」

そんな大声で叫ばれれば、当然ながらその声は周囲の者達にも聞こえてしまう。

そんな晴華の言葉を聞いた生徒達は救援が来たと喜ぶが、晴華の顔色は悪い。

そもそも、本当に助けなのならば、晴華がこれほどまでに慌てる必要もないのだ。

だが、生徒達はそのことに気づかない。

「なんでそんなに慌ててるの？　救援じゃな——」

「違う！　怒ってる！　あれはだめ。本当にまずいの！」

魔法使いは他者の魔力を視ることができるものだが、その力がずば抜けて高い晴華は、遠くの空に見えた魔力がこちらに向かっているのを、そしてそれがとてつもなく怒っているのを感じ取った。

「……でも、どうして？」

「わからない。多分コースケに何かあったんだと思う」

ニーナが感情を露わにして怒るなんて、浩介の事しかない。

その事を理解していた晴華はそう判断し、そしてそれは正しかった。浩介の事で怒っているということも、浩介に何かがあったという事も。

「は？　あいつが!?　なら助けないと！」

「でも逃げないとまずいの！」

晴華の予想を聞いた瑞樹だったが、そこで一緒に話を聞いていた佳奈が割り込んできた。

死んではいないだろうけど、それでも危険な状況には違いない。ならば助けなければ！

それは至極普通の考えだ。

だが、普段なら通ったであろうその意見も、今は違う。

晴華の剣幕に押され、佳奈は怯み、黙ってしまった。

「……まさか、このために伊上さんが狙われた？」

浩介に何かあったのは、ニーナをここに呼び寄せるためではないか。

何を目的としているのかはまではわからないが、『世界最強』をこの場所に呼び寄せるために浩介を害したのではないかと瑞樹は考えた。

瑞樹達はニーナとほんの片手で数えるほどしか会ったことがないが、それでも彼女が浩介に向ける執着は理解していた。

故に、浩介が害された場合のニーナの行動を予想することができた。

事実それは正しく、ニーナを怒らせて将来の冒険者と教導官として選ばれる程度には優秀な冒険者、そして何より、新たな『勇者』を殺すための策だった。

ニーナに浩介のことを伝えた人形がわざわざいろんなことを喋っていたのは、ニーナを生徒を殺す方へと誘導するため。

ニーナを作った組織の目的は、ニーナの炎で生徒を、そして学校を消してもらうこと。

そして、あわよくばその炎で浩介をも焼かせることで、ニーナの心を壊そうとした。

自身の炎で浩介を殺したとわかれば、ニーナは狂うだろうから。

そして、そう仕向けた自分達組織を恨み、復讐をすることになるはずだ。周りにどれほどの被害が出ようとも。

だがしかし、それだとおかしなことがある。

元々ニーナを作った組織は自分達の利益や享楽のために覚醒者を作ったのだ。だと言うのに、破滅につながる行動を取るのはおかしい。

が、それは元々の組織の目的。今の彼らにとっては違った。

今はニーナを生み出した組織は他の組織に吸収され、その目的を変えられていた。

それこそが彼ら。世界の浄化を謳っている『救世者軍』だった。

そこまで詳しく想像することなど瑞樹達にできようもないが、それでも怒っているニーナが来ることは理解できたし、その事実は敵にとって予定通りのことだった。

「……晴華。ニーナさんがここに来るとして、あとどれくらい時間があるの？」

「多分十分くらいはあると思う。だからその間にできるかぎり遠くに逃げないと」

晴華はこちらに迫る強大な力の反応からして『十分』と判断し、逃げる提案をした。

だが、瑞樹は周囲を見回してから晴華の言葉に首を振った。

「……ダメよ。みんなに言って守りを固めましょう」

「瑞樹！」

「みんながいるのよ。十分だけじゃ、みんなをまとめて逃げたとしてもそんなに遠くに逃げられないわ。それにそもそも、敵が易々と逃してくれるとは思えない」

ただでさえ多くの人間が移動するというのは時間がかかることなのに、今は周囲を敵に囲まれた状態だ。当然、逃げようとすれば攻撃される。

　そこから逃げ切るにはかなりの時間が必要になるし、そもそも逃げ切れるとは瑞樹には思えなかった。今は陣地を築いているからこそ耐えていられるのだ。

「なら私達だけでも――」

「私は逃げないから」

「佳奈っ⁉」

「だってあいつが残ってるじゃない。『最強』が怒ってるのだってあいつに何かあったからでしょ？　仲間を見捨てて逃げるなんて、そんなの嫌」

　佳奈の言葉も間違っているわけではない。

　命を預ける間柄である仲間を見捨てるというのは、冒険者の間で最も軽蔑される行いだ。

　故に佳奈の答えは間違いではないのだが……。

　それでもこの状況を考えるとそんな佳奈の言葉に晴華はギリリと歯噛みしてしまう。

「瑞樹っ……！」

「私も、ごめんね」

「どう、して……っ！」

「だって、私は『勇者』だもの」

　勇者だからなんだと言うのか。

そんなもの、他人から押し付けられた称号でしかない。

命をかけるほどのものではないじゃないか。

それが偽らざる晴華の心の中だった。

「それにね、私はあの人の背中に憧れたの。『誰も彼もを助けることはできない。俺が助けるのは助けようと思ったやつだけ』なんて、なんだかんだ色々文句を言いながらも困ってる人をみんな助けちゃう私達の先生に、私は憧れたの。私は伊上さんみたいになりたいって思ったのよ。あの人なら、きっとなんだかんだ言っても今回もみんなを助けるわ。だから、あの背中を追って、あの人から教えを受けた私がここで逃げるのは、違うかなって。……ごめんね」

――ここで自分達だけ逃げたら後悔する。自分の選択を後悔しないように戦うって、それが私があの人から受けた『教え』だから。

瑞樹は自分で言ったことのはずなのに、そう言い終えると真剣な表情から一転して困ったように笑った。

あの時と同じ。後ろにいる人を守るために特級モンスターに立ち向かった時と同じだ。

普段から『危ない時は自分の命を優先して逃げろ』と言われているにもかかわらず、自分のわがままでまた約束を破ることになってしまう。

だが違う。あの時とは違うところがあるのだ。あの時の瑞樹はただその場の流れで動いただけ。『そうするのが正しい雰囲気(ふんいき)』だったからそうしただけ。そこに自身の信念や願いなんてものはなかった。

しかし今回はそうではない。約束を破るという点では同じでも、その心の在り方は違う。誰(だれ)も彼もを助ける正義のヒーローみたいな人。自身の内には、そんな凄(すご)い人から学んだ色々なものがある。

ここで折れてしまえば、ここで逃げてしまえば、それは誰かを助けたいと願うあの人の教えを無価値なものにすることになる。誰かを救ってきたあの人の在り方は無意味なものなのだと言うことになってしまう。

あの人の——伊上浩介の教えを受けた者として、その背中に憧れた者として、そんなことになってしまえば自分を許せない。

そう思ったからこそ、瑞樹は逃げないで立ち上がる。

そんな顔を見てしまったら、そんな言葉を聞いてしまったら逃げろだなんて言えないではないか。

これから死ぬかもしれない。それでもこの少女は——自分の友人は逃げないのだろう。

だってそれが宮野瑞樹だから。

そう理解した晴華は今にも泣き出しそうに表情を歪め、拳を握りしめて黙った。

「みんな聞いて！」

瑞樹はそんな晴華の姿をすまなそうに見て、だがすぐに視線を前に向けると声を張り上げた。

「多分これから広範囲を巻き込んだ攻撃が始まる！　それに巻き込まれないようにするために防御を固めるわ！」

「え？　そんな予兆、どこにもないけど……」

瑞樹の言葉に慌てて周囲を確認する生徒達だが、いくら見ても周りには何も反応がない。

「違う。ここにいる敵じゃなくて――空からよ」

その言葉で瑞樹がなにをさしているのか分かった者もいるが、だからこそ不思議そうにしている。

「……それって世界最強のことか？　何言ってんだよ。救援で来たんだろ？　そんな俺達を巻き込むだなんてこと、あるわけ――」

「間違いだったならそれでいい。でも、彼女はすごく怒ってる。ついて早々に攻撃する可能性があるわ。あなたは死んでから同じことを言える？　救援だと思ってたんだ、って」

瑞樹の言葉に生徒の一人が反論するが、瑞樹はその言葉を遮って生徒達を軽く威圧した。

そんな瑞樹の言葉と態度に気圧されたのかその生徒は黙り込み、他の者も先ほどまでの助かったという安心感が消え去っていた。

「それに先生や生徒の中に敵が紛れ込んでたのよ？　『世界最強』が敵じゃない保証が、どこにあるの？　私たちを倒せない状況に嫌気がさして敵が援軍を呼んだかも知れないじゃない」

確かにその通りかもしれない。

生徒たちはそう思ってしまい近くにいた友人知人を見たが、こと此処に至って、そいつでさえも裏切り者なんじゃないかという可能性に思い至ってしまった。

「な、ならどうしろって言うんだよ。世界最強と戦えってのか？　無理に決まってて――」

仲間が裏切り者かもしれない。そんな不安を振り払うように牛徒の一人が声を上げた。

「私がやるわ」

が、またも瑞樹はその言葉を遮り、はっきりと宣言した。

ここにいる者のほとんどがプロとして活動していないただの学生。

だがそれでも『世界最強』の話くらいは聞いたことはある。

何をなしたのか、どんな敵を倒したのか。

対抗しようと思うことが馬鹿馬鹿しくなるほどの功績は、冒険者の間ではもはや常識と言ってもいいほどに知られていることだった。

「倒せないのはわかってるでも、時間稼ぎくらいはしてみせる」

そんな『最強』に立ち向かうのだという。

生徒も教師も教導官も、全員が瑞樹のことを正気だとは思えなかった。

「な、なら最初から逃げたほうがいいんじゃ……」

故に、まだ年若い教導官の一人は止めるのではなく最初から逃げたほうがいいのではないかと口を開いたが、瑞樹は首を横に振りながら答えた。

「今から逃げたところで、大して距離は変わらないわ。まだ周りには敵がいるのよ？ 攻撃が行われる前に敵を倒して逃げられると思う？ 無駄に時間を使わされて広範囲攻撃に巻き込まれるだけ。だったら最初から準備をして攻撃を凌いで、私が時間を稼いでいる間に他のみんなで逃げたほうが可能性がある。敵も巻き込まれたくないでしょうから、私達を囲んでいる陣形も崩れて隙ができるはずだもの」

そんな瑞樹の言葉を聞いた者達は、生徒も教導官も含め「そうかもしれない」と納得してしまった。

「だから、私が時間を稼いで、その間にみんなは広範囲攻撃で隙ができた敵の包囲網を抜けて、逃げて欲しいの」

その攻撃がどれほどのものかわからないが、それでも晴華が慌てるほどなのだから学校全体を巻き込む規模ではないかと予想していた。

そして、ニーナの襲来が敵にとっての想定通りなら、ニーナが来る前に巻き込まれないように撤退しているはずだ。

ならば、最初の攻撃さえ凌いでしまえば後は楽に逃げることができるだろう。

「でも、そのためにはまず初撃を防がなくちゃいけない。だから、お願いします。みんなの力を貸してください」

瑞樹が頭を下げて頼み込むと、手伝ってもいいんじゃないか、と小さく相談するようなざわめきが起こった。

だがそれでも誰も何も言い出さない。

……時間がないのにっ。

「わかりました。あなたの提案に乗ります」

焦る瑞樹だが、そんな誰も発言しようとしない中で一人の女性がはっきりと答えた。瑞樹達の担任である桃園だ。彼女もまた、教師として試験のために同じ場所にいたのだった。

「先生……」

「裏切り者がでた状況で私達教師を信頼しろとも、言うことを聞けとも言えません。それに今はあなたがこの場においては最も格上です。子供に頼るようで情けないかぎりですが、せめてあなたに手を貸させてください」

「ありがとうございます」

一人でも賛同を得られたことで瑞樹は笑顔で感謝をした。

そして、最初に自分以外の誰か一人でも動いてしまえば後が続きやすかったのか、他の者達も瑞樹の考えに賛同し、全員が瑞樹の作戦の参加を決めた。

「あと五分……」

全員が瑞樹の意見に賛成したところで、晴華が残り時間を告げる。

その頃になるとすでに敵からの攻撃はほぼ無くなっていた。『世界最強』の攻撃に巻き込まれるから撤退したのだろう。

それでもまだ多少は攻撃が残っているのは道具によるものか、それとも死兵となって最後まで戦い死ぬつもりなのか。

だがどちらだったとしても、想定通り敵の布陣が変わり、残りの戦力が減ったのには変わりない。

そうして魔法使い系は防御用の魔法を準備し、戦士系はその間魔法使い達の護衛として飛んでくる攻撃を防いだりと、瑞樹達はわずかな時間でできる限りの準備を整えていった。

「やっぱりこの感じはっ！」

瑞樹達が準備を始めてからおよそ五分。ついに『世界最強』が姿を見せた。

だがその身から感じるのは晴華の言っていたように『怒り』。

その様子から、やはり攻撃が来るのだと改めて理解した瑞樹は、剣を持っている手にギュッと力を入れた。

姿を見せたニーナは空を飛び、上空から学校を見下ろしている。

浩介を助けにやって来たニーナだが、幸いにもニーナは浩介のおおよその居場所を感じ取ることができたので、浩介が生きていることを確認できてわずかながら冷静になれた。

そのためニーナが無闇矢鱈と校舎を破壊して捜す、という暴挙に出ることはなかった。

が、そこで視界の端に人がいたことに気がついた。

そして、ダンジョンで遭遇した人形の向こうにいた男の言っていた生徒に紛れた『裏切り者』のことを思い出したニーナは、捜す前に裏切り者やその可能性がある者を消しておこうと考えて魔法を構築していく。

「来ます！　全力で守りを！」

自分達の方ではなく別の場所へと意識を向けていたニーナを見て、瑞樹はわずかにホッとしていた。だがそれもほんのわずかな時間だけだった。

瑞樹の感じた安堵は、ニーナが自分達へ視線を向け魔法を構築し始めたことで霧散した。

瑞樹は一瞬で気持ちを入れ替えると、物理的な圧力すら感じそうなほどの『最強』の存在感に呑まれてしまいそうだった者達に声をかけた。

その声で自身のすべきことを思い出した生徒達は、自分達を守るために魔法を発動し、守りは完成した。

できる限りのことはやった。みんな全力で防御している。

「やらせないっ！」

「ヤアアアアアッ!!」

だが、いくら防御をしたところで、直撃を受けてしまえばあの炎には耐えられない。

ニーナから放たれた攻撃を見て咄嗟にそう判断した瑞樹と晴華は、自身の最大の攻撃をもってニーナの炎を相殺――できなくとも減衰しようとした。

そして、天から落ちる白と黒の混じった炎に向かって、地上から雷が駆け上がり、その後を赤い炎が追い縋る。

「うおおおおっ⁉」

「きゃあああっ⁉」

特級である瑞樹と特級並の威力である晴華の魔法を受けたニーナの炎は空中で弾け、モノクロの傘のように生徒達を覆った。

相殺は、できなかった。

だがそれは、瑞樹達の攻撃では、だ。

瑞樹と晴華によって散らされたニーナの攻撃は、生徒達の用意した防御と衝突し、その防御を破壊。それと同時にニーナの魔法も完全に消滅した。

その際にすぐ側で爆発が起こったような衝撃があったが、瑞樹達は誰も死ぬことも怪我をすることもなく生きている。

とはいえ、それで全てが終わったわけでもない。

魔法を放ち終えたニーナは、ただでさえ苛立っているにもかかわらず自分の思い通りに行かなかったことに腹を立て、自分に攻撃をしながらも生き残った者へと視線を向け、新たな魔法を構築し始める。

しかし、ふとそこで違和感を感じ、裏切り者がいるであろう生徒達を注視すると、何かに気がついたのか魔法の構築を中断して瑞樹達の前へと降り立った。

「――そこのあなた。あなたはあの人に教えを乞うている者でしょう？　あの人のもとに案内しなさい」

自分の攻撃を止められたことで多少なりとも冷静になったニーナは、以前浩介から現在のチームメンバーとして教えられた瑞樹のことを思い出した。

そして、瑞樹は浩介のチームメンバーなので彼女なら浩介の場所を知っているだろうと判断し、問いかけたのだが、その様子は浩介といる時とは違いとても冷たいものだった。

「……すみません。私たちにも伊上さんが今どうなっているのかわかりません」

「……使えない」

ニーナの様子に怯みながらも答えたが、瑞樹には浩介がどこにいるのか分からなかった。

せっかく時間を割いたのになんの情報も得られなかったニーナは瑞樹に落胆し見切りをつけ、先ほど浩介の反応を感じた方向へ向かおうとそちらに体を向けて一歩踏み出した。

「……ああ。そういえば一つ尋ねたいことがあります」

だが二歩目は出ず、あることを思い出し瑞樹に振り返った。

「――この中に裏切り者はいますか？」

ニーナは静かにそう口にしながら、怒りを込めた瞳で瑞樹を見つめた。

これらの中に裏切り者がいるのであれば、片付けなければならない。

そもそも、もしかしたらこれ自身が裏切り者で、浩介の敵なのではないか、と。

もしそうならばこの場で……。

そんなふうに考えたニーナから発せられる威圧を感じて、当初の予定ではすぐに逃げ出すはずだった生徒達はその場で身体を竦ませ、立ち止まってしまった。

「そ、それは――」

瑞樹はニーナから発せられる威圧感によって吃りながらも一連の流れを説明した。

「そうですか。わかりました。では害虫を一掃しましょう」

話を聞いて一応の納得を見せたニーナだが、それでも裏切り者がそこらじゅうに潜んでいるかもしれないと理解し、辺りを見回し、それからゆっくりと手を動かして掲げた。

そうして魔法を構築し始めたことで、その場にいた一人が恐怖から叫びを上げて走り出し、他の者達もその後を追うように我先にとその場から逃げ出した。

「ちょ、ちょっと待って！」

だが、先ほど自分たちに向けたように魔法を構築し始めたニーナを見て、このままでは校舎やそこにいる他の生徒ごと攻撃されると判断した瑞樹は慌ててニーナを止めた。

「なぜ邪魔をするんですか？」

「なぜって……それは校舎ごと消すつもりなんじゃないの？」

「ええ。隠れられたら面倒です。更地にしてしまえば、わざわざ捜す必要もなくなります」

当たり前の常識を語るように言われたニーナの言葉に瑞樹は表情を歪め、それでもどうにか止めようと言葉を紡ぐ。

「伊上さんを助けるために行動する、というのは賛成よ。けど、そのために無害な生徒も巻き込むつもりなの？」

「？　だからなんだと？」

「……そもそも、校舎ごと焼いたりなんてすれば、伊上さんも巻き込まれるわよ？　あなたは伊上さんを助けに来たんじゃないの？」

「ええ。ですがご安心を。あの人のいる場所のおおよその見当は付きます。ただ、捜すのに邪魔なので他のものを消すだけです」

必要なことは言った。

そもそもこうして言葉を交わすことだってニーナにとっては余分だったのだ。

それでも会話に応じたのは、瑞樹が浩介の関係者だったからに他ならない。

故に、話すことは話したと判断すると、ニーナは瑞樹から視線を外し浩介の反応がする場所以外を更地に変えるために、止めていた魔法の構築を再開した。

ニーナにとっては校舎ごと敵を殺すなど、いつもやっている作業と変わらない。今回は多少は気を遣ってやる必要があるが、そんなものは誤差の範囲の手間でしかない。

いつも通り魔法を作って、いつも通り焼くだけ。だが……

「何のつもりです？　これ以上邪魔をするようならば、敵とみなしますよ」

ニーナはその作業を再び止めることになった。

「させない。あなたに校舎を壊されたら、多くの人が巻き添えになる。それを見過ごすわけにはいかない！」

「そんなもの、知ったことではないと言ったはずですが……」

まさに勇者らしいことを言ってニーナの前に立ちはだかる瑞樹だが、そんな彼女の言葉にニーナは顔をしかめた。

そしてわずかに悩んだ様子を見せたが、その悩みに対して結論が出たのか軽く頷いた。

「でも、そう。邪魔をするということは、敵になるということですのね」

ニーナはそう言うと途中となっていた魔法の構築を進めていく。

「わたしの隣に立てるあの人を……そばにいてくれるあの人を害する世界など、滅んでしまえばいい。あなたも共に消えなさい」

そんなニーナの様子を見ながら、瑞樹は軽く唇を舌で湿らすと覚悟を決めて口を開いた。

「佳奈、晴華、柚子。離れてちょうだい」

瑞樹が仲間へとそう伝えると、佳奈達はわずかに迷った様子を見せた後、ニーナを警戒しながらその場からゆっくりと離れ始めた。

普段の佳奈や晴華は、瑞樹だけを置いて下がるようなことはしない。

だが、それでも瑞樹の言葉に逆らうことなく離れていったのは、「自分では敵わない」と、そう思ってしまったから。

佳奈達としても、言いたいことはいろいろある。自分達も一緒に戦いたいという気持ちもある。逃げたくないと思っていたはずだ。

だが、そう思っていても脚が竦む。まともに戦えば自分は死んでしまうと、一緒に戦ったところで勝ち目なんてないと、そう思ってしまう。

だから、一緒に戦いたい気持ちはあれど佳奈達は下がることにした。

元々勝ち目なんて絶望的に薄い戦いだ。瑞樹一人で戦ったとしても勝てる保証があるわけではない。

だがそれでも、今の自分達が一緒にいるよりはマシだ。自分達が一緒にいれば足手まといになってしまう。佳奈達の頭の冷静な部分がそう判断していた。

下がることしかできない自分も、そんな冷静な判断を下してがむしゃらになることができない自分も、腹が立って仕方ない。

だが、それでも佳奈達は退がることしかできなかった。勝てないと、無意味だと、戦ったところで死ぬだけなんだと、心が負けを認めてしまったから。

「負けたら、ダメなんだからねっ……」

できることと言ったら、最後にそう言い残すくらいだった。

「もちろん」

悔しげに拳を握り締めながらかけられた親友の言葉に、瑞樹は嬉しそうに笑いながら答えた。

そんな瑞樹達の様子を見ていてもニーナの手は止まらず、魔法の構築を進め――完成させた。

「お話は終わったようですね。ちょうどこちらも終わりました」

あとはそれを放つだけでこの女は消える。

「なら、私もあなたの側にいられるようになれば、あなたはこの騒ぎを止めるのかしら？」

「……なんですって？」

その言葉を聞いた瞬間、ニーナは言葉の意味がわからなかった。

それは、そのあまりの意味不明さに完成した魔法の維持を止めてしまうほどに訳がわからない。

だがすぐに瑞樹の発した言葉の意味を理解すると、カッと瑞樹を睨み付けた。

それは浩介の存在を蔑ろにしているように思えてしまったから。

それも、よりにもよって浩介に何か起きているかもしれないというこの状況でだ。

浩介のことは諦めろ。その代わりの場所に自分が収まるから、それで満足しろ。

ニーナには瑞樹がそう言っているように思えてしまった。

だからこの不愉快な女を殺そうとはっきりと意識し、だが行動に移す前に瑞樹が言葉を発した。

「だってそうでしょう？　あなたの相手をして、それでも死なないからあなたは伊上さんを大切に思ってる。なら、私もあなたの攻撃で死なないようなら、あなたは私を守るために動いてくれるんでしょ？」

「……」

「友達になりましょう。私、あなたとちゃんと話をしてみたいと思ってたのよ」

それは以前見た時から思っていたこと。

程度は違うが、同じ『化け物』と呼ばれた者同士、ちゃんと話してみたいと、そしてできることなら友達になりたいと思っていた。

だって、一人が寂しいのは知っているから。だから瑞樹は手を差し出す。

「……世迷言を」

瑞樹のそんな心の内を知らない者にとっては、その言葉はただのその場しのぎの虚言や誤魔化しにしか感じられなかっただろう。事実、ニーナにもそう思えた。

だが、ニーナはなぜかその言葉を単なる世迷言として片付けてはいけないような、そんな気になってしまった。

「……友になると、言いましたけれど……なら、その言葉に相応しい力を見せていただきたいものですね。簡単に死んでしまっては……隣に立っていられないのであれば、友になどなれるはずがありませんから」

そんな言葉の直後にニーナが虫を払うような動作をしたかと思うと、その手を起点に瑞樹へと白い炎がばら撒かれた。

それ自体は珍しくもなんともない、ただ現象を引き起こしただけの簡単な魔法。

だがニーナのそれは他の魔法使い（まほうつか）のものとは違った。色もそうだが、何よりもその威力が、だ。

単なる様子見や小手調べの軽いものが、一級魔法使いの本気と同等の火力を持っていた。

「ッ――――！」

だが瑞樹はそんな白き炎を斜め前（ななまえ）に飛び込むことで避け（よ）けた。

一歩間違えれば簡単に死ぬような行動だが、瑞樹はあえてそれを選んだ。

後ろに下がっても避けられただろう。

だが、下手に逃げ回って炎による被害が広がってしまえば、『みんなを守る』という目的は果たせなくなってしまう。

だからこそ、瑞樹はあえて危険な前方へと飛び込んだのだった。

「なかなか速いですね。ですが――きゃあっ！」

ニーナが新たな炎を瑞樹に向けて放とうとしたその時、ニーナの手にパチっと電気が流れた。それは瑞樹が浩介に教えられた技の一つ。

技といっても、威力自体はニーナにとっては静電気程度の全くダメージがないと言えるような些細（ささい）なものだろう。

だが、この技の狙い（ねら）はそこではない。

突然静電気が発生するという予想外の感覚にニーナは小さな悲鳴をあげ、前に出していた手をバッと胸元に引き寄せた。

それは瑞樹がやったこと。魔法で雷を放って、ニーナが手を使えないように潰そうとしたのだ。

しかし、常人であれば静電気程度では済まないような魔法だったはずだが、それでもニーナにとってはちょっと驚いた程度にしかならない。

――だが隙はできた。

そして当然ながら、その隙を見逃すほど瑞樹は甘くない。

「セヤアアアアッ!!」

油断すれば負ける。手を抜けば死ぬ。

故に瑞樹は生身の人間相手であるにもかかわらず全力で剣を振り下ろした。

とはいえ、殺すつもりで戦うが殺したいわけではないので、瑞樹の狙いは胴ではなく肩だった。腕の一本や二本程度なら、あとで治すことはできるから、と。

「軽いですね」

だが、瑞樹の攻撃は防がれてしまった。

それも、避けたり弾かれたりしたのではなく、剣を指で摘まれる、という目を剥く方法でだ。

同じ特級とはいえ、物理型覚醒者並の剣を魔法型覚醒者が受け止めた。普通ならばありえないことだ。

だが、これこそが世界最強。

それができるからこそ、ニーナは毒やウィルスでの殺しの計画が立てられているのだ。何せ、戦車が砲弾を打ち込んだところで片手で受け止められてしまうのだから。

本来なら魔法型の覚醒者でありながら、その身体能力は他の特級に引けを取らない。どころか、上回ることすらある。

不意打ちで当てたところで、傷をつけられれば大成功というくらい常識からズレた存在なのだ。

瑞樹はそんなニーナに剣を摘まれたまま彼女と対峙することになった。

「この程度で隣に立つと言うんですか?」

「……そんなことを言うってことは、期待してくれてるのかしら?」

ニーナの問いかけに瑞樹は剣を押し込もうと力を入れながら軽口を叩く。

「……冗談はやめなさい。あなたが吐いた大言が真ではなかったのなら、わたしは侮られたことになります。わたしはただ、それが気に入らないだけです」

そんな瑞樹の言葉に、ニーナは不機嫌そうに顔をしかめて答えたが、そもそもからして戦いの途中なのに「隣に立てるのか」なんて聞くこと、それ自体がニーナの心を表しているとも言えた。

「そ。なら侮ってないってことを教えてあげるわ」

「ならばそれを――――っ！」

至近距離で対峙している状態で、瑞樹はニーナの眼球に向けて魔法を放った。

その速さはまさに雷の如し。

いかに世界最強といえど、話の途中で隙をつかれた至近距離からの雷は避けることができなかったようで、バチンッと眼球に直撃を受けたニーナは大きく頭を後方に弾かれた。

逆に言えば弾かれるだけで怪我はないのだが、瑞樹にとっては想定内。弾かれただけでも十分だった。

「――――私の勝利でね」

ニーナの頭部が後方に弾かれたことで瑞樹の剣からニーナの手が外れ、瑞樹は再び剣を持つ手に力を入れて斬りかかった。

「くぅっ」

しかし、大きく隙を晒した状態であるにもかかわらず、身体能力にものを言わせて強引に体勢を立て直し、ニーナは自身に迫る剣を弾いた。

そして炎を生み出して瑞樹を焼こうとするが、その前に再びニーナの手に電流が流れる。

相変わらずダメージはない。

だが、人間としての反応のせいで、瑞樹の魔法による雷を受けるたびにビクリと体が勝手に反応し、集中を乱されたせいで構築途中だったニーナの魔法は消えてしまう。

その後も瑞樹が振るった剣を避け、弾き対処していくニーナだが、魔法を使おうとするたびに雷がニーナを襲い魔法の発動を阻害する。

それに加え、剣を振るう合間に何度も眼球への攻撃を続けてもいた。

こちらも当たったところでダメージはない。それは最初の攻撃でわかっていた。

だが、今までろくに戦ったことのないニーナは、本能として目に迫るものへ対処しようとしてしまい、結果として動きが鈍ることとなった。

「先ほどからパチパチと……いい加減に、しなさい！」

思ったように魔法を使うことができず、ダメージはないとはいえ目を狙う雷には体が動いてしまう。

そんな瑞樹との戦いに、ニーナはストレスを感じていた。

そして――

「もう……消えなさい！」

ニーナは構築などろくにせず、力任せで強引に魔法を使った。

そんなことをすれば範囲も狙いも設定することができず自身も巻き添えを喰らうが、それでもこの状況よりはいいとニーナは判断した。

「きゃああっ！」

瑞樹は突然のことに咄嗟に魔力を放出することで防御したが、魔法として形になっていない魔力単体の防御など、高が知れている。

だがそれでも所々火傷を負いながらも吹き飛ばされるだけで済んだのは、ニーナが自分が燃えないようにとある程度は加減したからだろう。

「——認めましょう。あなたは、これまでの有象無象とは違う。わたしの前に立つだけの力があると」

自分の炎で服を焦し、火傷を負いながらも、ニーナはそんなことは気にせずに瑞樹だけを見つめている。

そして、吹き飛ばされた状態からすぐに体勢を立て直した瑞樹もまた、ニーナのことを見つめていた。

「ですが……まだです」

両者が見つめ合い、先に動いたのはニーナだった。

「ッ――！」

最初の時とは違う。ニーナの周りには千を超(こ)える数の炎が出現し、全てが球状に成形された。

ただ無造作に放たれた炎ではなく、しっかりと形をなして襲いかかる白い炎。

それは弾丸(だんがん)などよりも速く、雷に迫るほどの速さだった。

瑞樹は自身へと襲いかかるそれらに触(ふ)れてはまずいと判断したのか、避けて避けて避けて、時に魔法で迎撃(げいげき)し、弱いながらもニーナを攻撃しつつ徐々(じょじょ)にニーナへと近寄っていく。

だが――

「うくっ、ぐうううっ！」

それもいつまでも続かない。

瑞樹がニーナにたどり着く前に、瑞樹は攻撃をかわし切ることができずに足に被弾(ひだん)してしまった。

「もう、お仕舞(しま)いのようですね」

そして、瑞樹が動きを止めたのを見て、ニーナは周りの炎を消すと別の魔法を構築し始めた。

ニーナの新たな魔法の構成を読み取った瑞樹は、ニーナはこれで決める気なんだと理解する。

このまま何もしないで受ければ、間違（まち が）いなく自分は死ぬ。

負けてたまるか。死んでたまるか！

そうして瑞樹は自身の心を奮い立たせ、立ち上がろうとして足に力を込める。

――が、立てない。

瑞樹が動かない自身の足に視線を向けるとそこには、まだ形は残っているものの一部が炭化している足があった。

自分の足の状態を見て瑞樹は泣きそうに表情を歪めるが、そんなのは知ったことか、と自分に言い聞かせる。

そして、まだ戦えるんだ、と正面へと視線を向け――

「死なないことを願ってます」

白き炎が世界を照らしていた。

……まだ。まだだ。あれはまだ完成していない。まだ大丈夫（だいじょうぶ）だ。まだ戦える。私の心はまだ、折れていない。

それでも、頭が諦めてしまった。これからどう足掻（あ が）いても勝てないのだと、そう理解してしまった。

「――願うくらいなら止めろよバカ」

だが、その魔法は放たれることはなかった。

その戦いを見ていた者達全ての視線を奪った『白』は、突如としてフッと空気に溶けるように消えてしまったのだ。

「伊上さん……？」

世界最強と唯一まともに戦うことができる三級冒険者であり、瑞樹達の師とも呼べる男――伊上浩介が二人の前に現れた。

――◆◇◆◇――

……なんとか間に合ってよかった。

最低限の装備を壊れた校舎から回収した俺は、同じく回収した誰かのジャージを着て、なんかヤバそうな感じの魔力と音と衝撃の発生してる方へと走ってきた。

だが、辿り着いた時にはニーナが宮野に向かって魔法を放とうとしているところだったから割とかなり焦った。

その光景を見た俺はすぐに行動を起こし、ニーナの魔法をぶっ壊した。

そんなことができるのかって？　できるんだよなぁこれが。実際、前にもやったことがあるし、宮野達にも魔法を破壊する技ってのは見せたことがある。

ニーナは力押しでもなんとかなるだけの力を持ってるが、基本的にはちゃんと理論に基づいて魔法を使っている。

これは前に宮野達に教えたことだが、魔法ってのはわからないやつから見るとなんかパッとすごいことをする、みたいなイメージだが、見えないだけで実際はちゃんと手順を踏んでいる。

だが、教科書通り完璧な手順を踏んでいるわけでもない。どんな魔法使いもどこかしらで手を抜いて魔法の準備から発動までの時間を短くしている。じゃないと戦いじゃ使い物にならないからな。

どこでどう手を抜いて短くするのかってのが魔法使いの腕の見せ所なんだが、その手を抜いている部分を見抜いてちょっと突いてやれば、割と簡単に壊すことができる。

喩えるなら文章みたいなもんだ。助詞や修飾語を省いて書かれた走り書きのメモに、相手の意図しない言葉を書き加えて意味をなさない文章へと変える。そんな感じだ。

あるいは、もっと簡単に言うなら魔法のクラッキングだ。

実際には口で言うほど簡単じゃないし、それができるようになるにはそれなりの知識や経験が必要なのだが、ニーナみたいに力押しでどうにかしようとする乱暴な作りをした魔法が相手だとやりやすい。

「危ない時には逃げろって、何度も何度も教えてきたと思ったんだがな」

そんなわけで、ニーナの魔法をちょうどいい感じに弄ってやって魔法は壊したわけだが、その結果を気にすることなく俺は宮野へと近づきながら声をかけた。

「あ。えっと、あの……すみません」

宮野は俺に声をかけられたことでハッと気を取り直すと、何か言い訳をしようとしたようだが最終的には視線を逸らしながら謝ってきた。

謝るくらいならやるなよ、逃げろよと思ったが、まあそれがこいつなんだろう。人を助けるために頑張る、まさに英雄や『勇者』のようなやつだ。

なんとなくこんなことになるだろうなとは俺も思ってたし、仕方ないというかなんというか……まあこんなもんだろ。

「色々と言いたいことはあるが……今はお前じゃなくてこっちだな」

俺がそう言いながらニーナへと視線を向けると、それだけでなんのことを言っているのかわかったようで、宮野はゆっくりと立ち上がってニーナへと対峙した。

その足はまだ完全に治ったわけではないし、怪我をしているのだってしっかりとわかる。重心だっておかしい。だが、どうやら立てる程度には回復したようだ。

自身の得意な系統じゃないにもかかわらず怪我の治療をこなすとか……はぁ。まったくもって羨ましい限りだよ。

「まだです。まだやれます」

「やれますって、お前……」

「あと一撃放つくらいなら、できます。だから、最後までやらせてください。生き残ってみせるって、そばにいてみせるって言ったんです」

立てる程度まで怪我が治ったって言っても、痛みがないわけじゃないだろうに。多分、立ってることさえつらい痛みだろう。

「本当は止めなきゃならないんだろうな……」

そんな無茶をしてまで戦おうとする宮野。

俺は教導官として教える立場だし、そんなこいつを止めるべきなんだろう。

「死ぬなよ」

だがそれでも俺は止めなかった。

ため息を吐いてから言った言葉に、宮野はフッと軽く笑うとニーナへと視線を戻した。

「お待たせ。あと一度だけになるけど、もう少しだけ遊びましょうか」

「……ええ」

遊びましょう、か。確かに、ニーナの表情を見るとどことなく楽しそうな感じだな。宮野もそのことに気づいているんだろうか?

そしてお互いに魔法を構築していき、特級に相応しい魔力が周囲に圧を放つ。

「ハアアアァァァ……アアアアアアッ!!」

なんか、もう電気とは言えないくらいにやばそうな極太のレーザーがニーナに向かって放たれるが、ニーナからも白い大きな炎の球が宮野に向かって放たれた。

このままじゃやばいと思って咄嗟に宮野の後ろに回った俺は自分に、それから宮野にも守りの結界を張る。

専門じゃないからしょぼい効果しかないけど、この後を考えるとないよりはマシだろう。

極限まで高められた威力の雷と炎がぶつかり合い、予想通りその衝撃が辺りを蹂躙する。

あまりの衝撃に俺も宮野も吹き飛ばされたが、明らかに力を使い果たした感じの宮野はまともに受け身も取れないいんじゃないかと判断して、俺は咄嗟に手を伸ばして宮野を抱き止めた。

抱き止めたまま一緒に転がることになったが、多少はクッション代わりになっただろう。

転がるのが止まったので急いで立ち上がり状況を確認すると、宮野に向けて放たれた白い炎は綺麗になくなっている。どうやら相殺できたようだ。

そのことに安堵して宮野から離れると、宮野は倒れた姿勢のまま地面に手をついて顔を上げ、ニーナを見た。

「これで……どう、かしら？　私は、生きてて……あなたのそばに、いるわ」

「対等に、と言うにはだいぶ足りませんね。確かにあなたは生き延びていますが、すでに死に体。そばにいる、という言葉も頷いていいのか分からないほどの状態です。わたしの隣にいるには物足りないと言わざるを得ません」

それでも生きてるだけすごいと思うけどな。俺だってニーナの攻撃を直接受けたことなんてないんだし。

俺はニーナと戦って生きてられるが、いつものらりくらりとこいつが疲れるまで逃げ回ってるだけだ。今回の宮野みたいに正面切ってぶつかり合ったことがあるわけじゃない。だから、ニーナとしてもまともに受けられたのは初めてのことなんじゃないだろうか？

「……そっか……ざんねん、だなぁ」

宮野はそれだけ言うとパタンと意識を失った。

「ですが……」

ニーナは小さく呟きながら自身の手のひらを見て、ぎゅっと握りしめた。

「少しだけ、あなたのことを認めてもいいかもしれません」

握りしめられた手には、多分何かがあるのだろう。それはモノではなく、形のない『何か』。

だが、それがなんなのか聞いたりはしない。なんとなくは分かるし、それに何より……無粋だろ？

「もう満足したか？」

だから聞くのは違う事。

宮野が意識を失ったのを見たからか、離れたところにいたはずの浅田たちが宮野に駆け寄ってきたので、そっちはあいつらに任せて俺はニーナのところに近寄って声をかけた。

「いいえ」

「そうか……」

もしかしたら俺以外にもニーナの『大切』になれるんじゃないかと少しだけ期待していただけに、首を振ったニーナの答えにがっかりしてしまった。

「ですが——」

だが、それ以上の言葉をニーナが発することはなかったが、その表情は年相応に子供らしく楽しげに笑っていた。

そして、その笑みのまま俺のことを見つめると……

「後少し……ほんの少しだけ、遊んでください」

そう口にした。

こっちとしてはまともに装備がないし状態は最悪なんだが……まあ、今日くらいは付き合ってやるか。

「――じゃあ、始めるか」

ニーナの言葉を受けて、俺は嫌々ながらもニーナと向かい合った。

だが、『遊べ』と言われても今の俺は万全ではない。

装備は一応回収したのがあったが、正直言って普段の俺の装備じゃないから心許ない。

何か足しになるものはないかとその辺に落ちていたものを物色してかき集めたが、やはり万全とはいえない。

回収した装備はいくつかの魔法具に魔力補充薬。それから二本の剣とナイフを何本かと拳銃だけだ。

二本の剣はそれなりのものだし、他の道具も決して安くはないものだろうが、普段はこの何倍もの装備を持ってニーナに対抗することを考えると、心許ないどころの話ではないが、仕方がない。

一応北原に身体能力の強化や防御用の魔法をかけてもらったが、これも気休め程度だな。

「はい！」

だが、そんな俺の心のうちを知ってか知らずか……まあまず間違いなく知らないだろうが、ニーナは楽しげに笑いながら返事をした。

そして魔法を構築していくが——速い。

通常の魔法使いが相手なら、こんな見合った状態から魔法を準備されたところで問題なく邪魔できるんだが、今ニーナの使おうとしている魔法は邪魔が間に合わないほど速い。

形も速度も威力も対象も、何にも決めていないただ目の前にばら撒くだけの炎。

だからこそそれほどまでに速く準備ができるんだが、困ったことにニーナの場合はそれだけでも簡単に人が死ねる威力がある。

俺はその場から後ろに飛び退くと同時に前方に爆発用の魔法具を投げつけ——爆破。

その爆発によって俺に当たりそうだった炎の勢いは弱くなり、俺は爆風によって距離を取った。

距離を取ったとはいえ、爆風でわずかながら体勢を崩してしまった。

が、ニーナからの追撃はない。

いつものことなんだが、こいつは普段の敵を殺すときはそうでもないのだが、俺と戦う時は自分の攻撃の後は連続で攻撃しない。

必ずターン制バトルを楽しむかの様に自分の攻撃の後は一拍空ける。本人が言っているように『遊んでいる』のだろう。もしかしたら、宮野の時もそうだったのかもしれないな。

まあそんなわけで俺にも余裕ができたので、道具を使って煙を発生させた。

煙のせいでニーナからは俺が何をしようとしているのかわからないだろうが、俺からもニーナの姿は見えない。

だがあいつはそこにいるだろう、と俺は煙の向こうのニーナへと魔法具を放り投げた。

俺が投げた魔法具を認識したのだろう。ニーナの魔力に変化が感じられた。

多分投げられた魔法具を破壊しようとしているのだろうが、ニーナからの攻撃を受ける前に俺の投げた魔法具が空中で起動し、光をばら撒いた。

煙の中にいたことで閃光の効果からまぬがれた俺は、すぐさまニーナへと走り出した。

相手への効果を確認しないでの特攻なんて無茶でしかないが、安全策を取ってばかりで生き残れるわけがない。

走り出した俺は煙を突き破ってニーナの前に現れると、即座に拳銃を取り出してニーナの顔面と脚を狙って撃った。

だが、一般人にとっては脅威となる銃も、ニーナにとってはおもちゃでしかない。眼球に受けたところで少し怯む程度にしかならないだろう。

そもそも弾丸を視認しているだろうから、よほど油断しているか隙をつかない限り受けることもないけど。

脚に撃ったものもそうだ。むしろ頭部目掛けて撃ったものより意味はないだろう。

――が、それも銃単体であれば、という話だ。

「きゃうっ!」

命をかけた殺し合いの最中だってのに、そんな可愛らしい声が聞こえた。

まあ当然ながら俺ではなくニーナだ。俺みたいなおっさんがあんな声を出したらキモい。

何が起きたのかってーと、ニーナが転んだのだ。

ニーナは弾丸を視認しているし、受けても多少怯む程度にしかならないといったが、逆に言えば多少怯む程度には効果があるのだ。

そして、視認しているからこそその弊害もある。

視認しているからこそ、ニーナは自分に弾丸が当たりそうになったところで体に力を入れてしまう。

一般人だって子供のおもちゃとはいえ、何かが自分に飛んでくれば自然と体に力を入れてしまうだろ？　それと同じだ。

だから、ニーナが自分に向かってくる弾丸を警戒し、体に力を——脚に力を入れたところで、俺はその脚の下を泥へと変えた。

それでも、普段のニーナなら泥に変わった程度で転んだりはしない。

が、泥に変わると同時に銃弾が体に当たったのならどうだ？

体を強張らせ、普段とは体の調子が僅かにずれた状態で足元を不安定にさせられ、そこに銃弾の衝撃が加わったら？

いかにニーナとて、『何もなし』とはいかなかった。その結果が転倒だ。

そして、俺はそこに追い討ちをかけるように最初に投げたものと同じ爆発の魔法具をニーナへと投げつける。

が、まあ当然というべきか、ニーナはそれを最初に使ったのと同じ無造作な炎で薙ぎ払い、爆発する前に焼き尽くしてしまった。——だが、それで構わない。

俺は宮野と違ってこいつと真っ正面から戦えるだけの力はない。

だからこの場でやるのは、魔力を消費させること。

宮野との戦いで、こいつもそれなりに魔力が減っているはずだし、無駄撃ちでもさせて魔力がなくなるまで耐え続ければいい。

だからこそ俺は魔力を消費させるために、転んで尻餅をつきかけているニーナへともう一度銃を撃った。

だが、ニーナは転んで倒れかけているという不安定極まりない状況だというのに、地面が泥になっていなかった側の片足だけで高く跳躍した。

高さとしては……十メートルくらいか？

どう考えても魔法使いの動きではない。これが特級の中でも最上位の理不尽の力だ。

空中に跳んだニーナは、その状態で俺を見下ろして魔法を放ってくるが、今度は単なる無造作な炎ではなく、しっかりと形作られた炎の球だ。

それが百以上……千、はないと思うが、どうだろう？　その全てが俺を狙って降り注ぐ。

が、こんなものは慣れたもので、俺は対処するべく行動に移る。

これとこれとこれ。あとはあれと……

「それから……これだ！」

俺は自分に迫る炎の球の中から幾つかを見繕って、土の魔法を放って迎撃する。

魔法と言っても大した規模のものではない。精々が拳大のもの。

普通ならそんなものを放ったところで意味はないが、今は別だ。

「うぐ、おおおおおっ！」

俺が放った土の魔法は、見事予定していたニーナの炎の球へと当たり、爆発。

そして同時にその周辺にあった炎の球も連鎖的に爆発させた。

俺が狙ったのはこれだ。あれだけ密集してれば、一つ破裂させればその周辺も連鎖する。

一つじゃなくて幾つか狙ったのは、まあ確実性を増すためだな。

結果として俺は爆風に吹き飛ばされながらも、視界を埋め尽くすほどの炎の球から生き延びることができた。

だが、凌いだとは言ってもそのまま転がっているわけにはいかない。すぐに次の行動に移らないと。

「いきゃっ⁉」

俺を攻撃してから着地したニーナは、またもそんな可愛らしい声、だが今度はどこか悲痛さを感じさせる悲鳴のような声を出して転んだ。

俺がまた地面を泥にしたからだと思うか？

まあそれも間違いではないが、泥で転ばされかけた以上、ニーナは足元の泥に警戒していただろう。

だからニーナが転んだ直接的な原因ではない。

では何が理由でニーナは悲鳴をあげたのかと言ったら、小石だ。

俺は砂を操ってニーナの靴の中に入り込ませ、靴の中で固め、小石としたのだ。それも、ウニみたいな攻撃的なフォルムのやつ。

そんなものを他に気を向けている状態で気づかずに踏んでしまったらどうなる？

答えがニーナの状態だ。とても痛い。

まあ、『痛い』程度で済むのはニーナだからだろう。二級なら怪我をするし、多分一級でも怪我をするかもしれない。俺だったら足が血まみれになるだろうし転んで捻挫もする。

普通に立っている状態だと気付かれたかもしれないが、幸いにしてニーナはさっきまで空中にいた。

地面に立っておらず、圧力がかかっていない状態では靴の中の異変は気付きづらかっただろう。

だが、そこで俺の魔力は無くなった。

元々そんなに多くない魔力を攻撃、阻害、魔法具の使用と、短時間で何度も使っていたのだ。そりゃあ無くなるさ。

ならどうするのかって言ったら、補充薬を使う。

お話みたいに飲めば怪我が治る薬なんてものはないが、魔力を回復する薬ならある。

それが補充薬。正しくは魔力補充薬だが、まあどうでもいいな。

そんな補充薬を飲み干すと、俺は剣を抜いて転んでいるニーナへと走り出した。

ニーナはまたも無造作に炎をばら撒いてきたが、最初と同じように爆発の魔法具を前にぶん投げて、爆発。

今ので爆発系のは最後だったが、ニーナの炎の勢いを削ることは成功した。

ただ、それだけだと削りきれなかった炎と魔法具の爆発で俺がダメージを喰らう。

だから、俺は守りの魔法具を発動して炎と爆風から身を守り、炎を突き抜けていく。

「くそっ、一回だけで壊れるとか不良品使ってんじゃねえよ！」

だが、俺の身を守った魔法具は、その一回の使用の負荷で壊れてしまった。

不良品でないことは分かっている。ニーナの炎がそれだけやばいってだけだ。

だがそれでも何かを口にしなければやってられなかった。

「セアアアッ！」

炎を突き抜け、体勢を立て直そうとしているニーナへと剣を振り下ろす。

――が、受け止められた。それも指一本でだ。

分かっていたし、今までもこんなことはあったが、それでも「このまま終わったらな」なんて思いながら本気で斬りかかったのにこれだ。指一本って……泣いていいだろうか？

だがそこで止まるわけにはいかない。流石のニーナだって、指一本で剣を止めるんなら自己強化くらいしているはずだ。

つまり魔力を使わせるという目的自体は果たせているわけで、狙いとしては成功だ。

「――あはっ。楽しいですね」

……本当に成功だろうか？

本人の言葉通り楽しげに笑っているニーナを見て少し不安になったが、やるしかない。

「ですが……」

剣と素手で斬り合い……ってか打ち合いをしていると、ニーナが徐に口を開き、自分を中心として炎を撒き散らして俺を吹き飛ばした。

「ぐうっ！　……チィッ！」

全身を焼かれ、着ているジャージが所々溶けたように穴が空いた状態になりながらも、俺は慌てて立ち上がってニーナへと剣を投げつけた。

「もう魔力が残り僅かとなってしまいました。なので、後一度で終わりとしましょう」

だが、そんな剣は簡単に弾かれ、ニーナは魔法を構築し始めた。

それを撃たせまいと邪魔をするために粗を探すが、どうやら相当丁寧に作っているようで隙がない。

ならば、と直接ニーナを攻撃しようとしてもニーナの周囲に炎が発生し、壁のようになって通れない。どうやら、この後は放たれた魔法をどうにかして凌ぐしかないようだ。

……魔法の構築からして、ニーナが使おうとしているのは多分宮野と『遊んだ』時、最後に使ったあれだろう。

正直あんなもんを向けられたら死ぬしかないんだが、あいつは俺が防げるとでも思ってるんだろうか？　……思ってるんだろうな。じゃないと使わないだろうし。

あいつは俺にどれほど期待をしているのだろう？　俺はそんなにすごい強いってわけでもないんだがな……。

それでも俺は生き残るために行動し始める。

ニーナには近づけないし攻撃もできない。だが、やることがないわけでもないのだ。

俺は生徒たちが陣地を作っていた場所へと行くと、そこに残されていたが不要と判断して拾わなかった魔法具をできる限り集め、適当な鞄の中に詰め込んでいく。

「できました」

そうして準備をしていると、ニーナは魔法の構築を終えたようで声をかけてきた。

俺がその声に反応して立ち上がると、ニーナは疲れの滲んだ顔でにこにこと笑っていた。

「これでおしまいです。今日はとても——楽しかった」

そう言うと、ニーナは躊躇うことなくその魔法を俺へと向かって放った。

——こんなんくらったら死ぬだろうなぁー。

なんて、そんなことを頭の片隅で考えながらも体は生き残るために行動していく。

ニーナの極大の炎が放たれたと同時に、俺は魔法具を詰め込んだ鞄をその魔法へとぶん投げた。

……魔法具ってのは、作る過程で結構な事故が起こるもんだ。

便利系のものならいいが、攻撃に用いるものとなると、事故が起こればその大抵がかなりの被害を出して周囲を破壊する。それはともすれば特級の攻撃を上回るほどのものだ。

その事故を意図的に再現する。

投げられた魔法具は、ニーナの魔法によって壊れ、その内に秘めていた力を周囲に撒き散らすことになるだろう。

その衝撃をもってニーナの魔法を相殺する。それが作戦だった。

そして俺の作戦——というか賭けは行われた。

「おぐっ、があああああっ‼」

残っていた魔力の全てを防御に回したってのに、その衝撃だけで体中を殴られたかのような痛みが発生した。

そしてゴム玉にように何度もバウンドしながら転げ回った俺は、どこかにぶつかってその動きを止めた。

衝撃が収まり、どうなったのかと顔を上げた先には大きく抉れた地面と、その向こうに倒れているニーナの姿が見えた。

……どうやら、今回も俺は生き残れたようだ。

「——あー……生きてんな」

倒れていたニーナのもとまで行って状態を確認したのだが、怪我をすることなく生きてた。

フラつきながらもなんとか立ち上がれた俺とは違って、ニーナはどうやらはしゃぎすぎたのか魔力の消費も相まって疲れて眠ってしまっただけみたいだ。

「遊び疲れて寝るとか、子供かよ……いや、子供だったな」

とりあえず運ぶか。

状況は落ち着いた感じもするが、それでも完全に敵がいなくなったのかはわからない。

寝ているニーナを襲撃(しゅうげき)しようとするかもしれないし、そうなったら俺じゃあニーナのことを守りきれるとは言えない。

建物を壊される可能性はあるが、中に運んだ方がマシだろう。

ああそうだ。一応佐伯(さえき)さんに連絡(れんらく)も入れておかないとだよな。

ここにはニーナがいるわけだが、どう考えても勝手に来たんだろうから。

まあ、向こうでも把握(はあく)してると思うから、本当に一応だけどな。

場所は……医務室でいいか。

防衛の事を考えると生き残ってる生徒と合流したほうがよさそうだが、俺達(たち)がいると何かあった時に巻き込まれそうだし。

そう考えて宮野達に軽く伝えてから俺はニーナを抱き上げて医務室へと向かった。

「んぅ……。……？　…………あ」

ニーナを医務室のベッドに寝かせてからひとまずの守りを固め、それからようやく一息ついたのだが、しばらく休んでいるとニーナが目を覚ました。

目を覚ましたニーナは、安心した子供のようなホッとした笑みで俺を見ている。

どうやら、もう落ち着いた感じだな。

「ああ、起きたか。調子はどうだ？」

「悪くはありません。それどころか……」

その言葉を最後まで口にはしなかったが、楽しげに小さく微笑(ほほえ)むニーナ。

「ニーナ」

「あ……」

そんなニーナを見た俺は、なんだか無性(むしょう)にそうしたくてニーナの頭に手を伸ばして優(やさ)しく撫(な)でた。

ニーナはそんな俺の手を振り払(はら)うことも文句を言うこともなく、心地(ここち)好(よ)さそうに目を瞑(つぶ)っている。

今まで、俺はこいつのこんな姿を見たことがなかった。

俺が頭を撫でるなんてことをしてこなかったってのもあるが、そうでなくても変わったなと思える。

それはこいつが変わったのか、それとも俺がニーナを見る目が変わったのか……多分後者だろうな。ニーナはずっとこんな『子供』だったんだろう。

「なんだか親子みたいですね」

そんなことを考えていると、医務室の入り口から聞き慣れた声が聞こえてきた。宮野だ。

その周りにはチームメンバーの三人もいる。

医務室に来る際に宮野以外の三人が無事なことは確認してたんだが、普通に歩けているのを見るに、宮野の怪我ももう治っているようだ。北原の治癒魔法のおかげだろうな。

「あ――」

「んあ？　ああ、来たか。状態は？」

「平気です。力の使いすぎでだるいですけど、怪我なんかは残りません」

そりゃああれだけ派手な攻撃をしたんだ。普通ならまだしばらく寝たまんまでもおかしくない。

「……親子？　親子……」

ニーナの反応はどうか、とチラリと視線を送ってみると、何を言っているかわからないが小さく呟きながら悩んでいる。

まあ、無理に考えを遮ることでもないし、先にこっちの話を済ませるか。

「後ろの三人はどうだ？」

「うん。あたしも疲れはあるけど、寝てれば明日には動けるかな」

「私も、平気です。基本的に後ろで治してるだけだったですし……」

「魔力切れ。でも怪我はない」

「そうか。ならいい——いや良くねえ」

見た目から無事だと分かっていたが、それでも改めて三人の返答を聞いて安心した。

が、すぐに頭を振って宮野達を睨みつける。

「間抜けにも攫われた俺が言うことじゃねえが、なんでこいつに立ち向かってんだよ。前回言ったよな？　危なそうだったら自分の命を最優先にしろって」

「……そう、なんですけど……えっと、それは、なんと言いますか……い、伊上さんの教えを守った結果と言いますか……」

宮野は視線を逸らしながらそんなことを言っているが、俺はそんな『最後まで戦え』みたいなことを教えたつもりはないぞ？

「俺の教え？　……だったら真っ先に逃げろよ。逃げないで戦う事のどこが俺の教えだ？」

「教えです。だって、伊上さんは逃げませんから。あの状況だったとしても、あなたはきっとみんなを助けるために立ち向かうんだって、そう思いました」

俺だったら逃げないって……そりゃあ確かに今までそれなりに人助けをしてきたが、それとこれとは違うだろ？

「……前も言ったろ。そりゃあ勘違いだって。俺はお前が思ってるようなヒーローなんかじゃ――」

「ヒーローです。あなたがなんと言おうと、私にとってあなたはヒーローです。私があの時逃げなかったのは、あなたの背中を見たからです。もし逃げたら、私はきっと後悔してました」

だが、宮野は俺の言葉を遮り、先ほどまで逸らしていた視線をはっきりと俺に合わせてそう言い切った。

「……はあ。ここで何言ったところで、意味ないんだろうな。お前らバカばっかかよ」

こんな目をしてる奴に何を言ったところで、考えを変えることなんてないだろう。

せっかく生きて欲しいから生きろと教えてきたのに、生きる方法を教えてきたのに、俺の悪いところばっかりを真似しやがって。

「私は止めた」

「なんだそうなのか？」

「ん。でも瑞樹と佳奈が意地張ってたから、仕方なく」

安倍がそう言いながらジトッとした目つきで少し不機嫌そうに宮野達二人を見ているが、見られている二人はバツが悪そうに視線を逸らしている。

北原は二人を見ながら困ったように笑っているが、確かこいつにはやばい時には止めろって言ってたはずなんだけどな。

まあ多分安倍と同じく逃げようとしたんだろうが、宮野達が止まらなかっただけだろう。こいつが命をかけるわけがない。

「……はぁ。まあ、お前らはそういうやつだよな。知ってた」

こっちはお前達が死なないように教えてるってのに……はあ。

「すみません。これからもご迷惑おかけします」

「わかってんなら止めてくれ。っつーか辞めさせてくれ」

宮野はにこりと笑うだけで、浅田は視線を逸らしたまま答えない。

だが、そうして沈黙が訪れるとすぐそばから何だかぶつぶつ聞こえてるのに気づいた。

そういやあ、ニーナが何か考え事をしてたんだったか。

でもそろそろ宮野達をニーナと話させたほうがいいよな。

「ニーナ。……ニーナ？」

だが、俺が呼びかけてもニーナはぶつぶつと呟くだけでこっちを見ようとしない。こんなこと初めてだ。

「おい、ニーナ。だいじょ――」

「ふぁい！　お父様！」

少し心配になり、肩に手を伸ばしながらもう一度ニーナに声をかけると、なんか変な呼び方された。

「……お父様?」

いつもとは違う……待て。そういやぁ、いつもってどんな呼び方されてたっけ?

いや、そもそも、俺はこいつから名前なんかを呼ばれたことはあったか?

『あの人』って呼んでたのは聞いたことがあるが……直接俺を呼んだことは、ない?

……でもそうだとしても、なんでここにきて突然俺のことを呼ぶようになったんだ?

それに、なんでお父様? もっと違う呼び方とかあったんじゃないか?

「あの、さっきから呟いていたみたいですし、気に入ったんじゃないでしょうか?」

「呟いてた?」

「はい。瑞樹ちゃんが親子みたいって言ってから、なんていうか……自問自答をするみたいに、『パパ』『お父様』って、いろんな呼び方をしてました……」

……ふむ、なるほど? 北原の言葉通りならさっきまでの呟きは俺の呼び方でも考えてたってわけか。

なんでニーナがそんなことを考えたのかだが、ニーナは俺に好意を持っていたが、対人レベルの低さからそれが家族に対するものなのか恋愛対象にするものなのかわからないで、とにかく俺が離れないように好意を向けていた。

だが、その好意の分類や他人との距離感がわからなくて俺の名前やなんかを呼んでこなかった感じか？　……ありえなくはない、と思わなくもない。

もしかしたら今までは俺が距離を取ってたってのも理由かもしれないな。だから名前を呼んでもいいのか分からなかったのかもしれない。

で、最近では俺が距離を取ることもなくなり、ニーナは自身の好意がさっき聞いた「親子みたい」って宮野の言葉で、親として向けるのものだと認識して、俺のことを『父』だと考えたと？

もしその考えが合ってるなら、一応の納得はできる。

こいつには親や家族なんて呼べるものはいなかったし、俺がニーナと会ったのは三年前――こいつが十一歳の時だ。

まだ肉体的にも精神的にも幼く、情操教育を受けておらず情緒面が成長していなかったニーナが悩んだり迷走したりしてもおかしくない。

俺は前にニーナの思いは父親がわりに向けられているだけと言ったが、それはあながち間違いではなかったようだな。

「あっ、そうだ。これ、あんたのでしょ？」

「ん？　ああ装備とかばんか。どこにあったんだ？」

「装備は二年の校舎にあったのを二年の人が持ってきてくれたのよ。あんたあそこに立てこもってたんでしょ？　誰のものかわからない装備があったから確認してみたら、それがあんたのだったみたい。カバンは更衣室にあったのを普通に回収してきたのよ」

まあカバンは最初に試験の準備で着替える際に更衣室に置いてきたからな。回収はこいつらでも楽だっただろう。

でも装備の方は、俺の武装を解除した後に捨てたり処分したりするのは時間がかかるから、わかりづらいように他の生徒の道具の中に紛れ込ませて置いておいたって感じだろうな。

それに気づいて持ってきた二年っていうと、あの校舎で防衛戦をしてた奴らの誰かか？　あいつらの誰かなら身分証を見れば俺のことがわかっただろうし……まあ誰でもいいが、ありがたいな。後で誰かわかったら礼でも言っておこう。

「そんな格好じゃなくて着替えたら？　いつまでもそんなかっこじゃまずいでしょ」

「……あー、だな」

今更ながらに俺は自分が上下穴あきジャージ状態だったのを思い出した。

正直着替えるために体を動かすのすら億劫なんだが、こんな格好で女子高生の前で話し続けるのもあれか。しゃーない。さっさと着替えるか。

浅田から着替えを受け取った俺はさっさと着替えようと思ったが、急ぐあまりに宮野達がいるのを忘れていた。

着替えようとジャージに手をかけたところで浅田に蹴られ、ようやくその存在を思い出して物陰にこそこそと移動して着替えた。

「——っと……ああ、あったあった」

そして着替えを終えると装備の状態を確認していったのだが、そういえば、とカバンの中を調べると、底の方に求めていたものがあった。

「ニーナ。お前にとって自分が生まれた日なんてのは、めでたくもなんともないかもしれない。だが……」

カバンの奥底にしまっておいたそれを取り出してニーナのそばへと戻ると、俺はそう言いながらニーナに先程取り出したものをその手に握らせた。

「だいぶ遅れたが、誕生日おめでとう。お前はこれから無闇に力を使わないって、力を使って人を傷つけないってちょっと前に言ってくれたろ？　だからこれはそのための約束の証だ。今回のは、まあ仕方ないが、次は気をつけろよ。俺は、お前が人として、人の世界で生きられるのを待ってるよ。約束だ」

これは以前ニーナに説教をした後に買ったものだ。

何を買えばいいのか分からずに悩んで一ヶ月以上経ってしまったが、まあいいだろう。

「それは特に魔法がかかってるわけでもないから簡単に燃えるもんだが、燃やすなよ？」

渡したのはちょっとした髪飾りだ。

本当はリボンかなんかにしようと思ったんだが、布製だとちょっとした事で燃えそうだったから悩んだ結果こうなった。

特殊な魔法がかけられてるわけでも、珍しい素材を使っているわけでもないのであまり高価なものではないが、こいつの場合は下手に炎耐性とかつけない方がいいと判断してそうなった。

まあ、誕生日の贈り物としてはこんなもんだろ。

「あ――」

だが、ニーナは俺が渡した包みへと視線を落とすと、じわりと涙を滲ませていき、最終的にはぼろぼろと涙を溢して盛大に泣き始めた。

「あ、おい！　泣くな！　泣きやめ！」

「無理ですううううう！」

確かにこいつの境遇から、誕生日の贈り物なんてもらったことはなかっただろう。多分

　これが人生で初めてのプレゼントだ。感極まって泣くってのも分からないこともない。

　だが、だ。だがしかし、こいつが感情に任せて行動すると……

「いや、無理じゃなくて、マジで！　マジでやばいから！　炎が漏れてんだよ！」

　魔力が暴走して炎となって周囲に撒き散らされるんだよ！

「っ！　わああああ！　い、伊上さん!?」

「だ、だいじょうぶなの!?」

　だいじょうぶじゃない！

　しっかりとした魔法じゃないからそれほど威力も規模もないが、それでも普通にモノは燃えるし、俺も燃える。

　もちろん情熱とかそういう感情的な意味ではなく物理的な意味でだ。マジで燃えてる。

「うわああああああん！」

「おい待てっ！　焼ける！　約束したそばから俺が焼けるから！　つーか灰になるから！　炎を消せ！」

　なぜか体から炎が漏れているにもかかわらず、自身の手に持っている俺からの贈り物は火の粉すらつくことなく完全に炎をよせつけていない。

　それなのに俺の方にはなんの異常もなく（？）炎がきている。

そんな炎を撒き散らしながら泣いているニーナをどうにか泣き止ませているうちに、研究所からの応援がやってきて事態は収束した。

今日は色々あったし、校舎は壊れ、生徒が何人も死んだ。

だがそれでも、こう言っちゃあなんだが……俺の知ってるやつが死ななくてよかった。

「本当に、辞めてしまうんですか？」

「ああ。これはもう決めたことだ。次の仕事も決まってるしな」

あの日、襲撃が終わったのでそれでおしまい、というわけにはいかなかった。ま、当然だがな。

そして、まあこれも当然だが、あの日からしばらくの間は休校となった。

建物は魔法を使えばすぐに建て替えることができるが、人の命はそうはいかないのだ。これも、当たり前のことだがな。

休校になるにあたって、もうほとんど授業はないような状態だったのが不幸中の幸いと言えなくもない。その程度のことを『幸い』だなんて口にするつもりはないけど。

そして俺達も事情聴取を受けたり、死んだ者達や壊れた校舎のあれこれだとか、事後処理やらなんやらをやっているうちに今年度が終わることとなった。

つまり――約束していた脱退の日だ。

「もう決まってるって、なんでよ！　早すぎるでしょ！」

「そこで文句を言われてもな……元々三ヶ月だけだった約束だ。今学年が終わるまでに延びただけでも遅いと思うぞ」

元々は三ヶ月だけの約束だったんだ。それが半年先まで延びたんだから、チームを抜けるのは十分遅いと言えるだろう。

「えっと、その……これからは一緒に行動したりなんか……」

「する必要はないだろ。予定が重なることもないわけだしな。それに何より、俺はもう冒険者を辞めるんだ。そもそも一緒に行動できなくなる」

「「「……」」」

俺だって今のチームに愛着がないわけでもない。

だが、それでも俺は辞める。

もしかしたら辞めてから考え直してもう一度冒険者をやる……というかこいつらのチームに入りたくなるかもしれない。

だがそうだったとしても、一度辞めてから考えてみたいんだ。

「次の仕事は？」

「ヒロの紹介で、今度作られる新部署に入れてもらえることになったんだ。政府の手が入ってるから潰れることはないし、まあ安泰だな。何より、死ぬことがないのが良い」

黙りこくってしまった三人に対して、安倍だけはいつも通りの表情で尋ねてきた。

……いや、いつもよりは険しい表情をしてるか。

「……ねえ、ほんとにいなくなんの？」

「そう言ったろ」

「いや！　ダメなの！　いなくなんないでよ！　だって……だってあたしは……あたしはっ！」

だがその言葉は最後まで紡がれることはなく、浅田は悲しげに唇を噛むと走り去っていき——そして、俺はチームを抜けた。

# エピローグ　予想外の展開

「――どうして、こんなことになったんだろうな？」

あれから僅かばかり時が流れ、四月。

その数ヶ月の間にも色々とあったがそれは割愛するとして、俺は今、どうしてか再び学校に来ていた。

そして、人けのない校舎裏に呼び出され、校舎を背に女子高生四人に囲まれていた。

……なんで俺、こんなことになってんだろうな？

「それはこっちが聞きたいんですけど……冒険者を辞めたんですよね？」

「そのはずなんだが、俺もよくわかってねえんだよ」

前に別れたはずのチームのリーダーである宮野が尋ねてきたが、俺自身なんで学校に来なくちゃならんのかよくわかってない。

いや流れはわかってるんだけど、どうしてそんな流れになったの？　って感じだ。

「えっと……教導官としてこられたん、ですよね？」

「多分な」

「多分？」

俺と顔を合わせようとしない浅田以外の三人が俺を見て首を傾げている。

「前にも言ったかもしれないが、ヒロに勧められたんだよ。今度組合に新部署ができるからそこで働かないか、ってな。本当なら事務方にしようかと思ってたんだが、仕事は決まってなかったし、元冒険者ってことで優遇も受けられる。それに新部署ってことは周りとの上下関係もまだ形成されてないから楽に行くと思ったんだ」

そう。以前こいつらと……まあ喧嘩した際に相談に乗ってもらったヒロから勧められた新部署。

そこに勤める流れだったはずなのに、気がつけば学校に来ることになっていた。

「仕事内容を聞いたりしなかったんですか？」

「聞いたよ。その時は組合の新人に冒険者のなんたるかを教える必要があるって言われて、冒険者は学校で教えられたはずだし、話の流れからして職員に教えるんだと思ってたんだ」

だが実際には冒険者組合の職員ではなく、学校に来て生徒達に教えることになった。——

——『戦術教導官』として。

『戦術教導官』ってのは、新しくできた……職業？　だ。

今までの『教導官』ってのは生徒が自分達で選んで冒険者を仲間に引き入れていたんだが、それだと当たり外れがあるってことで、この間の襲撃の件もあってそれじゃあまずいと最低限教えるに足る能力がある者だけがなれる資格制となった。

教えるなら教師がいるじゃん、とも思うが、教師は個別のチームごとに一緒にダンジョンに潜ったりはしない。

だから教導官は個別指導みたいなもんだ。それが資格制になった感じだな。

で、新部署の試験だと思ってその教導官の試験を受けた俺は合格し、学校に来ることになった。そして宮野達のチームの担当になった。と言うか担当にされた。

いやまあ、組合内にできる新部署の試験で間違いではなかったんだけどな？

実際に戦術教導官を管理・派遣するための部署があって、そこの試験だったわけだし。

「嵌められた……」

油断しすぎだとか迂闊だとかもっとしっかり確認しろとか思うかもしれないが、言い訳させてほしい。

詳細を聞いた時には、新部署だから詳しくは決まってないって言われていた。

でもヒロが勧めるもんだし、そう悪い話じゃねえだろってことで受けたわけなんだよ。

というか、あの相談した時にこんなふうに嵌めると思うか？　いいや思わない。

あいつも本当によく知らなかった可能性もない訳じゃないけど……今思えばあいつはこうなるのを知ってて黙ってた感じがする。っつーか確実に黙ってやがったな。

俺が余計なことを調べないように意図的に黙ってたに違いない。

「けど、それじゃあまた一緒に冒険できるんですよね？」

「いや、それは……待て。ほんとに行かないとなのか？」

「ふふ、当然ですよ。伊上さんは私たちのチームの教導官なんですから」

「あの、またよろしくお願いします」

「よろしく」

宮野、安倍、北原は歓迎ムードだが、俺としてはちょっと待ってほしい。

「いや……いやいや。まて。嘘だろ？　だって俺冒険者辞めたじゃん」

確かに辞めてからもう一度やりたくなるかもしれないとは思った。

だけどさ、これはないだろ。なんか、こう……違うじゃん？

「……あっ！　そうだっ！　宮野、お前から申請してくれ。俺は教導官に相応しくない。解雇しろって」

今ならまだ間に合う。楽な新部署の話につられたのがいけなかったんだ。入社一ヶ月で辞めるやつの話なんてザラにあるんだし、今辞めてもおかしくないはずだ。こう、ソリが合わなかったとかで。

今の俺は傭兵みたいな感じで一応雇われた状態だ。自分から抜けることはできないが、派遣先から追い出された場合はその限りじゃない。

まあ理由にもよるが、怪我させたりなんか壊したりってわけじゃなかったらなんの罰則もなかったはずだ。

「本気で言ってます？」

「ああ。ほら、浅田も俺の方を見ないくらいに仲違いしてるし、相応しくないだろ？　だから頼む」

俺の言葉を受けて浅田はビクッと反応したがそれだけだ。相変わらずこっちを見ない。

「佳奈のは違う理由だし、そんなに嫌だと言われると悲しいんだけど、仕方ない、か。……無理にチームに入れても、不和を招くだけ、ですからね。――わかりました」

「そう……ああ、そうだ」

なんだか思ったよりもすんなりと辞められそうな気がする。

なんて、そんなことを思っていると宮野はにこりと笑って言った。

「お断りします」

「……おいまて。前後の文が繋がってないぞ。なんでその結論になった⁉」

いかにも辞めさせてくれそうな雰囲気だったじゃないか！

「私、正直者なんです。伊上さんが教える者に相応しくないだなんて嘘、口が裂けても言えませんよ」

「むしろ、コースケ以上はいない」

「そうだね。他の人が来ても、仲良くできるかわかんないし。それに教えるのだって……」

安倍、北原の二人は続け様に宮野の言葉を肯定し、俺を辞めさせようとはしてくれない。

「くそっ！　こうなったらヒロに……ああおいっ！」

『ん？　どうしたこんな時間……ああ、今日だったか』

「その反応、わかってたけどお前俺を嵌めただろ！」

電話に出たヒロに向かって怒鳴りつけるが、ヒロはなんでもなさそうに、というかそうなるのがわかっていたように平然と答えた。

『なんのことだ、なんて惚けても意味なさそうだし……。そうだっ。俺は全てわかっていたぞ！　まんまと我が策に嵌まったな、愚か者め！』

「なんだそのセリフは……じゃなくて！」

『まあ落ち着けよ。俺は嘘はついてないぜ？　職員の練度不足について話したが、それ以外にも〝いくつか〟新部署が出来るとは言ったし、そこにお前を入れるとも言ったはずだ』

つまり、俺はヒロが説明をした新部署に入れてもらえるんじゃなくて、いくつか出来るうちの一つに入れてもらえるってことだったたってか？

そりゃあ確かに新部署に入れたけどよ……。

「……詐欺だろ、そんなん……」

『まあなんだ。裏話をするとだな、どのみちお前が冒険者辞めるのは無理だったんだ』

「は？　……なんでだよ？」

『今回の騒ぎで改めてわかったことだが、『世界最強』は強くて役に立つが危険だ。『天雷の勇者』がかろうじて対抗できるかもしれないってなったが、まだまだ未熟。国としては唯一とも言える首輪を手放すわけないじゃないか。これで下手に冒険者辞められて戦えなくなったら誰もあの子を止められなくなる』

確かに、今回の件でニーナは宮野のことを意識してるし、研究所でも宮野、それから他のチームメンバー達とも話をするようになった。

ニーナにとっては、やっとまともな人生が始まった、と言えるかもしれない。

だが、まだ暴走する危険性はあるし、もし暴走した時に止められるかって言うと、難しいだろう。止められたとしても、宮野以外は死ぬと思う。

『かといって普通に冒険者をやらせて死なれても困る。だから死にづらく、だが体が鈍らないように学生の教導官として派遣することになったんだ』

その話を聞いてある程度は納得できたんだが、ふと疑問が出てきた。

俺を手放さないようにしつつ怪我をしないようにするために教導官として派遣したって言ったが、もしかして新部署とか戦術教導官とかってのは俺のため……。

だが、俺はそこで考えを止めた。最後まで考えてしまえばそれが本当のことなんだと認める気がしたから。

しかしそんな俺の考えを察したのか、ヒロは楽しげな声で話しを続けた。

『やったな。その新部署、名目上は今後の学生の教育をしっかりとするためだし、実際に効果はあるんだろうが、作った理由の半分くらいはお前のためだぞ』

「うれしくもなんともねえ……」

つまり戦術教導官って仕事も、それを管理する部署も、俺を逃さないように飼うための大きな犬小屋ってわけだ。

『そう言うなよ。今後も女子高生に囲まれてウハウハやってろ。あー全く羨ましいなあ』

「おう。じゃあ代われ。俺の代わりにお前が担当しろや」

イラッとしながら電話先で楽しげに話しているヒロに文句を言う。

『ははっ、ノーセンキューだ。女の子に囲まれて右往左往してろ』

「ざけんなっ！」

『それに、お前もそろそろ前に進もうと思ったんだろ？　ちょうど良いじゃねえか。そこにはお前のことを考えてくれる子達がいるんだ。リハビリにはもってこいだ』

それは、まあ……。

あの時――捕まった時に見た夢のおかげで、ある程度は気持ちの整理もできたし……まあ、ヒロの言うみたいに受けてもいいのかも――ん？

「…………まて。いい感じに話をまとめようとしてるが、騙されないからな？」

『ちっ、素直に頷いとけよ……っと、悪いがそこには宮野ちゃん達もいるか？』

「あ？　ああ、まあいるけど……」

突然のヒロの言葉に疑問に思いながら俺は宮野達へと視線を向けるが、突然見られた宮野達も何も聞いていないようで首を傾げている。

『周囲に他に人は？』

「いないな」

『ならスピーカーにしてくれないか？』

「なんでだよ」

『いいからいいから。ほれ早く。ついでに宮野ちゃん達に渡してくれ』

そんなヒロの指示に疑問を持ちながらも、ケータイをスピーカー状態にしてわけ分からなそうにしている宮野達に渡した。

「えっと、あの、なんでしょうか？」

『そうか。あー、コホン……コウはいろいろ理由があって特別扱いされてるが、その中の一つに君達に関係するものがある。それは……』

……あ、なんだか嫌な感じがする。

ヒロの言葉を聞いた瞬間にそんなことを思ってしまった。

そして、そんな俺は間違っていなかった。

『コウが君達未成年に手を出しても罪にならないから、安心して頑張ってくれ！』

「「「……はっ!?」」」

ナニヲイッテルンダコイツハッ!?

「わかった」

ヒロの言葉に驚き一拍遅れて同時に反応を示した俺達だったが、一人だけ——安倍だけがいつものように淡々と返事をした。

『おっ、君は……安倍ちゃんかな？　君も狙ってる感じなのか？』

「まあまあ。でも一番は佳奈」

『そうかぁ……まあ頑張ってくれ』

「わか――」

「じゃねえよ！　なんだそれ！　なんでそんな特別扱いになってんだよ！　法治国家どこいった！　法律はどこいった⁉」

なぜか当然のように淡々と進んでいく安倍とヒロの会話を無理やり遮る。

『はっ！　上の奴らなんてその程度のことヤリまくってるわ！　今更お前一人見逃したところで、なんの問題もない。それが上の判断だ。それよりお前を捕まえて戦えなくしたほうが問題あるって判断したんだよ』

だから何人囲っても構わないぞ。なんて電話の向こうでヒロが言ってるが……頭痛で頭が痛い。

『ってことで、コウも女の子達も、頑張れ』

「ざけんな！」

ヒロの言葉に叫んで反論するが、そんなものはどこ吹く風とばかりに無視してヒロは話を続けていく。

『あっ、そうだ。ヤスとケイにも伝えておいたから、そのうち就職祝いの品が届くぞ』

「いらねえ！」

『あとうちの嫁からも贈るみたいだ。女子用の装備だがな』

「マジでいらねえ！」

女子用装備なんてもらったところで俺使えねえし！

絶対それ宮野達に贈れって意味だろ。ついでに言うなら『辞めんな』って意味でもあると思う。

『あっははは！』

「笑い事じゃねえんだよこっちは！　さっさと解雇してくれ！　せめて色々考える時間をくれ！」

『無理だな。どうしてもってんなら、皇居にでもカチコミ行ってこい。そうすれば話くらい聞いてくれんじゃねえのか？』

「死ぬわ！」

『ま、諦めろ。人生の半分は諦めでできてんだから。嫌ならあの子に対抗できるやつを育てることだな。上としては最低でも『天雷』を育て切るまでは逃がさないつもりみたいだし……ま、頑張れ』

「あっ！　このっ……切りやがったっ……！」

諦め云々という、やけに実感のこもった言葉を言ったヒロは、それだけ言い切ると勝手に電話を切った。

「諦めなさい。あたし達は、絶対にあんたを逃さないんだから！」

俺が通話の終わった画面を見続けていると、浅田が俺の方に近寄ってきて、人差し指で俺の体を押しながら大声でそう宣言した。

「俺は戦いたくなんてない、平和に暮らしたいだけなんだ！　いや、そうだ。時間を……時間をくれ。一年くらい時間をおけば俺だって色々と考えに整理がつくだろうし、お前達とチームを組んでもいいと思うかもしれない。だから頼む！　今は解雇してくれ！」

そうは言ったが、一年も間が空けばこいつらだって俺のことを忘れる、とまではいかなくても次の教導官を見つけるだろうって打算が俺の中にはあった。

「い・や」

だが、そんな俺の考えはあっさり見抜かれたのか、それとも最初から認める気なんてないのか、浅田はふふん、と小馬鹿にしたように挑発的に笑って俺の提案を拒否した。

「いや待て。待ってくれ」

まだだ。まだ何かあるはず。……あるよな？　……きっとあるさ。だから考えろ。どうにかして辞める方法を！

じゃないとこのままじゃ、なんか知らない間に女子高生を囲ってハーレムを作ってる奴として認識されてしまう！　今でさえ『上』の方の奴らからそう思われてるっぽいのに！

「諦めた方がいいですよ？　この中で伊上さんを辞めさせる気の人はいませんから」

「いや……いや………く、くっそおおお！」

周りを見回しても俺を辞めさせてくれそうな奴はおらず、俺の叫びは誰にも相手にされることなく虚しく消えていった。

誰でもいいから誰か俺を解雇してくれ！

To be continued……?

HJ文庫 https://firecross.jp/
1025

# 最低ランクの冒険者、勇者少女を育てる 2

～俺って数合わせのおっさんじゃなかったか？～

2022年8月1日　初版発行

著者――農民ヤズー

発行者―松下大介
発行所―株式会社ホビージャパン

〒151-0053
東京都渋谷区代々木2-15-8
電話　03(5304)7604（編集）
　　　03(5304)9112（営業）

印刷所――大日本印刷株式会社

装丁――小沼早苗（Gibbon）／株式会社エストール



Printed in Japan

ISBN978-4-7986-2892-9　C0193

ファンレター、作品のご感想お待ちしております

〒151－0053　東京都渋谷区代々木2－15－8
(株)ホビージャパン HJ文庫編集部 気付
**農民ヤズー 先生／桑島黎音 先生**

アンケートはWeb上にて受け付けております

**https://questant.jp/q/hjbunko**

- 一部対応していない端末があります。
- サイトへのアクセスにかかる通信費はご負担ください。
- 中学生以下の方は、保護者の了承を得てからご回答ください。
- ご回答頂けた方の中から抽選で毎月10名様に、HJ文庫オリジナルグッズをお贈りいたします。